BIANCA.

AF274871

TRISH
MOREY

PRISIONERA EN EL PARAÍSO

Editado por Harlequin Ibérica.
Una división de HarperCollins Ibérica, S.A.
Avenida de Burgos, 8B - Planta 18
28036 Madrid

© 2024 Harlequin Ibérica, una división de HarperCollins Ibérica, S.A.
N.º 471 - 20.3.24

© 2010 Trish Morey
Prisionera en el paraíso
Título original: His Prisoner in Paradise

© 2011 Trish Morey
Vidas entrelazadas
Título original: The Heir From Nowhere
Publicadas originalmente por Harlequin Enterprises, Ltd.
Estos títulos fueron publicados originalmente en español en 2011

I.S.B.N.: 978-84-1180-621-3
Depósito legal: M-1100-2024
Impreso en España por: BLACK PRINT
Fecha impresión para Argentina: 16.9.24
Distribuidor exclusivo para España: LOGISTA
Distribuidor para México: Distibudora Intermex, S.A. de C.V.
Distribuidores para Argentina: Interior, DGP, S.A. Alvarado 2118.
Cap. Fed./Buenos Aires y Gran Buenos Aires, VACCARO HNOS.

MIXTO
Papel procedente de
fuentes responsables
FSC® C159065
www.fsc.org

Capítulo 1

SOBRE mi cadáver! Daniel Caruana no había leído más allá del primer párrafo del correo electrónico que le había enviado su hermana antes de arrugarlo y lanzarlo contra la pared más cercana. ¿Monica iba a casarse con Jake Fletcher? ¡De ninguna manera!

¡Y menos si él podía hacer algo para evitarlo!

Alterado, comenzó a pasear de un lado a otro de su despacho mientras se pasaba las manos por el cabello. Desde el ventanal se podía contemplar la playa de arena blanca y palmeras y el mar azul que brillaba bajo el sol tropical de Far North Queensland.

Daniel no lo veía.

Sólo veía el color rojo.

¿Cómo había permitido que Monica estudiara en Brisbane? Tan lejos de Cairns y de su control. «Y desde luego no lo bastante lejos de las manos de Jake Fletcher».

Dejó de pasear y se estremeció. Fletcher lo había llamado dos veces esa semana, dejándole mensajes para que le devolviera la llamada. Daniel había ignorado esos mensajes. No pensaba hablar con Fletcher nunca más. No tenía motivos.

Pero, al parecer, Fletcher si los tenía. Aunque sólo fuera para regodearse…

Se le formó un nudo en la garganta. «Por favor, Fletcher no. Y tampoco mi hermana».

Sobre todo después de lo que había sucedido anteriormente.

Daniel apoyó la frente contra el cristal y cerró los ojos. La imagen de una chica de dulce sonrisa y ojos azules invadió su cabeza.

Emma.

Mientras estuviera vivo no olvidaría a Emma.

«¡Ni lo que Jake Fletcher le había hecho a ella!».

Abrió los ojos y miró hacia el horizonte en busca de respuestas y soluciones. Normalmente, aquella vista lo animaba e incluso calmaba sus nervios.

Pero ese día no.

Golpeó el cristal con la palma de la mano. «¡Maldita sea! ¡Monica no!» Apenas acababa de deshacerse del último novio de Monica, algo que le había costado veinte mil dólares. Nada comparado con lo que aquel cretino podía haber pedido si hubiera descubierto lo que realmente valía su novia.

Por otro lado, estaba casi seguro de que Fletcher conocía muy bien el valor de la fortuna de los Caruana. Veinte mil dólares no habrían bastado para disuadirlo, y menos cuando él imaginaba que estaba a punto de convertirse en parte de la familia.

«De ninguna manera». Mientras Daniel tuviera algo que decir, Jake Fletcher nunca formaría parte de su familia.

Sabía que Fletcher no le saldría barato, pero todo el mundo tenía su precio y merecía la pena liberar a Monica de la influencia de aquel hombre.

Sonó el teléfono que estaba sobre su escritorio y Daniel frunció el ceño. ¿Su imperio no podía pasar diez minutos sin él? Entonces, se acercó para contestar. Después de todo, no había conseguido que Caruana alcanzara el éxito después de pasar por una situación económica desastrosa ignorando el negocio.

Negociaría con Fletcher, pero no bajaría la guardia durante el proceso. Agarró el teléfono y contestó la llamada.

—¿Sí?

—¿Señor Caruana? —su secretaria dudó un instante antes de continuar. Él recordó que era una suplente y no su eficiente secretaria habitual—. Una mujer que dice llamarse Turner quiere verlo.

Él frunció el ceño y, durante un segundo, el problema con Fletcher pasó a segundo plano. No recordaba nada acerca de una señorita llamada Turner.

—¿Quién?

—Sophie Turner, de *One Perfect Day*.

El nombre no le sonaba de nada pero estaba acostumbrado a que la gente intentara verlo para pedirle favores o dinero para contribuir con proyectos que los bancos habían rechazado financiar. Sin duda, la señorita Turner era otra de esas personas.

—Nunca he oído hablar de ella. Dile que se vaya —colgó el teléfono, molesto por aquella innecesaria interrupción.

Treinta segundos más tarde, el teléfono sonó de nuevo.

—¿Qué ocurre ahora? —preguntó.

—La señorita Turner dice que los detalles de su visita aparecían en el correo electrónico que le ha enviado su hermana.

—¿Qué correo electrónico?

—¿No lo ha leído? —la secretaria suplente preguntó

con voz temblorosa. Parecía que en cualquier momento iban a saltársele las lágrimas–. Estaba sobre su mesa. Lo imprimí a propósito.

«¿Ese correo electrónico?» Se fijó en el papel arrugado que estaba tirado en una esquina de la habitación.

–Espera –dijo él, dejando el teléfono sobre la mesa para ir a recoger el papel arrugado y leerlo de nuevo.

Daniel, por favor, alégrate por mí. Creía que nunca encontraría a un hombre, sobre todo después de que me dejaran por tercera vez, pero conocí a Jake Fletcher y las últimas semanas de mi vida no podían haber sido mejores. Me trata como si fuera una princesa y me ha pedido que me case con él. Le he dicho que sí.

«¡Jamás!» Cerró los ojos al sentir que la rabia se apoderaba de él otra vez. No le extrañaba que no hubiera sido capaz de leer el resto. Deseaba arrugar el papel una vez más, pero respiró hondo y continuó leyendo.

Sé que no os llevabais bien en el pasado y quizá por eso no le devolviste las llamadas a Jake la semana pasada, pero espero que seas capaz de olvidar el pasado cuando veas cómo nos queremos.

¿Olvidar el pasado? Montones de imágenes de una chica sonriente invadieron su cabeza. ¿Cómo se suponía que iba a olvidar el pasado si ella no podría vivir ni un día más?

Sé que todo está siendo muy apresurado, pero quería que fueras de los primeros en saber nuestra no-

ticia y lo mucho que nos queremos. Sé que esta vez es de verdad.

Daniel contuvo una carcajada. No dudaba que Fletcher fuera en serio, pero si estaba enamorado sería de la fortuna de los Caruana. ¿Cuándo aprendería su hermana que eso era lo que los hombres buscaban? Sobre todo los hombres como Fletcher.

Pero pronto vería la luz, igual que había hecho en otras ocasiones. Tan pronto como él se deshiciera de ese cazafortunas.

Ojalá hubiera podido darte la noticia personalmente, pero estabas de viaje, y Jake me ha invitado dos semanas a Honolulú como regalo de boda sorpresa y no tuvimos tiempo de pasar a verte por Cairns antes de marcharnos.

Él apretó el puño de la mano que tenía libre y tragó saliva. La idea de que su hermana pequeña estuviera con aquel hombre hacía que quisiera tomar un vuelo a Honolulú y sacarla de allí antes de que ese bastardo la dejara embarazada.

¿O era ésa su intención? ¿Consumar el matrimonio antes de la ceremonia?

Daniel negó con la cabeza. Haría falta algo más que un bebé para que ese matrimonio continuara adelante. El infierno se congelaría antes de que él permitiera que alguien como Fletcher se casara con su hermana.

Monica tenía veintiún años así que no podía hacer que regresara a la fuerza pero, desde luego, no estaba dispuesto a apoyarla y a permitir que la acorralaran respecto a ese matrimonio. Ni mucho menos. Leyó las últimas líneas.

Por tanto, le he pedido a nuestra organizadora de boda que vaya a visitarte. Se llama Sophie Turner y se ha convertido en algo más que una amiga. Más adelante te contaremos todos los detalles.

Entretanto, ¡sé amable con ella!

Su hermana se despedía prometiéndole que le enviaría una postal desde Waikiki Beach. Pero no fue eso lo que llamó su atención, sino la parte en que le pedía que fuera amable con ella.

¿Es que su hermana pensaba que era un ogro?

No era un ogro. Era su hermano y un hombre de negocios. Un hermano que quería proteger a su hermanita de todos aquellos que querían aprovecharse de ella y de la fortuna familiar.

Él era precavido. Y protector.

¿Eso lo convertía en ogro?

Por supuesto que recibiría a Sophie Turner. Y sería amable con ella, tal y como le había pedido su hermana. La invitaría a pasar, escucharía su perorata y la despacharía.

Porque no necesitarían sus servicios. Mientras él estuviera vivo su hermana no se casaría con Jake Fletcher.

Agarró el teléfono que había abandonado sobre la mesa y dijo:

—Haz pasar a la señorita Turner.

Capítulo 2

SOPHIE estaba sentada en la sala de espera con la carpeta de piel que contenía todos los detalles de la boda de Monica y Jake sobre las rodillas. Se fijó en que la secretaria se había sonrojado cuando ella le había pedido que llamara a su jefe por segunda vez en menos de un minuto. Era evidente que lo que había leído en Internet acerca de que Daniel Caruana tenía fama de tipo exigente era cierto. La chica se había quedado petrificada.

Sophie habría preferido no tener que insistir para que la chica llamara, pero no estaba dispuesta a perder el día entero viajando entre Brisbane y Cairns sin conseguir su objetivo, y menos cuando Monica le había dicho que la cita estaba concertada y que ambos confiaban plenamente en ella.

Al parecer, Daniel protegía en exceso a su hermana pequeña y, puesto que prácticamente la había criado después de la muerte de sus padres, él se tomaría la noticia de boda con poco entusiasmo. Sobre todo, teniendo en cuenta que Jake y Daniel no se habían llevado demasiado bien mientras estudiaban en el instituto, algo que Jake había admitido cuando intentaba explicar por qué Daniel no se había molestado en devolverle las llamadas.

Sophie intuía que debía de haber pasado algo muy

grave entre ellos para que Daniel ni siquiera quisiera hablar con él. Ella había sugerido que Monica y Jake fueran a visitar a Daniel pensando en que él no podría negarse a ver a Jake si Monica estaba con él, pero a Monica se le había ocurrido lo que consideraba era una opción más diplomática.

Le daría la noticia a su hermano por correo electrónico y después se marcharía con Jake durante dos semanas mientras Sophie se encargaba de repasar los detalles de boda con Daniel. Cuando la feliz pareja regresara de Hawái, Sophie lo tendría todo preparado y Daniel habría asimilado que su hermanita era una mujer adulta que podía decidir si quería casarse y con quién.

Monica le había dicho que era algo sencillo.

Se había despedido de ella dándole las gracias con un fuerte abrazo. Monica parecía tan ilusionada que Sophie no había insistido en que debían ser ellos los que visitaran a Daniel para solventar los problemas cara a cara y había aceptado sin objetar.

Sin embargo, le parecía una locura. Consciente de que iba pasando el tiempo mientras la secretaria esperaba una respuesta, comenzó a juguetear con la carpeta para calmar sus nervios.

Un hombre que podía hacer temblar a su secretaria con un par de palabras, debía ser tal y como Monica imaginaba que era su hermano. Pero en algún momento tendría que conocer a aquel hombre, sobre todo teniendo en cuenta que prácticamente eran parientes.

¡Qué ironía! Siempre había deseado tener una familia y retomar la relación con Jake después de muchos años separados había sido estupendo, a pesar de que había sido necesaria la muerte de su madre para que los hermanos se reencontraran. Parecía que su pequeña familia estaba a punto de ampliarse. Monica era un encanto. Ambas se habían llevado muy bien desde el primer día y ella no podía imaginar una cuñada mejor.

Pero por algún motivo la idea de ser la cuñada de Daniel no la entusiasmaba de la misma manera. Eso era lo malo de las familias, no siempre se puede elegir a los parientes.

¿Por qué tardaba tanto ese hombre? Ella cruzó las piernas con impaciencia y abrió la carpeta para comprobar que estuviera toda la documentación y volvió a cerrarla. ¡Maldito hombre arrogante! Si se hubiera molestado en hablar con su hermano ella no tendría que estar allí.

–El señor Caruana la recibirá ahora mismo.

Sophie se puso en pie y respiró hondo antes de alisarse la falda y comprobar que su cabello estuviera bien recogido. Daniel Caruana era muy exigente con el aspecto y ella estaba dispuesta a complacerlo. Más tarde, después de la celebración exitosa de la boda entre sus respectivos hermanos y cuando se conocieran mejor, tendrían tiempo de disfrutar en mutua compañía de manera relajada.

Porque aunque la idea le pareciera imposible en aquellos momentos, sería agradable que se pudiera llevar bien con el hombre que pronto se convertiría en su cuñado.

Aunque considerando lo que había visto acerca de Daniel Caruana hasta ese momento no estaba muy convencida.

Le dio las gracias a la secretaria y se fijó en que

sonreía aliviada por no tener que llamar a su jefe por tercera vez. Sophie llamó a la puerta y entró en el despacho más grande que había visto nunca.

¿Todo ese espacio para una única persona? «A lo mejor también tiene que acomodar su ego», pensó ella. En cualquier caso había aceptado recibirla, aunque hubiese tardado una eternidad en decidirse, así que a lo mejor todavía tenía arreglo.

Sophie forzó una sonrisa y dijo:

–Señor Caruana, es un placer conocerlo.

Él estaba dándole la espalda, de pie junto al ventanal que ofrecía la mejor vista de la playa de Queensland, con los brazos cruzados y las piernas separadas.

Sophie no pudo evitar fijarse en sus anchas espaldas.

En sus caderas estrechas.

Y en su largas piernas.

Entonces, él se volvió y ella pestañeó, preguntándose qué era lo que no se reflejaba en las fotos que había visto en Internet. Por supuesto mostraban su cabello negro y alborotado, su mirada de acero y sus labios carnosos. Quizá mostraran también el aura de poder, éxito y masculinidad que desprendía, pero no enseñaban su capacidad para conseguir que el más leve movimiento se pareciera al de un depredador.

Él la miraba con la cabeza inclinada y los ojos entornados, como si pasara por alto toda la profesionalidad que intentaba aparentar y viera a la hermana nerviosa del novio que era en realidad.

–¿Es un placer?

Quizá no. No era que él estuviera esperando una respuesta. Ella tenía la sensación de que Daniel Caruana no estaba acostumbrado a esperar por nada.

–¿Quería verme?

Ella tragó saliva y contestó.

–Por supuesto –se movió hacia él y le tendió la mano–. Soy Sophie Turner, de *One Perfect Day*. Un día perfecto para crear recuerdos durante toda una vida.

La frase publicitaria de su empresa se le escapó de la boca antes de poder evitarlo. Se sentía orgullosa de su negocio y de todo lo que había conseguido. Creía que podía ofrecerles a sus clientes la boda perfecta pero, en aquella oficina, enfrentándose a aquel hombre sus palabras parecían manidas y sin sentido.

Él la miró durante un instante y finalmente aceptó su mano provocando que se estremeciera. Ella respiró hondo e inhaló su aroma masculino. Le apretó la mano, tratando de ignorar cómo estaba reaccionando ante el contacto con su piel.

–Monica me ha hablado mucho de ti. A ella le hubiera gustado venir a verte en persona para contarte sus planes pero…

–¿Pero de pronto se la han llevado a Hawái? –preguntó él–. ¿El último hombre del que se ha enamorado?

Había tensión en su tono de voz y su mirada reflejaba cinismo.

«Ese hombre es mi hermano y quiere a Monica tanto como ella lo quiere a él», deseó decir ella. Pero sólo podía centrarse en la mano que seguía agarrándose a él.

Una ola de calor invadió su cuerpo. Retiró la mano y tuvo la sensación de que él se resistía a soltarla. Se preguntaba si lo habría imaginado.

Ojalá fuera así.

Miró a su alrededor y vio que en la sala contigua había tres asientos de piel colocados en forma de U alrededor de una mesa de café.

–¿A lo mejor podemos sentarnos allí? –sugirió ella–. Así podré contarle los planes de Monica y Jake.

Sophie ya se había sentado, tenía el maletín a su lado y estaba abriendo la carpeta cuando se percató de que él seguía de pie, con los labios fruncidos y una falsa sonrisa.

–A lo mejor –dijo él, encogiéndose de hombros y sentándose a su lado.

A él le gustó ver cómo ella se encogía contra el reposabrazos, sobre todo después de que él se inclinara hacia ella y apoyara el brazo en el respaldo de la butaca. Ella se acurrucó aún más contra la esquina del sofá y se concentró en revisar el contenido de la carpeta que tenía en las rodillas.

–Tengo algunos folletos –murmuró con dedos temblorosos.

Estaba muy nerviosa.

A él le gustaban las mujeres que se ponían nerviosas. Así se mantenían a la defensiva, tal y como él quería. A menos que estuvieran en la cama, ya que allí le gustaban las tigresas.

¿Y aquella señorita Turner, con aspecto recatado, sería una tigresa en la cama?

Se tomó su tiempo para mirar a la mujer que tenía a su lado de arriba abajo. El vestido abotonado de seda azul que llevaba tenía un escote modesto y no revelaba gran cosa, pero le daba la sensación de que bajo la tela se ocultaba un cuerpo con pechos del tamaño adecuado, cintura estrecha y piernas esbeltas.

Además, tenía los pómulos prominentes, la nariz recta y los labios sensuales...

Él frunció el ceño. No recordaba su nombre, pero había algo en ella que le resultaba familiar. Enseguida descartó la idea. Conocía a muchas mujeres y estaba seguro de que si se hubiera encontrado anteriormente con ella no habría permitido que se escapara sin conocerla mejor.

A menos que estuviera fuera de su alcance. Nunca se acercaría a la mujer de otro hombre.

–Señorita Turner, ¿está casada, o comprometida?

–¿Por qué lo pregunta? –lo miró, y se le cayeron un par de folletos en el regazo.

Él sonrió y recogió los folletos, satisfecho de que ella temblara ligeramente cuando él le rozó las piernas con el dorso de la mano. No fue más que un ligero contacto a través de la tela de la falda, pero suficiente para provocar el tipo de reacción al que estaba acostumbrado.

–Trabaja en el negocio de las bodas. ¿No cree que alguien que haya estado casado comprendería mejor lo que una novia desea para hacer que su día sea perfecto? Si no, ¿de qué otro modo podría saberlo?

–Ah, ya veo, yo... –se puso colorada.

Él contuvo una sonrisa. «Sin duda está muy nerviosa». ¿Imaginaría ella cuáles eran sus verdaderos motivos para averiguar su estado civil?

–No funciona de esa manera –continuó ella, recogiendo los folletos–. He organizado más de cien bodas hasta el momento. Se lo aseguro, tengo bastante experiencia como para asegurarle que la boda de Mónica saldrá estupendamente. Ahora...

–Así que no está casada.

Ella pestañeó y él se fijó en sus largas pestañas. ¿Sabía que tenía un aspecto muy sexy e inocente cuando hacía eso? Suspiró.

–¿He dicho que no estoy casada?

–Lo ha insinuado, estoy seguro.

Ella se mordió el labio inferior y frunció el ceño. Después negó con la cabeza.

–¿Y es importante?

–En realidad no. Sólo es curiosidad.

–En ese caso, sin duda estará impaciente por saber cuáles son los planes de boda de Jake y Monica.

«*Touché*», pensó él, reconociendo su agilidad mental para retomar el tema de la boda. Pero no era ahí donde él quería llegar.

–De hecho, no. Prefiero hablar de usted.

Ella lo miró un instante boquiabierta.

–Señor Caruana –dijo al fin–, no creo que…

Llamaron a la puerta y ambos se volvieron para ver a la secretaria.

–Siento interrumpirlos, señor Caruana. ¿Quiere que traiga café o te?

–No, gracias. La señora Turner estaba a punto de marcharse. Dígale al chófer que la espere en la puerta.

Él se puso en pie cuando la chica asintió y cerró la puerta.

–Pero señor Caruana, apenas hemos comenzado. Ni siquiera hemos hablado de la fecha de la boda.

–Ah, debe haber un motivo para eso –se disponía a agarrar el pomo de la puerta para preparar su salida–. Y debe ser que no es necesario que lo hablemos –abrió la puerta y esperó–. Sería una pérdida de tiempo. Y en mi trabajo, supongo que igual que en el suyo, el tiempo es dinero.

Ella negó con la cabeza y se sonrojó.

—Estamos hablando de la boda de su hermana. ¿Está seguro de que no quiere apoyarla en el día más importante de su vida?

—¿Por quién me ha tomado? Claro que no soy tan insensible. Mi hermana, y su felicidad, es lo que más me preocupa.

—¿Entonces por qué no quiere hablar de los planes de boda?

—Hay una explicación muy sencilla para eso, señorita Turner, una explicación que no se ha planteado. Resulta que no va a haber boda.

Capítulo 3

NO IBA a celebrarse la boda? Ella había averiguado que Daniel Caruana era conocido por ser uno de los magnates más despiadados de Far North Queensland, famoso tanto por su capacidad para ganar millones como por su capacidad para derrocar a cualquier oponente. Así mismo, Jake le había advertido que Daniel Caruana era muy protector con su hermana pequeña y que quizá no aceptara el hecho de que ella hubiera decidido casarse de forma repentina.

–¿Es eso? –preguntó ella con decisión, enderezando los hombros mientras se ponía en pie–. Supongo que Monica y Jake tendrán algo que decir al respecto.

–Y yo supongo que mi hermana pronto entrará en razón y esta tontería de la boda no será más que un recuerdo lejano. Y en ese caso, siento decir que me temo que sus servicios ya no serán necesarios.

De algún modo, ella consiguió poner una sonrisa. No había perdido un día para ir hasta allí y que él no la recibiera. Tampoco para que la despachara sin escuchar lo que tenía que decir.

–Señor Caruana –dijo permaneciendo en su sitio y abrazando la carpeta contra su pecho–. Hablando en claro, no creo que Monica y Jake consideren que es una tontería. Sin duda, ambos se ofenderían de que usted lo vea de esa manera. Igual que yo.

Él miró el reloj, tratando de aparentar que estaba impaciente y aburrido.

—¿Es todo lo que tiene que decir antes de marcharse?

—No, no lo es. Aunque sea capaz de echarme de su despacho y de continuar viviendo en su precioso mundo, algún día tendrá que enfrentarse al hecho de que su hermana es una mujer adulta y que pronto se casará con Jake, con o sin su aprobación, y como bien sabe, teniendo en cuenta la edad que tiene Monica, ella no la necesita. Por supuesto, no hace falta que le diga que ella sería más feliz si usted decidiera apoyarla en este momento, uno de los más importantes de su vida, y que la boda continuará adelante le guste o no. En ese caso, quizá fuera más fácil para todos que aceptara el hecho y no se resistiera más, ¿no cree?

Ella deseaba relajarse después de terminar su improvisado discurso, pero no hubo respiro ya que él la miraba fijamente y con expresión de furia.

En el exterior, el sol seguía brillando en el cielo azul, sin embargo, en la temperatura interior era heladora.

De pronto, la puerta se cerró de un portazo provocando que las paredes temblaran y que Sophie se sobresaltara. Daniel se dirigió furioso hacia el ventanal. Al instante, se detuvo y se volvió.

—¡No tengo que aceptar nada! ¡Y menos cuando no habrá boda!

—¿De veras cree que puede impedirlo? —ella negó con la cabeza, percatándose de que no tenía sentido discutir y que sería mejor tratar de convencerlo–. Mire, señor Caruana, Monica y Jake se adoran. Debería verlos juntos, son la pareja perfecta.

Daniel golpeó el escritorio con la palma de la mano.

–¡Ella no ama a ese hombre!

–Eso no lo sabe usted.

–¿Cree que no conozco a mi hermana? A Monica le gusta pensar que está enamorada. Siempre le ha gustado. Siempre ha estado enamorada de los cuentos de hadas. Enamorada de la idea de estar enamorada, siempre buscando un caballero de lustrosa armadura que fuera a rescatarla. Pero si hay algo que mi hermana no necesita es ser rescatada. Por nadie.

¿No? Con un hermano como él la idea de que la rescatara un caballero de lustrosa armadura parecía razonable.

–No estoy hablando de cuentos de hadas, señor Caruana. Estoy hablando de amor. De un amor profundo y duradero –dudó un instante–. Por su manera de reaccionar deduzco que ese concepto no le resulta familiar.

Daniel apretó los dientes y exclamó.

–¡Hablo de realidades! –y comenzó a pasear de un lado a otro.

Sophie no pudo evitar fijarse en cómo sus pantalones se ceñían a la musculatura de sus piernas y a su trasero.

–¿Cuál cree que es el valor de mi hermana? –se volvió tan deprisa que ella tuvo que mirar hacia otro lado–. ¿Cuántos millones?

Sophie se encogió de hombros.

–¿Y eso por qué es importante? –ella nunca se había planteado esa pregunta.

–¿De veras es tan ingenua, señorita Turner? –se acercó a ella.

Tanto que Sophie experimentó una fuerte tensión entre ambos que provocó que se le endurecieran los pezones.

–¿Tiene idea de cuántos hombres han aparecido buscando a mi hermana, confiando en encontrar así el camino hasta la fortuna de los Caruana?

Ella se esforzó para concentrarse en sus palabras en lugar de en las sensaciones de su cuerpo. Alzó la barbilla y dijo:

–¿Y sabe que ése era su motivo por que…?

–Porque en cuanto recibieron un cheque se dieron por vencidos y abandonaron.

Ella se quedó sin habla durante un momento.

–¿Les pagó? –se cubrió la boca con la mano.

Monica había mencionado que nunca había tenido una relación larga y que más de una vez la habían dejado de golpe. También, que sentía que Jake era diferente. Sophie nunca imaginó que hubiera algún motivo oscuro.

–¿Pagó a los novios de su hermana para que la dejaran?

–Y lo hicieron. Lo que demuestra mi teoría, ¿usted no diría que sólo la querían por su dinero?

Ella lo miró a los ojos y al ver su frialdad se estremeció.

No dudaba que él pensaba que hacía bien al proteger la fortuna familiar, pero no se daba cuenta de que al hacerlo su hermana pensaba que ella tenía algún problema y que nunca conseguiría una pareja.

–Debería alegrarse de que su hermana haya encontrado a alguien que aprecie lo especial que es.

—Oh, Fletcher sabe que ella es especial. Tan especial como una cifra de ocho números. ¿Si no por qué iba a haberse fijado en ella?

—Porque la quiere.

—Entonces, si la quiere tanto ¿por qué está tan desesperado por casarse? ¿Tiene miedo de que cambie de opinión y perder la oportunidad de tener una fortuna? ¿O es que no puede esperar para ponerle las manos encima? ¿Si es que todavía no se ha aprovechado de ella?

—Es repugnante —dijo ella, pensando en cómo llegar al aeropuerto para tomar un vuelo a Brisbane—. No es un hermano. Es una especie de monstruo.

—¿Más monstruoso que los hombres que quieren aprovecharse de la fortuna de Monica fingiendo que la quieren?

—No sabe si iban detrás de su dinero. Probablemente estaban demasiado asustados como para discutir. Lo siento, he perdido…

Él la agarró del brazo para evitar que se marchara.

—Sin embargo, usted no está demasiado asustada como para discutir, ¿verdad, señorita Turner? ¿Cómo es eso? ¿Teme quedarse sin su comisión?

—¿Eso es a lo que se reduce todo para usted, señor Caruana? ¿Al dinero? ¿De veras cree que todo el mundo está motivado gracias al dinero? Bueno, a lo mejor debería pensarlo de nuevo. Y así, quizá, dejará de juzgar a todo el mundo según sus bajos estándares.

Ella retiró el brazo para marcharse. Necesitaba salir de allí.

—Tengo que irme.

—¿Para qué? ¿Para poder advertirle a Fletcher que

le haré una oferta? ¿Para avisarle de que debería pedirme más? Recuerde mis palabras –continuó Daniel–. Fletcher tendrá un precio, como todos los demás.

–Oh, no –negó con la cabeza. No iba a permitir que Daniel metiera a su hermano en el saco de los cazafortunas–. Jake no es así, a pesar de que otros lo fueran, y no me ha dado ninguna prueba de ello. Jake no está interesado en el dinero. Quiere a Monica.

–Por supuesto que sí. ¿Hace cuánto tiempo que se conocen? ¿Dos semanas? ¿Un mes?

–Algunas personas no necesitan tanto tiempo para saber que la persona con la que están es con la que quieren pasar el resto de sus días.

–¿Ah, no? Ahora me dirá que cree en el amor a primera vista.

–A veces sucede.

–Claro, qué iba a decir usted, si es su trabajo. Quiere que la gente se case, pero no le importa si permanecen casados.

Sophie se volvió hacia la puerta.

–Me marcho. No tengo por qué aguantar esto.

Pero él se había colocado delante de ella, bloqueándole la salida. Su mirada oscura y retadora podía provocar que se revolucionara por dentro. Una mirada que transmitía cosas que no tenían sentido, pero que conseguía que se pusiera alerta.

Entonces, él sonrió y le acarició la mejilla provocando que ella se estremeciera.

–Si ahora mismo le dijera *cásate conmigo*, ¿aceptaría? –le acarició la barbilla con el dedo pulgar.

Ella no pudo evitar suspirar.

–Señor Caruana… –tragó saliva.

–Daniel –dijo él, con un tono suave y seductor–. Ya basta de llamarme *señor Caruana*. Llámame Daniel. Y yo te llamaré Sophie.

–Señor Caruana –dijo ella otra vez–. Daniel –se humedeció los labios. El nombre le parecía demasiado informal, demasiado íntimo, ¿o era la manera en que sus ojos brillaban cuando él miraba cómo ella pronunciaba su nombre?

Él colocó la mano sobre la nuca de Sophie y la atrajo hacia su boca.

–¿Cuál sería tu respuesta?

Todo aquello tenía algún sentido, pero Sophie no conseguía descifrar cuál era. Debido a su embriagador aroma masculino no era capaz de comprender lo que le estaba preguntando, pero sabía que no debería estar sucediendo. Trató de aferrarse a ese pensamiento lógico, incluso cuando él la besó en los labios con delicadeza.

De pronto, recordó por qué estaba allí. Y no era para dejarse seducir por el hombre que se oponía al matrimonio de su propia hermana. Lo empujó con una mano tratando de no reparar en el tacto de su torso musculoso.

–Señor Caruana –suplicó en tono formal para poner distancia entre ambos–. Esto es ridículo. Apenas nos conocemos.

Él la soltó y se separó de ella.

–Exacto –dijo él con tono enfadado. Estaba de espaldas a ella, mirando por la ventana y pasándose las manos por el cabello–. Apenas nos conocemos. Sin embargo, te parece razonable que mi hermana se case con alguien que apenas conoce desde hace un mes.

–A lo mejor Jake no la atacó el primer día que se conocieron.

Él se puso tenso y ella se arrepintió de sus palabras al ver que se volvía, incluso antes de fijarse en su intensa mirada.

—Créeme, si te hubiera atacado te habría dejado marcas que lo demostraran.

Ella se estremeció y tuvo que esforzarse para disimular. Debía salir de allí cuanto antes. Se suponía que era una profesional organizando bodas, y las profesionales no se liaban con los familiares de los clientes a los que les estaba preparando la boda. Ni aunque el novio fuera su hermano. Sobre todo cuando el novio era su hermano.

—Como ya te he dicho, tengo que irme.

Estaba sonrojada, tenía el pelo alborotado, allí donde él la había sujetado y lo miraba como si tuviera miedo de que él la besara otra vez.

¿Por qué lo había hecho? Él quería demostrarle lo ridículo que era que una pareja se casara cuando apenas no se conocía. Sin embargo, se había perdido en algún lugar entre la curva sensual de su mejilla y su dulce aroma de mujer.

—Hay un coche esperando para llevarte al aeropuerto.

Ella asintió y se inclinó para agarrar el maletín sin dejar de mirar a Daniel, como para cerciorarse de que él no iba a atacarla de nuevo. Después, se dirigió a la puerta.

A mitad de camino, se volvió.

—Siento lástima por ti, de veras. Pero más lástima me da Monica, que cree que su hermano es maravilloso. Ella piensa que la quieres y que participarás en sus planes de boda, cuando en realidad lo único que quieres es mantenerla encerrada y apartada del mundo.

–Quiero lo mejor para ella.

–No, no es cierto. Quieres lo mejor para ti. Lo más fácil. De hecho, la felicidad de Monica no te importa nada. Bueno, lo único que puedo decir es que es afortunada por haber encontrado a alguien como Jake, con suficiente valor para enfrentarse a un hermano autoritario. Lo necesitará.

Sus palabras permanecieron en su cabeza. Una vez más, ella trataba de defender lo indefensible. Una vez más actuaba como si Fletcher fuera la parte afectada de todo aquello. Fletcher era su cliente, pero por la manera en que salía en su defensa cada vez que él mencionaba su nombre, cualquiera pensaría que estaba enamorada de él.

Estaba a punto de abrir la puerta cuando él encontró las palabras adecuadas.

–No conoces nada acerca de Fletcher. ¿Por qué insistes en defenderlo?

Ella se detuvo con la mano sobre el pomo. Él se fijó en que suspiraba antes de mirarlo mientras abría la puerta.

–¿Y por qué no iba a defenderlo? Después de todo, es mi hermano.

Capítulo 4

FLETCHER era su hermano? Sophie desapareció antes de que él pudiera reaccionar. La noticia lo había dejado de piedra. No recordaba que Fletcher hubiera tenido ninguna hermana. O por lo menos no lo recordaba. Daniel siempre estaba muy ocupado enfrentándose al chico que insistía en ser tan bueno o mejor que él. Fletcher trataba de demostrarlo a cada oportunidad. Además, ella había dicho que se apellidaba Turner, ¿o eso era parte de la estrategia?

Nada tenía sentido.

Nada excepto la idea de que debía haber manejado su encuentro mucho mejor. Y lo habría hecho, si el correo electrónico de su hermana que había recibido por la mañana no lo hubiera descolocado.

Y encima, le parecía que la reunión había salido mil veces peor de lo que creía. Porque Sophie Turner no era sólo una organizadora de bodas, sino también la hermana de Fletcher.

Ella debería de habérselo dicho. Él miró por la ventana hacia la calle y al ver que el coche se incorporaba al tráfico y desaparecía, blasfemó en voz baja.

Por supuesto, no se lo había dicho. Era probable que ella estuviera metida en el ajo, que su profesión no fuera organizar bodas y que no fuera más que una intermediaria dispuesta a cobrar su parte por hacer que los planes de boda parecieran reales. A esas alturas estaría hablando con Fletcher, contándole que posiblemente recibiría una oferta y aconsejándole que esperara a recibir una mejor.

¿O podría ser que Monica y Fletcher estuvieran volando todavía?

A lo mejor aún quedaba tiempo.

Agarró el teléfono y marcó el número del jefe del equipo de seguridad.

–¿Jo? Soy Caruana –dijo cuando contestaron–. Quiero que averigües todo lo que puedas acerca de un negocio que se llama *One Perfect Day*, y de una tal Sophie Turner que supuestamente trabaja allí. Quiero todos los datos acerca de la situación financiera, los contactos personales y la historia, así como los detalles acerca de los familiares de los empleados. Lo más pronto posible.

–Lo haré. ¿Deduzco que pronto habrá que darte la enhorabuena?

A nadie más le habría tolerado esa pregunta, pero Jo llevaba con él casi desde el principio, desde los días en que iban juntos al instituto.

–No. Pero al parecer Jake Fletcher ha atrapado a Monica. Están hablando de boda y Sophie Turner dice ser la organizadora.

–¿Fletcher ha regresado? ¿Quieres que me encargue de él, jefe?

Daniel había imaginado que reaccionaría así. Joe odiaba a Fletcher tanto como él. Pero había sido Jo quien lo había estado esperando en el aeropuerto cuando Daniel regresó de Italia para asistir al funeral de Emma. Había sido él quien había evitado su derrumbe cuando se enteraron de los resultados de la autopsia. Y quien lo había detenido para que no entrara en la habitación de hospital que ocupaba Fletcher y le quitara el equipo de respiración artificial.

Agradecía su lealtad, pero ya habían pasado los días en que solucionaba los enfrentamientos con los puños. Prefería emplear un método más sutil, aunque fuera más caro. Además, podía permitírselo.

–Él ya se ha largado llevándose a Monica a Hawái, y dejando a la organizadora de bodas para convencerme de que la boda es legítima.

–¡Y un infierno, legítima! De acuerdo, jefe. Me pongo en ello.

–Jo, hay algo más que deberías saber.

–¿El qué?

–Sophie Turner, la organizadora de bodas, dice que es la hermana de Fletcher.

Jo silbó entre dientes.

–No sabía que Fletcher tuviera una hermana.

–Yo tampoco. Ésa es una de las cosas que quiero que compruebes. Si no es su hermana, probablemente forme parte de algún acuerdo para hacerlo desaparecer. Y si es su hermana…

–Conociendo al canalla de su hermano, probablemente sea aún menos de fiar.

–Exactamente lo que estaba pensando –dijo Daniel antes de colgar.

Fletcher debía de haberse llevado a Monica a Hawái por dos motivos. Primero, para asegurarse de que nadie iría a Brisbane mientras él estuviera allí y la obligara a regresar a Cairns para convencerla de que no cometiera el mayor error de su vida y, segundo, para atraparla aún más en su trampa.

Entretanto, la dulce señorita Turner tenía el papel de hacerle creer que la boda era real, sin duda con la esperanza de evitar que le ofreciera cualquier compensación económica a Fletcher.

Pero si ella le había contado la verdad, había tenido a la hermana de Fletcher en su despacho y la había dejado escapar. ¡Cielos! Incluso la había tenido entre sus brazos y la había besado. A la maldita hermana de Fletcher. ¿En qué estaba pensando?

«Pero no estaba pensando, no más allá de la perfección de su piel, del azul de sus ojos, y del embriagador aroma a mujer que desprendía».

Y pretendía demostrarle la irracionalidad de que las cosas sucedieran demasiado deprisa. Si ella no lo hubiera detenido, si no lo hubiera retirado, él dudaba de que hubiera podido detenerse. Desde luego, no estaba pensando con claridad.

Pero sí pensaba con claridad en esos momentos.

Pronto Fletcher estaría sentado en la suite de un hotel de cinco estrellas esperando a que su hermana le contara cuál había sido la reacción de Daniel, frotándose las manos con júbilo mientras esperaba que le llegara una oferta interesante para hacerlo desaparecer.

Lo último que esperaría sería que Daniel entrara en el juego. Si Fletcher quería jugar a llevarse a su hermana, ¿por qué Daniel no podía hacer lo mismo?

Quizá debería «llevarse» a Sophie Turner durante el tiempo que fuera necesario.

Y desde luego no permitiría que se marchara de nuevo hasta que no supiera que Moni estaba a salvo.

Miró el reloj. Deberían de estar llegando al aeropuerto. La señorita Turner debía de estar pensando que se marchaba a casa.

Él agarró el teléfono otra vez, marco un número y sonrió.

—Cedric, ha habido un cambio de planes...

Sophie se recostó contra el asiento de piel y trató de relajarse. Había estado a punto de rechazar al coche que la estaba esperando al salir del edificio. Ya había tenido suficiente por un día, y no quería saber nada más acerca de Daniel Caruana y su entorno. Pero el conductor la había recibido con una amplia sonrisa y no encontró motivos para ser desagradable con aquel hombre inocente. Además, cuanto antes llegara al aeropuerto más oportunidades tendría para tomar un vuelo de regreso a Brisbane.

Suspiró y cerró los ojos preguntándose qué iba a decirle a Jake y a Monica. Daniel ni siquiera le había permitido explicarle los planes de la boda ni el hecho de que nadie esperaba que fuera él quien asumiera los gastos.

Sophie se masajeó la frente para tratar de calmar la tensión que sentía. ¿Cómo diablos pensaba Jake que ella podría convencer a alguien como Daniel Caruana de que la boda era una buena idea? ¿Y cómo iba a decirle que no había podido desempeñar su papel de intermediaria?

Abrió los ojos a tiempo de ver el desvío para el aeropuerto James Cook. Suspiró aliviada. Al menos, pronto estaría lejos de allí. Lejos de Daniel Caruana, el hombre que podría ser su cuñado.

El hombre que había estado a punto de besarla...

Cerró los ojos con fuerza tratando de borrar el recuerdo, pero todavía podía sentir el roce de sus labios y oler su aroma masculino mientras recordaba cómo sus dedos la sujetaban del cabello para girarle la cara hacia la suya.

Y cuando él le dijo que si la hubiera atacado le habría dejado marcas para demostrarlo... Oh, cielos. Sophie respiró hondo. Afortunadamente había conseguido marcharse antes de quedar como una auténtica idiota.

¿Qué sentido tenía todo aquello? ¿Intentaba convencerla de que era el amante apasionado que decían los periódicos? ¿O simplemente había estado jugando con ella antes de echarla?

En cualquier caso, era evidente que el hombre no tenía conciencia. Se alegraba de no tener nada más que ver con él. Al menos, no hasta la boda, si es que él se molestaba en aparecer.

Entonces, ella sonrió al recordar cómo, justo antes de marcharse, le había dicho que era la hermana de Jake. No podía olvidar la cara de sorpresa que había puesto Daniel al oír sus palabras.

Así que quizá no hubiera conseguido convencerlo para que diera su aprobación a la boda de su hermana pero, al menos, había sido ella la que había tenido la última palabra.

Sophie abrió los ojos, al oír que el conductor estaba hablando por el dispositivo de manos libres. Miró a su alrededor. Estaban en la zona donde los vehículos se paraban para que bajaran los pasajeros. Ella se preparó para salir. Sin embargo, el conductor no se detuvo y continuó la marcha.

–Hay un sitio ahí –dijo ella, señalando a la izquierda.

–Lo siento, señorita –dijo el conductor mirándola por el retrovisor–. Ha habido un cambio de planes.

–No, tengo que tomar un vuelo –miró hacia el aeropuerto y se estremeció con cierta sensación de miedo.

–¿No se lo ha comentado el señor Caruana? –preguntó el conductor mientras se incorporaba a la carretera de salida del aeropuerto–. Al parecer, se marchará en helicóptero.

–¿Qué? No –un sentimiento de rabia se apoderó de ella. Sacó su PDA y buscó el número de Daniel–. No, el señor Caruana no me ha dicho nada.

El señor Caruana seguía sin decirle nada. La joven secretaria le había dicho que él no estaba en la oficina y que si quería podía dejarle un mensaje.

Sophie decidió no hacerlo. Sería mejor decírselo cara a cara. Estaba segura de que tendría la oportunidad de hacerlo en algún momento.

Llamó a su oficina en Brisbane, algo que había pensado hacer en cuanto hubiera confirmado su vuelo.

–Meg –dijo en cuanto contestó su secretaria–. Soy Sophie.

–¿Qué tal ha ido la reunión?

–No tan bien como podía haber salido. Creo que Monica irá sola hasta el altar.

–Oh, siento oír eso. Al menos lo has intentado. ¿A qué hora regresarás?

«Buena pregunta», pensó Sophie, mordiéndose el labio mientras miraba cómo el vehículo se dirigía en dirección contraria al aeropuerto y se preguntaba si debía contarle a Meg lo que estaba sucediendo. Pero ¿qué estaba sucediendo? No era que la estuvieran secuestrando. Tenía su teléfono y podía llamar para pedir ayuda si creía que la necesitaba.

–No estoy segura –contestó–. Puede ser que me retrase. Te lo diré en cuanto lo sepa.

–De acuerdo. Me ocuparé de todo hasta que regreses. Ah, y no olvides que mañana a primera hora tienes esa reunión en Tropical Palms para concretar los planes.

–No te preocupes, Meg –independientemente de lo que Daniel Caruana tuviera planeado, regresaría a Brisbane mucho antes de esa reunión–. No me saltaré esa reunión de ninguna manera. Nos veremos pronto.

Ella colgó el teléfono y miró a su alrededor. Estaban en una zona montañosa y se dio cuenta de que casi habían regresado al cruce de Palm Cove y a la oficina de la que se había marchado cuarenta minutos antes. ¿A qué diablos estaba jugando? Sin duda, no era que él se sentía mal por cómo se había comportado durante la reunión y estaba dispuesto a compensarla llevándola a Brisbane en su helicóptero privado. Ella tragó saliva. Por mucho que ella quisiera regresar a la oficina no estaba segura de que la idea de pasar dos horas o más en una de esas cabinas la volviera loca.

Pero no, los hombres como Daniel Caruana no sentían remordimiento. Era una palabra que no entraba en su vocabulario. Entonces, ¿qué intentaba demostrar?

El nerviosismo se apoderó de ella. Sentía un nudo en el estómago y no le gustaba la idea de empezar a discutir otra vez con aquel hombre, pero si quería pelea, eso es lo que conseguiría.

Porque fuera quien fuera Daniel Caruana, y por mucho dinero que tuviera, no tenía derecho a pisotear los deseos de otros. Ni los de su hermana. Ni los del hermano de Sophie. Y mucho menos los de ella. Tenía el humor perfecto para explicárselo.

Salieron de la autopista y el coche se detuvo en un descampado, no muy lejos del bloque donde estaba la oficina. Allí había un helicóptero rojo en mitad de un círculo blanco con la hélice en funcionamiento. Pero fue la silueta de cabello oscuro, que estaba de pie junto a un coche, la que llamó la atención de Sophie. Él estaba hablando por teléfono, tenía la otra mano en el bolsillo del pantalón y las piernas cruzadas a la altura del tobillo. La camisa blanca que llevaba ondeaba ligeramente con el viento. Él parecía relajado, y no tenía ninguna pinta de ir a disculparse, algo que hacía que Sophie estuviera más enfadada.

Sophie salió del coche y se dirigió hacia él en cuanto se paró el vehículo. Él vio que se acercaba y Sophie se percató de que se fijaba en cada uno de sus pasos a pesar de que él llevaba puestas las gafas de sol.

Se detuvo frente a él, aunque a bastante distancia debido a que él tenía las piernas estiradas.

–¿Te importa decirme de qué va todo esto? Tengo que tomar un vuelo a Brisbane y lo último que necesitaba era que me trajeran aquí sin darme una explicación.

Él dijo algo por teléfono y colgó, lo guardó en el bolsillo de la camisa y metió la mano en el bolsillo del pantalón.

–Señorita Turner –dijo él con una sonrisa–. Me alegra que hayas podido venir.

–Qué descarado. Sabes que no he tenido elección.

–¿Cedric te ha atado y te ha metido en el maletero? –arqueó las cejas–. Debo hablar con él respecto esa técnica. Le he advertido que no trate así a mis invitados –miró a lo lejos y asintió.

Ella se volvió y se fijó en que el conductor asentía también y se marchaba.

—¿Te parece divertido?

—Creo que tu relación es un poco divertida, sí.

—¿Porque me quejo de que mis planes para regresar a Brisbane se vean alterados por un hombre que ha dejado claro que mi presencia no es bienvenida aquí? Tienes un extraño sentido del humor, Daniel Caruana —miró hacia el helicóptero—. ¿Ese cacharro está esperándome para llevarme a Brisbane?

—No era eso exactamente lo que tenía en mente, no.

—Entonces, olvídate de lo que tenías en mente. Haré lo que tenía que haber hecho antes y llamaré a un taxi —sacó el teléfono del bolso, pero al instante se lo retiraron de las manos. Ella se volvió indignada—. ¡Bastardo! ¡Devuélvemelo!

—Ese lenguaje. Debería haberme dado cuenta de que eres la hermana de Fletcher desde el principio.

Ella le dio una bofetada en la mejilla y al sentir el impacto en la mano deseó que a él le doliera al menos la mitad.

—¿Me has hecho volver para seguir insultando a mi familia?

Boquiabierto, Daniel se frotó el rostro.

—Señorita Turner —dijo él, mirándola fijamente—. Sigues sorprendiéndome.

—Siento no poder devolverte el cumplido. Me advirtieron que me encontraría con un bastardo arrogante acostumbrado a mandar. Parece que era cierto. Y ahora… —le tendió la mano—, ¿puedes devolverme el teléfono? Tengo que tomar un avión.

—¿A qué hora es tu vuelo? —preguntó él, agarrando el teléfono con más fuerza.

–¿Y qué más te da?

–Porque donde quiero llevarte está sólo a diez minutos de aquí.

–¿Y por qué iba a aceptar ir a algún sitio contigo?

–¿Ayudaría si te dijera que hoy no te hice el caso que merecías durante la reunión?

–Creo que ambos sabemos que eso es verdad, pero no hacía falta que me trajeras hasta aquí para admitirlo. Podrías haberme llamado. Tengo un teléfono… –miró fijamente la mano con la que él sostenía el teléfono–. O al menos lo tenía.

–Después de que te marcharas se me ocurrió que no podía impedir que mi hermana se casara si eso es lo que realmente quiere.

–Eso no es lo que dijiste antes.

–Escúchame. ¿Quieres decir que a Monica le gustaría que yo asistiera a su boda?

–Monica esperaba que quizá pudieras acompañarla hasta el altar. Cuando salí de tu despacho esa idea no parecía plausible.

–¿No se lo has dicho?

–Todavía no. Todavía estarán de viaje.

Él miró hacia el cielo y suspiró como aliviado mientras se pasaba la mano por el cabello. Sophie se fijó sin querer en su torso musculoso y en la piel color aceituna que se entreveía por el cuello de la camisa. Monica era una mujer menuda comparada con su hermano. Su piel era casi dorada, y la de Daniel más bronceada, como si pasara mucho tiempo tomando el sol sin camisa. Ella tragó saliva. Lo que le faltaba era pensar en Daniel Caruana desnudo.

Pestañeó para intentar dejar de pensar en ello y vio que él la miraba como si fuera un depredador.

Esa mirada duró un instante y se desvaneció antes de que ella mirara a otro lado, fingiendo interés en las palmeras que bordeaban el descampado. Sin duda llevaba demasiado tiempo en Far North Queensland.

—Lo siento —dijo él.

«No tanto como yo», pensó ella antes de darse cuenta de que él hablaba de algo totalmente diferente.

—¿De veras? —era lo último que esperaba oír de él.

Al ver su reacción, Daniel sonrió.

—No acostumbro a disculparme —le dijo—. No me resulta fácil —suspiró y miró hacia el helicóptero levantando la mano con los dedos separados. El piloto asintió y se volvió.

—Pasea conmigo —dijo Daniel, dirigiéndose hacia los árboles—. Deja que te explique. Mira, el correo electrónico de mi hermana Monica me pilló desprevenido. No tuve tiempo de asimilar la noticia antes de que aparecieras en mi puerta. Pero tenías razón. Es la primera vez que parece ir en serio con un hombre, pero tiene veintiún años y no puedo impedir que se case, si es lo que quiere.

—Es lo que quiere.

—Y si eso es así, al menos debería escuchar lo que tienes que decir. Aunque sea por el bien de mi hermana.

Se detuvieron junto a un macizo de flores. Ella se fijó en que él parecía un poderoso y apuesto caballero.

Se estremeció, y para tratar de desviar su pensamiento se volvió hacia el helicóptero donde el piloto los esperaba pacientemente.

—¿Para qué está ahí el helicóptero?

—¿Dónde va a celebrarse la boda?

Ella se quejó en silencio. ¿Es que aquel hombre no podía contestar sin más a una simple pregunta?

–He reservado el club de golf que hay en Gold Coast. Se llama Tropical Palms. Mañana a primera hora tengo que confirmarlo.

–¿Mi hermana va a celebrar la boda en un club de golf? –preguntó él frunciendo el ceño.

–Es todo lo que he podido conseguir con tan poco plazo de tiempo. Tuvimos suerte de que hicieran una cancelación. Y Monica parecía contenta con el lugar –contestó ella, preocupada por darle una buena explicación–. Monica está muy contenta porque lo único que quiere es casarse con Jake cuanto antes.

Sophie se fijó en la expresión de sus ojos y se preguntó qué diablos estaba pasando. ¿A qué se debía ese repentino interés en la organización de la boda? ¿Qué era lo que le había hecho contemplar la posibilidad de aceptar que su hermana se casara?

Sobre todo cuando era evidente que la idea de que su hermana se casara con Jake le resultaba repugnante.

Ella se cruzó de brazos y preguntó:

–¿De qué va todo esto, Daniel Caruana? Y esta vez me gustaría que me dieras una respuesta directa.

Él sonrió.

–Quiero enseñarle una cosa… Un lugar mejor para celebrar la boda de mi hermana.

–Ya te lo he dicho, tenemos un lugar. Monica…

–Tenéis un club de golf.

–Es un centro de celebraciones.

–Está viejo, sobrestimado y no es lo bastante bueno para Monica. Es demasiado popular, demasiado barato.

–Monica y Jake han decidido el presupuesto.

–Como cabeza de familia, debería ser yo quien pague la boda de mi hermana. Eso es lo que la gente espera. Si no, pareceré un rácano.

–Lo siento –ella se volvió. Ya había oído bastante. ¿Había algo más que le importara a aquel hombre que no fuera él mismo y la impresión que causaba?–. Quizá te sorprenda saber que en esta boda no eres el protagonista.

–Puede que no, pero todo el mundo supondrá que soy el que pago. La prensa publicará que Daniel Caruana se gasta menos en la boda de su hermana que en su última amante.

Ella cerró los ojos tratando de no pensar demasiado en cómo sería ser la amante de Daniel Caruana, y no precisamente por el dinero que él les dedicaba. Imaginaba que sería un amante intransigente, duro, exigente y despiadado tanto en el dormitorio como en la sala de juntas. ¿Qué se sentiría al estar tan cerca de él, clavándole las uñas en su torso escultural?

No era que a ella le importara.

«Mentirosa».

Si no le importaba, ¿por qué pensaba en ello? A menos que estuviera recordando el beso delicado que él le había dado y cómo la había hecho temblar.

–No pensé que pudiera importarte lo que otros dijeran, y menos lo que salga en la prensa –dijo ella.

–Hay algunas cosas que son tan íntimas que no tienen lugar en la prensa –dijo él, inclinándose hacia ella con una mirada prometedora y una voz seductora–. Deja que te muestre una alternativa –sugirió él–. Está a diez minutos de vuelo –dijo él–. Nada más.

–Mira, señor Caruana –dijo ella tratando de no

pensar en cómo se había sentido al percibir su mirada–. Ya te he dicho que tenemos una reserva, Daniel. No entiendo por qué insistes.

–Permíteme –dijo él, empleando de nuevo el tono seductor.

Ella pensó que iba a derretirse y miró el reloj, porque sabía que si lo miraba a los ojos estaba perdida. No quería pensar en permitirle nada a Daniel Caruana.

–Cuanto más te resistas, más tardarás en regresar al aeropuerto y en tomar tu vuelo de regreso. Y quieres regresar, ¿verdad?

Ella alzó la cabeza.

–No tengo que ir contigo.

–Te aseguro que si vienes no perderás el tiempo. Durante el camino puedes contarme los detalles que antes no permití que me contaras.

Después de todo, Sophie había ido a Cairns para intentar que asimilara la idea de que Monica y Jake iban a casarse, y si él estaba hablando de la posibilidad de que la boda se celebrara, quizá no fuera una causa del todo perdida.

Si se marchaba de allí sin conseguir que aceptara acompañar a su hermana hasta el altar, ¿qué iba a decirle a Monica y a Jake cuando la llamaran esa noche? ¿Que les había fallado porque tenía miedo del hermano de Monica?

No tenía elección. Todavía le quedaban un par de horas antes de tener que acudir al aeropuerto para tomar su vuelo. ¿Qué importancia tenía que no tomara un vuelo más temprano cuando Monica y Jake confiaban en ella para que la boda tuviera lugar? No podía decepcionarlos.

Alzó la barbilla.

—¿Y a lo mejor incluso puedo recuperar mi teléfono?

—Por supuesto —dijo él, entregándoselo con una sonrisa victoriosa—. Sólo tenías que pedírmelo.

Capítulo 5

SOPHIE llamó a la aerolínea para confirmar el vuelo, asegurándose de que Daniel oía la hora a la que tenía que facturar para que más tarde no pudiera fingir que no lo sabía. No tenía intención de perder el vuelo, y menos cuando no estaba convencida de que fuera necesario hacer ese viaje extra.

Daniel sonrió y se disculpó, alejándose una pizca para hacer una llamada antes de que los dos subieran al helicóptero.

El helicóptero despegó y Sophie sintió un vuelco en el estómago. En la distancia se veían las casas y los edificios, la playa de arena y el mar de diferentes azules.

Era sobrecogedor, casi tanto como el hombre que tenía a su lado y su inesperada disculpa.

Ni en un millón de años hubiera esperado una disculpa por parte de alguien como Daniel Caruana.

A lo mejor era cierto que la noticia de la boda de su hermana lo había pillado desprevenido. Eso tenía sentido. Ella reconocía que también se había sorprendido con lo repentino de la noticia. En cierto modo se había asustado al pensar que perdería al hermano que acababa de recuperar. Fue cuando Monica le dejó claro que nunca permitiría que la excluyeran otra vez de la vida de Jake, y cuando ella comprendió que lo decía en serio, cuando aceptó la noticia.

¿Sería que Daniel también había tenido miedo de perder a Monica?

¿Era por eso por lo que había cambiado de opinión? ¿Porque estaba preocupado por haber puesto en peligro la relación con su hermana al no reconocer su derecho a decidir con quién quería casarse?

¿Quién sabía cómo funcionaba la mente de Daniel Caruana? Después de todo había sido él quien había chantajeado a todos los pretendientes de su hermana. ¿De veras le preocupaba su felicidad?

Además, ella se había percatado de su reacción cuando mencionó el nombre de Jake antes de subir al helicóptero. Era evidente que lo que sentía por su hermano era algo muy cercano al odio. Así que, aunque pareciera más receptivo ante la idea de la boda, nada había cambiado.

Y nada explicaba por qué la había besado. Al pensar en ello le quemaban los labios.

No había sido más que un beso rápido e inesperado, y después le había dado la espalda como si hubiese cometido el error más grande de su vida. ¿Qué podía haber sido aparte de un ataque de testosterona dirigido a demostrarle quién era el jefe?

Y había estado a punto de funcionar.

Notó que le daban un golpecito en el brazo y se sobresaltó, como si hubiera llamado la atención de Daniel con su pensamiento. Se alegraba de que él no pudiera leerlo.

Él gritaba y le señalaba algo, pero ella no podía oírlo debido a los auriculares. Miró hacia donde señalaba y lo comprendió.

En el horizonte se veía una mancha de color verde azulado y ella reconoció el lugar inmediatamente.

Era Kallista. Recordaba haber visto fotos de aquel lugar años atrás en un artículo sobre las propiedades que los famosos tenían en Australia. Nunca había imaginado que algún día iría a visitarlas.

La isla era montañosa y en las orillas se extendían playas de arena blanca y palmeras. Los arrecifes de coral hacían que el azul del mar adquiriera miles de tonalidades diferentes.

Al rodear las montañas vieron un lago de agua cristalina, en la que se veía cómo nadaban los peces donde no había profundidad.

Sophie sintió que le daba un vuelco el corazón.

Era un lugar perfecto.

Y a su lado el campo de golf parecía una mala opción.

¿Quién no preferiría casarse en un lugar paradisiaco como aquél?

Pero tenían una reserva y Monica estaba contenta. Y sería un día perfecto. Sophie se encargaría de que fuera así.

–¿Qué te parece? –preguntó Daniel después de aterrizar, mientras se dirigían hacia un carro de golf que los estaba esperando.

–Es bonito –dijo ella, tratando de no parecer entusiasmada.

–¿Bonito? –repitió él–. ¿No crees que podrías ser un poco más entusiasta?

–Bueno, hay una playa preciosa y montones de palmeras.

–A Monica le encanta esta isla –insistió él–. Siempre ha dicho que le gustaría casarse aquí.

Sophie no lo dudaba. Ya comprendía por qué Monica había recalcado que quería un lugar con palmeras y una bonita puesta de sol. Pero dudaba de que Daniel estuviera realmente convencido acerca de que se celebrara la boda y de ser el anfitrión. Horas antes se había opuesto a la idea de forma vehemente, y sin embargo quería tenerlo todo controlado.

¿Y por qué? ¿Porque estaba tan feliz que quería que la boda de su hermana fuera perfecta? Ella lo dudaba. Había cambiado de opinión demasiado rápido y no era creíble.

Algo tramaba, y ella deseaba poder averiguarlo.

Había una cosa clara, de ninguna manera podía aceptar que Kallista fuera el lugar donde se celebrara la boda. Jake había dejado claro que prefería que el evento tuviera lugar en un sitio neutral.

–De acuerdo, tienes razón, es una isla preciosa. Perfecta si lo que uno quiere es casarse descalzo sobre la arena. Pero ¿respecto a la infraestructura para la boda? –se encogió de hombros–. Para empezar hay que tener un servicio de catering y alojamiento. A menos que se traslade a los invitados en barco o en ese cacharro –dijo mirando al helicóptero–, cada vez que quieran salir de la isla.

–No será necesario –dijo él, dando un golpecito en el techo del carro–. Sube. Dejaré que valores si Kallista tiene la infraestructura necesaria.

Sophie se subió al carro y ni siquiera se molestó en decirle que no era necesario, que al día siguiente pagaría la reserva de Tropical Palms tal y como Monica y Jake habían decidido, y que Daniel Caruana podía irse al infierno. ¿Qué sabía él acerca de lo que necesitaba para organizar una boda? Quizá Tropical Palms necesitara una reforma, pero si pensaba que su hermana estaba dispuesta a casarse en unas carpas y rodeada de mosquitos, se equivocaba.

Arrancaron y recorrieron el camino de arena entre palmeras. Él se había enrollado las mangas de la camisa y su piel bronceada contrastaba contra la tela blanca, haciendo que pareciera un pirata. Pero ella nunca había visto un pirata conduciendo un carro de golf. En ese momento, el carro pisó unos trozos de palmera y ella no pudo contener la risa al sentir los saltitos.

—¿Ocurre algo divertido?

Ella apretó los labios y miró hacia delante.

—Sólo que vi tu coche, el negro que estaba junto al helicóptero…

—¿Y?

—Y es exactamente tal y como imaginaba que sería tu coche.

—Ah, ¿y eso?

—Ya sabes, uno negro y elegante y… —«peligroso», pensó, pero no dijo nada—. Y veloz.

—¿Y eso es divertido?

—Bueno, no, es sólo que… —se calló. Sabía que si seguía hablando admitiría que lo imaginaba como un pirata de verdad. Lo miró de reojo y se alegró de que la sombra del toldo no le permitiera ver que se había sonrojado—. Es sólo que nunca había imaginado a un hombre como tú conduciendo un carro de golf.

Él sonrió y la miró.

—Apuesto a que hay muchas cosas que nunca imaginaste que haría un hombre como yo —la miró a los ojos.

Ella se alegró de que no pudiera leer su pensamiento, porque entonces se enteraría de que lo había imaginado haciendo todo tipo de cosas.

Él se preguntaba en qué estaría pensando ella, e incluso le parecía que se había sonrojado.

–Resulta que me gustan los coches negros, elegantes y veloces –la miró de nuevo–. Pero aquí en la isla es como nos movemos. Siento que esto no sea lo bastante elegante y rápido para ti.

Puso una amplia sonrisa. Ella se sonrojó, pero él sabía que no estaba enfadada. ¿En qué había estado pensando? Sabía que no era la mujer mojigata y solterona que quería aparentar. Entre sus brazos había tenido a toda una mujer, de curvas seductoras, aroma femenino y labios sensuales.

Estuvo a punto de gemir al recordarlo. Y estaba a su lado, en su isla, en su territorio. ¿Cómo reaccionaría Fletcher si se enterara? Ojo por ojo, hermana por hermana.

–¿Y cómo es que te apellidas Turner?

–¿Perdón?

–Te apellidas Turner –dijo él–. No Fletcher. Pero dijiste que no has estado casada, o al menos que no lo estás ahora. Fletcher nunca mencionó que tuviera una hermana.

Ella dudó un instante. No confiaba en él, aunque empezaba a relajarse y ya no estaba tanto a la defensiva. Al cabo de un instante, se encogió de hombros y dijo:

–No es un secreto –suspiró–. Nuestros padres se separaron cuando yo apenas tenía un año. Dividieron todo entre los dos, incluidos los hijos. Mi padre se quedó con Jake y mi madre conmigo. Me puso su apellido, supongo que para no recordar a su ex todo el rato. Yo no me enteré de nada hasta años después.

Así que era verdad que era la hermana de Fletcher.

Las averiguaciones de Jo lo confirmarían, pero él no dudaba de que estuviera diciendo la verdad. Eso significaba que probablemente estaba metida en el plan de su hermano para que aquella boda pareciera lo más real posible y así poder llevarse una buena cifra.

–¿Y cómo os reencontrasteis de nuevo?

–Mi madre murió hace dos años. Entonces, un abogado me dijo que tenía un hermano. Yo no tenía ni idea. Era demasiado pequeña como para recordar nada. Nos vimos por primera vez en el funeral. Y fue allí donde me enteré de que mi padre había muerto diez años antes. Mi madre nunca…

Le temblaba la voz. Él la miró, pero ella no lo estaba mirando. Su vista estaba posada en algún punto del camino. Respiró hondo y sus senos se movieron bajo la tela de la blusa.

–Ya está, ésa es la horripilante historia.

Parecía tan sola y perdida que fue él quien tuvo que respirar hondo. Al final iba a terminar sintiendo lástima por ella, ¡por la hermana de Fletcher! Además, recordaba haber visto al padre de Jake una vez, sentado en la terraza de su casa de madera. Una casa que parecía derrumbarse mientras él se tomaba una cerveza, rodeado de botellas vacías amontonadas como si fueran bolos. No le sorprendía que se hubiera muerto.

Quizá era mejor que ella nunca lo hubiera conocido. Quizá hubiera terminado como su hermano. Un hermano al que ella defendía como una tigresa defendería a sus cachorros. ¿Lo defendería igual si conociera más cosas acerca de su pasado? Lo dudaba.

–O sea que no hace tanto tiempo que conoces a Fletcher.

Ella apretó los dientes.

–Lo conozco desde hace suficiente tiempo.

–A lo mejor no lo conoces tan bien como crees.

–Mire, señor Caruana, creo que ya ha quedado claro lo que siente sobre mi hermano.

–Daniel.

–¿Qué?

–¿No habías quedado en que me llamarías Daniel?

–Yo…

–Después de todo, Sophie, casi somos parientes.

Ella se sentó derecha en su asiento y él tuvo la sensación de que la idea de convertirse en su cuñada le atraía tanto como a él la de convertirse en su cuñado.

Tomaron la última curva y él oyó que suspiraba con sorpresa al ver el primer bungalow de madera.

–¿Qué es eso?

Él paró el vehículo y bajó, ofreciéndole la mano.

–Dijiste que querías infraestructura –se mofó–. Y yo siempre le doy a una mujer lo que pide.

A ella no le cabía ninguna duda. Lo miró sonrojada.

–No te preocupes por tus cosas –dijo él, al ver que iba a agarrar el maletín–. Las únicas personas que hay en la isla son mis empleados. Saben que si hacen algo malo, tendrán que largarse de aquí –dijo él, sujetándola de la mano.

Ella sintió el calor de su piel y su poderosa masculinidad. Al ver su sonrisa, se estremeció.

Sin duda no debería ser tan agradable tocar a alguien tan arrogante y antipático, alguien que había dejado claro que su hermano no era lo bastante bueno como para casarse con su hermana. Entonces, él la soltó para indicarle que subiera los escalones hasta la terraza del bungalow, desde donde se contemplaba el océano.

–¿Cómo en esos programas donde se echa a la gente de la isla por votación?

–Excepto que aquí no se vota –dijo él, cruzando la terraza hasta una puerta corredera de cristal y deteniéndose para dejarla pasar–. Cuando se comete un error hay que pagar un precio.

Ella estuvo a punto de soltar una carcajada, pero al ver la expresión de su rostro supo que hablaba completamente en serio.

–Un lema curioso –dijo ella.

–A mí me funciona –dijo él, quitándose las gafas de sol.

Al pasar por delante de él, Sophie se preguntó si se estaría refiriendo únicamente a sus empleados.

Aquélla era la isla de Daniel y él estaba a cargo. Un rey en su castillo. Afortunadamente, Monica había aceptado celebrar la boda en Brisbane. No podía imaginar cómo sería intentar organizar una boda con Daniel vigilando, pendiente de cada error. No es que eso pudiera suceder, independientemente de lo que él pensara sobre la infraestructura de la isla.

Sophie entró en la casa y se quitó las gafas de sol. Las puertas de cristal daban a un amplio salón decorado en color rojizo y marrón. Los muebles eran muy atractivos y Sophie dio su aprobación a toda la decoración.

En la pared que estaba al otro lado de la entrada, una puerta daba paso a un dormitorio más grande que el salón, donde había una cama llena de almohadas, tan ancha que apetecía tumbarse en ella. Sophie lo habría hecho si Daniel no hubiera estado detrás.

Cualquier muestra de entusiasmo la perjudicaría a la hora de rebatir por qué aquel lugar no le parecía adecuado para la boda.

Seguía pensando que era así, incluso después de haber visto los bungalows entre los árboles. Unas cuantas cabañas no bastaban para hacer un complejo residencial. El catering también tendría que ser de primera calidad y, aunque algo le decía que un lugar como aquél tendría algo más que una simple barbacoa, decidió que no tenía sentido averiguarlo. Ya tenía un lugar para el evento.

–Muy bonito –admitió de forma inexpresiva, consciente de que Daniel estaba esperando su reacción. La otra puerta llevaba hasta un baño con jacuzzi y una ducha estupenda que ella miró de manera distante, tratando de no mostrar la envidia que le generaba.

No podía negar el repentino sentimiento de culpabilidad. Era un lugar estupendo, y habría comprendido que Monica se hubiese querido casar en aquella isla. Ella no sabía qué más le faltaba por ver, pero con muy poco esfuerzo aquel lugar podía convertirse en la suite de cualquier recién casada.

Al recordar las habitaciones de Tropical Palms, se mordió el labio inferior. Anticuadas. Viejas. A falta de una reforma. Mientras que aquéllas…

Jake quería que la boda se celebrara en Brisbane y Monica había aceptado que tuviera lugar en Tropical Palms porque pensaba que Daniel nunca daría su consentimiento para la boda, que él nunca lo apoyaría y que, por supuesto, no se ofrecería a pagarla.

¿Y si Daniel tenía razón y Monica siempre había deseado casarse allí?

¿Quizá Monica había suprimido su deseo de casarse en Kallista porque pensaba que así obtendría menos resistencia ante la boda y podría acomodar mejor el deseo de su hermano y el de su prometido?

En ese caso, ¿en qué lugar quedaba ella, una organizadora de bodas que había prometido un día perfecto?

—Bueno, ¿y qué te parece?

Ella se volvió tan deprisa que sintió que se mareaba una pizca. ¿Fue por verlo detrás de ella, sentado en el lateral de la cama y no esperándola en la puerta? Notó que se le secaba la boca. La mirada de Daniel estaba a la altura de sus senos. Estaba mirándoselos fijamente. Y una vez más, ella echó de menos tener la carpeta para poder ocultar sus pezones erectos.

—¿Sobre qué?

Él la miró a los ojos.

—Sobre todo lo que has estado pensando en los últimos cinco minutos que has estado mirando al infinito.

Ella tragó saliva y trató de esbozar una sonrisa, desconcertada por la imagen que ofrecía sentado en la cama. Si vestido tenía ese maravilloso aspecto, ¿cómo sería verlo desnudo tumbado en una cama tan grande?

«Oh, no».

En ese momento supo que no quería que la boda se celebrara allí en Kallista. No podría dejar de pensar en la imagen de Daniel sentado en aquella cama, o en su camisa abierta mostrando su piel color aceituna…

Miró el reloj y puso una amplia sonrisa.

—Creo que será mejor que continuemos la visita si quiero llegar a tiempo para tomar mi vuelo.

Fue tan terrible como esperaba. Había veinte cabañas, y todas igual de elegantes. Estaban situadas entre las palmeras, alrededor de la laguna, y había suficiente distancia entre ellas como para pensar que no había más habitantes en la isla. También había una casa grande que servía de bar y restaurante.

«Es terrible», pensó ella mientras bebía un cóctel de mango contemplando una poza de agua cristalina entre las palmeras.

Era perfecto.

O podría serlo, de no ser por el hombre que estaba sentado frente a ella.

Daniel Caruana estaba recostado en el respaldo de su silla como si pensara que tenía el mundo en sus manos, y no sólo la boda de su hermana.

Sophie temía que fuera así, al menos en lo que a la boda se refería. Después de todo, aquel hombre estaba acostumbrado a luchar y ganar todos los días. ¿Cómo se suponía que iba a poder enfrentarse a él?

–Me temo que deberíamos ir al helicóptero pronto, si quiero tomar mi vuelo.

–Supongo que sí –dijo él, y cruzó los brazos detrás de la cabeza como si no estuviera dispuesto a ir a ningún sitio–. Excepto que todavía no me has dicho lo que piensas sobre la infraestructura que ofrece la isla –dijo él, con una sonrisa.

Ella bebió un sorbo y se fijó en cómo la camisa resaltaba su torso musculoso. Aquel hombre tenía un cuerpo prefecto. Era fuerte y sexy, aunque a ella le costara admitirlo.

–No esperaba que la isla estuviera tan desarrollada. Tenía la sensación de que sólo había una única vivienda.

–Me parecía egoísta guardarme todo esto para mí solo.

–Pero aquí no hay nadie más aparte de nosotros y los empleados, y no lo explotas como alojamientos. ¿Para qué es?

Él se encogió de hombros.

–Caruana Corporation tiene muchos empleados que requieren formación profesional. A veces vienen aquí para realizar actividades que refuercen el trabajo en equipo, y a veces como incentivos. Esta mañana acaba de marcharse un grupo de directores. La semana que viene llegará otro.

–Pero parece un complejo hotelero de cinco estrellas. Has debido de gastarte una fortuna en este lugar.

Daniel apoyó los codos sobre la mesa.

–¿Y por qué iba a pagar una fortuna para que fueran a otro sitio cuando tengo una isla propia muy cerca? Pero lo que yo me gaste no es asunto tuyo. Lo que me interesa es saber si estás de acuerdo en que éste es el lugar perfecto para celebrar la boda de Monica.

Era el lugar perfecto. Suficientemente grande y con mejor calidad que el resto de los lugares de Far North Queensland. Absolutamente perfecto, excepto por un detalle.

Daniel Caruana.

–Daniel, tienes razón, es un sitio estupendo. Estoy segura de que sería perfecto en las circunstancias adecuadas. Pero quizá no para esta ocasión. Ya te lo he dicho, tenemos un lugar, y tanto Jake como Monica aceptaron que la boda se celebre allí.

–Pues cancela la reserva.

–¿Cómo?

–Cancele la reserva y ahórrate el dinero. Dijiste que Monica y Fletcher tenían un presupuesto, este lugar no les costará ni un céntimo.

Ella respiró hondo. Todo lo que él decía tenía sentido. El lugar era estupendo, el alojamiento maravilloso, y estaba segura de que la comida sería exquisita. Además, Jake y Monica podrían ahorrarse mucho dinero. Debía de estar loca para seguir buscando un motivo para decir que no. Pero Daniel seguía insistiendo y ella no podía aceptar, al menos no hasta que hubiera hablado con sus clientes.

–Mira –comentó, alegrándose de no haberle contado que todavía no habían pagado la reserva de Tropical Palms–. Con tan poco tiempo puede que nos penalicen por anular la reserva y ya no se ahorren tanto dinero pero, por supuesto, hablaré con Monica y Jake sobre tu generosa oferta –miró el reloj y, asombrada por lo rápido que había pasado el tiempo, se puso en pie–. Tengo que irme. Mañana temprano tengo una reunión y no puedo perder mi vuelo. ¿Qué te parece si te llamo mañana para decirte lo que opinan Jake y Monica?

Él la agarró del brazo para detenerla.

–¿Y qué tal si hablamos de ello ahora?

Ella lo miró y vio que tenía el ceño fruncido y los labios apretados. Trató de retirar el brazo, pero él no se lo permitió.

–No puedo perder el vuelo.

–¿Por qué te opones a celebrar la boda aquí?

–¿Me culpas por no estar de acuerdo con todos tus caprichos? ¿Puedo recordarte que fuiste tú el que dijo que no habría boda?

–Eso ya lo hemos hablado. Moni quiere casarse aquí.

–Y tenemos una reserva que Monica ha aceptado. En otro sitio.

–Estamos hablando de mi hermana.

–Y Monica es mi cliente. Yo he actuado según sus deseos. Gracias por tu consejo y por enseñarme la isla. Les comentaré a mis clientes tu propuesta, pero ahora tengo que marcharme. Tengo que tomar un avión –miró fijamente la mano que él tenía sobre su brazo– ¿Si no te importa?

Él no dijo nada, pero ella notó que la rabia se apoderaba de él.

Sólo estaba sujetándola del brazo, entonces, ¿por qué tenía el vello erizado de todo el cuerpo? ¿Y por qué sentía un fuerte calor en los lugares secretos de su ser?

Entonces, vio cierto brillo en su mirada y él la soltó de golpe.

–Como desees. Te llevaré hasta el helicóptero.

–Gracias –dijo ella, dudando de que la hubiera oído. Ya se estaba alejando cuando sonó el teléfono.

Ella sacó el móvil del bolso y comprobó el número, suspirando aliviada al ver que era Meg y no otro cliente buscando un día perfecto.

–¿Qué pasa, Meg? Estoy de camino al aeropuerto.

Su secretaria tardó un momento en contestar, el tiempo suficiente para que Daniel se acercara a ella, preguntándose por qué alguien que tenía tanta prisa por marcharse caminaba tan despacio.

–¿Meg? ¿Ocurre algo malo?

–Depende. ¿Quieres que te dé primero la buena o la mala noticia?

Capítulo 6

SOPHIE tragó saliva. Estaba acostumbrada a que las cosas no siempre salieran bien a la hora de organizar una boda, pero Meg sonaba demasiado preocupada…

–¿Cuál es la buena noticia?

–Ya no tienes la reunión de las ocho de la mañana en Gold Coast.

–¿Qué? ¿A qué hora la tengo?

–Bueno, ésa es la mala noticia. No la han convocado a ninguna otra hora. Han cancelado la reserva.

–¿La han cancelado? ¡No puede ser!

–Lo siento, Sophie, de veras. Ha llamado una tal Annaliese diciendo que había alguien que quería reservar todo el lugar y no sólo la sala de fiestas, y que han pagado al contado, así que no les ha quedado más remedio que aceptar.

–Pero no pueden hacer eso –repitió ella–. Los llamaré. Annaliese es nueva allí. Probablemente haya confundido las fechas.

–Te deseo suerte, pero parecía muy segura de lo que decía. Espero que tengas razón.

–¿Algún problema? –preguntó Daniel.

–Espera un momento –dijo ella, alejándose de él–. Tengo que hacer una llamada urgente.

Él miró el reloj y frunció el ceño.

–Dijiste que tenías que tomar un avión.

–Lo siento –dijo ella–. No tardaré mucho.

Sophie tenía el corazón acelerado. Marcó el número de teléfono y esperó a que contestaran. Tropical Palms tenía que estar disponible. Alguien tenía que haber cometido un error. De otro modo…

–¡Philipe! –exclamó aliviada cuando por fin contestaron–. Me he enterado de que habéis cancelado mi reserva y he decidido que debía comprobarlo.

–Lo siento de veras. Si hubieses pagado la reserva. No hay nada que pueda hacer…

Ella sabía que la reserva no se haría firme hasta que no la pagara, pero Philipe le había dicho que no se preocupara y que podía pagarla cuando fuera a la reunión. Al menos podían haberla llamado para decirle que alguien quería reservar todo el lugar. Deberían haberla avisado.

–¿Problemas en el paraíso?

Ella apretó los dientes y deseó estar en su despacho para no tener que enfrentarse a un Daniel sonriente a la vez que intentaba contener las lágrimas. ¿Qué se suponía que iba a decirles a Jake y a Monica?

–Nada que no pueda manejar –dijo ella, y se dirigió hacia el carro.

–¿No? –preguntó él–. No he podido evitar escuchar la conversación. Tengo la sensación de que es algo más grave.

–Saldrá bien.

–Tiene que ver con la boda de Monica, ¿no es así? Has llamado al sitio donde la ibais a celebrar ¿verdad?

Ella negó con la cabeza, y respiró hondo. No podía llorar allí.

–Es un asunto mío. No tienes nada que ver en esto.

–¡Tiene que ver con mi hermana! –colocó la mano sobre su hombro y la volvió para que lo mirara–. ¿Qué ocurre? –él retiró la mano del hombro y le acarició la mejilla con el pulgar–. Estás llorando. ¿Tan mala ha sido la noticia?

Ella giró la cabeza.

–No estoy llorando –mintió con voz temblorosa. Respiró hondo y dijo–: Al parecer, Tropical Palms ha recibido una oferta mejor. Hemos perdido la reserva.

–Entonces, todo está arreglado. Celebraréis la boda aquí.

Ella pestañeó para contener las lágrimas.

–Espera. Eso no depende de ti.

–¿Tienes una idea mejor? ¿Otras opciones?

–Todavía no he mirado otras opciones.

–Acabo de solucionar tu problema.

–Todavía pueden cancelar la reserva que han hecho.

–¿Eso es lo que vas a decirle a Monica? ¿Qué estás esperando una cancelación cuando podría casarse aquí, en Kallista?

Ella lo miró y se preguntó si sería coincidencia que el mismo día que había conocido a Daniel Caruana se hubieran truncado los planes de boda de su hermana. Él estaba decidido a que la boda se celebrara allí. ¿Era posible que él estuviera detrás de la repentina reserva?

–Te dije dónde iba a celebrarse la boda antes de despegar para venir aquí.

–¿Y?

–¿No te parece una coincidencia que de pronto me

encuentre con que alguien ha reservado todo el lugar al mismo tiempo que tú tratas de convencerme para que la boda se celebre aquí?

Él se apoyó en el techo del carro.

—¿Crees que he sido yo?

—¿No? —preguntó ella alzando la barbilla.

—Y ¿cuándo se supone que podía haber hecho la reserva si he estado contigo todo el tiempo?

—No lo sé. Pero hiciste una llamada de teléfono justo antes de venir aquí.

—¿Y no se te ocurre ningún otro motivo para que pudiera hacer una llamada, como por ejemplo para informar de que nos esperaran con un carro en el helipuerto?

Sophie deseó que se la tragara la tierra.

—Lo siento. Pero ¿cómo iba a pensar otra cosa? Has estado decidido a celebrar la boda aquí desde que aceptaste que no había nada que pudieras hacer para evitar que se lleve a cabo.

—Sólo quiero lo mejor para Monica. Sospecho que tú también. Por eso, a lo mejor deberíamos trabajar juntos en esto.

—¿Qué quieres decir?

—Creo que cuando Monica llame desde Honolulú deberíamos hablar con ella los dos y averiguar qué es lo que realmente quiere hacer. Y quizá tranquilizarla diciéndole que hablo en serio cuando ofrezco que celebre la boda en Kallista.

—No veo cómo. Puede pasar un tiempo hasta que llame, teniendo en cuenta que cuando aterricen tendrán que pasar la aduana antes de ir al hotel. Probablemente, para entonces yo ya haya llegado a Brisbane.

–No te vayas. Quédate aquí en Kallista.

Sophie pestañeó al oír sus palabras. ¿Cómo iba a quedarse cuando lo que quería era dejar de estar en compañía de aquel hombre lo antes posible?

Pero ella quería que Jake y Monica fueran felices y puesto que le habían cancelado la reserva en Tropical Palms, ya no tenía que estar en Gold Coast a primera hora de la mañana.

Era lo último que deseaba, pero quizá debería retrasar su marcha un poco más. Tenía muchas cosas que decirle a Monica después de descubrir que su hermano apoyaba el matrimonio más de lo que ella había pensado, y así quizá Jake también se beneficiara al oírlo. Quizá era eso lo que todos necesitaban, una oportunidad para hablar las cosas y superar lo que hubiera pasado en el pasado. Después de todo, si iban a ser una familia tendrían que aprender a comunicarse entre ellos.

Y después de la llamada quizá todavía hubiera un vuelo con el que poder llegar a Brisbane esa noche.

Ojalá que pudiera regresar a casa. Podían pasar horas esperando a la llamada de Monica. Y cuanto más tiempo estuviera en compañía de Daniel Caruana, más confusa se sentiría. No era algo a lo que estuviera acostumbrada y no acababa de disfrutarlo.

Estaba acostumbrada a tener el control. Su madre le había enseñado que una mujer no necesitaba a un hombre para ser valorada y que a veces estaría mucho mejor sin tener uno. Aunque sabía que la opinión de su madre era consecuencia de un fracaso matrimonial y de un par de relaciones posteriores poco satisfactorias, su experiencia con los hombres sólo había reforzado el consejo de su madre.

Lo que había sido de gran ayuda para su trabajo. Ella era capaz de mantenerse distante y ofrecer la boda más romántica del mundo sin que se le humedecieran los ojos. Era una mujer práctica y poco sentimental. Más bien racional.

Hasta entonces.

Hasta que conoció a Daniel Caruana.

Sin duda, era mejor que se fuera.

Daniel se fijó en la indecisión que reflejaba su mirada. Ella se mordía el labio inferior y parecía joven y vulnerable. La brisa movía algunos mechones de su cabello y él experimentó el deseo de besarla otra vez.

Le gustaba su sabor. Y no podía imaginar cómo sería que ella lo mordisqueara a él.

No estaba dispuesto a dejarla marchar antes de descubrirlo.

—¿De qué tienes miedo? —preguntó él, acercándose a ella—. ¿Por qué te resulta tan difícil tomar una decisión?

Ella lo miró y se sorprendió al ver que él se movía y colocaba los brazos para atraparla contra el vehículo.

—Por nada. Tendría que llamar a Meg al despacho para que se ocupe de algunas cosas. Y cambiar mi reserva de vuelo, aunque no sé a qué hora podré marcharme.

—¿Eso es todo lo que te preocupa?

Ella miró de un lado a otro, buscando la manera de escapar de entre sus brazos.

¿No se daba cuenta? Era demasiado tarde para escapar.

—¿O quizá lo que te preocupa es que te vuelva a

besar? ¿Eso es lo que te da miedo? ¿Por eso estás de-sesperada por marcharte, porque temes que repita lo de antes?

–¿Qué? No, ¿por qué iba a preocuparme tal cosa? Nunca se me ocurrió algo así.

–¿Nunca? –murmuró él, acercándose una pizca–. Me has ofendido, señorita Turner. ¿Nunca pensaste en la posibilidad de finalizar lo que empezamos?

–Yo nunca… –negó con la cabeza, pero no tenía sentido intentar negarlo. Tenía la vista posada en sus labios, y respiraba de manera agitada–. No irías…

No tuvo oportunidad para terminar la frase. Él la besó en la boca y sintió una mezcla de duda y deseo.

Le sorprendía pensar que una hermana de Fletcher pudiera saber tan bien. Esperaba que hubiera cierto sabor a corrupción, a podredumbre, y sin embargo, sus labios sabían a fruta dulce.

Él no la abrazó y el único punto de contacto entre sus cuerpos eran los labios, sin embargo, la conexión fue muy fuerte. No era un beso apasionado, ni de de-seo no correspondido, sino un beso tierno, dulce y necesario.

–¿Por qué has hecho eso? –susurró ella, y bajó la vista como si tuviera miedo de mirarlo a los ojos.

–Me parecía una buena idea quitárnoslo del me-dio.

–Ah.

–Porque ahora sé que la primera vez no fue un error.

Ella lo miró boquiabierta y él se rió para no be-sarla de nuevo. No era el momento, ni el lugar. El sol brillaba con fuerza y él necesitaba una cerveza y una ducha fría.

–Mira, ha sido un día muy largo. Es probable que Monica no llame hasta dentro de un par de horas. ¿Qué tal si nos damos un baño mientras esperamos? A mí me vendría bien.

Él frunció el ceño.

–¿He dicho que vaya a quedarme?

–¿No te vas a quedar?

Ella miró hacia el helicóptero.

–Supongo que podría quedarme, hasta que llamen. Peor no he traído nada conmigo. No pensaba darme un baño.

–No pasa nada –dijo él, agarrando la llave del carro–. Estoy seguro de que podremos encontrar algo medianamente decente.

La casa era de madera y cristal, estaba en lo alto de una colina y tenía una vista espectacular. A un lado, el océano salpicado de islas y, al otro la espectacular y extensa costa de la península.

–Es preciosa –dijo Sophie mientras él la ayudaba a salir del coche–. No sé cómo puedes soportar marcharte de aquí.

Él puso una amplia sonrisa.

–Me alegro de que pienses así.

Ella se alejó una poco y fingió estar interesada en la vista. No había captado el mensaje que, sin duda, contenían sus palabras.

¿Y por qué había dejado que la besara? Estaba planificando la boda de su hermana y se suponía que era una profesional y debía comportarse de forma distante.

Dejar que la besara no había sido un gesto distante. Pero cómo iba a ser distante si él la miraba de esa manera, provocando que se le acelerara el corazón. ¿Cómo iba a pensar con claridad si lo que deseaba era que la besara de nuevo?

¿Sólo se conocían desde esa misma mañana? Era imposible que el hombre que la había besado con tanta ternura fuera el hombre arrogante que había conocido en el despacho. Aunque allí también había estado a punto de besarla, provocando que estuviera a punto de derretirse antes de encontrar la fuerza de voluntad para apartarlo.

Pero ¿lo había apartado cuando había ido a besarla por segunda vez? No. Su cuerpo se había tensado con anticipación. Y lo único que había pensado era que no estaba dispuesta a detenerlo.

Abajo, el mar azul golpeaba suavemente contra la arena blanca de una cala protegida del mar abierto por unas rocas. Era un lugar privado y muy apetecible. Para llegar a la cala había que bajar por unas largas escaleras, pero Sophie ya podía sentir el agua fría sobre su cuerpo ardiente.

Pero, ¿realmente conseguiría enfriárselo? Se mordió el labio inferior al pensar en las implicaciones. ¿Sería buena idea ponerse un bañador prestado y compartir un baño con un hombre que ya la distraía demasiado estando vestido? Cerró los ojos para tratar de borrar las imágenes que habían invadido su cabeza y en las que Daniel aparecía en bañador. «¡Oh, no!». Bañarse era mala idea.

–Creo que puedo pasar sin baño –dijo ella buscando una excusa–. Mis zapatos de tacón no sobrevivirían a esa escalera. Pero tú puedes ir –levantó la vista y vio que él la estaba mirando y se sonrojó.

–No me gustaría que se te estropearan los zapatos –dijo él con una media sonrisa–. ¿Por qué no te bañas en la piscina, como pensaba hacer yo? Supongo que tus zapatos aguantarán algunos metros más.

Daniel se volvió hacia la casa y Sophie lo siguió despacio, sintiéndose más tonta que nunca. Por supuesto que una casa como aquélla debía tener una piscina en algún lugar.

La puerta de madera se abrió antes de que llegaran a ella y una mujer de mediana edad y vestida con un delantal salió a recibirlos. Sophie se fijó en su cálida mirada.

–¡Señor Caruana! Debería haberme dicho que iba a traer una invitada –comentó ella mientras entraban en el espacioso recibidor–. Habría preparado algo más especial para la cena.

–Estoy seguro de que lo que tenías pensado, Millie, estará delicioso como siempre. Y no me cabe duda de que la señorita Turner pronto se convertirá en una fan de su cocina –se volvió hacia Sophie–. Millie solía llevar un café en Cairns, hasta que un día entré a comer y le hice una oferta que no fue capaz de rechazar.

En ese momento sonó su teléfono y Millie le agarró la chaqueta mientras él se excusaba y miraba quién era.

–Es cierto –dijo Millie con una amplia sonrisa–. Y así, hice las maletas y me vine a vivir a una isla tropical paradisíaca. Si me permite, le diré que éste puede convencer a cualquiera. Así que tenga cuidado, señorita Turner, si sabe lo que es bueno para usted.

–Millie –dijo Daniel guardando el teléfono–, no vayas por ahí contando mis secretos.

–Gracias por el consejo –le dijo Sophie a Millie–. No estoy segura de que vaya a quedarme para la cena, pero sin duda aprenderé todos los trucos que pueda.

Millie puso cara de decepción y Daniel intervino en la conversación.

–Por supuesto que la señorita Turner se quedará a cenar –anunció–. Y, entretanto, me preguntaba si podrías mostrarle la habitación de invitados y conseguirle un bañador. Yo iré enseguida. Tengo que hacer un par de llamadas –sonrió–. Pero ten cuidado no se vaya a dañar los tacones.

–Por supuesto. Tengo el bañador perfecto para usted. Venga –Millie subió una pequeña escalera y avanzó por un pasillo–. ¿Qué pasa con los tacones? –preguntó mirando hacia atrás por encima del hombro.

–Estaba bromeando a mi costa –admitió Sophie–. Creía que tendría que bajar hasta la cala para darme un baño y puse a mis zapatos como excusa. No me di cuenta de que habría piscina –no admitió que intentaba evitar bañarse con Daniel, pero si él estaba hablando por teléfono a lo mejor podría darse un baño rápido.

Millie sonrió.

–Tiene don de gentes. Hay un camino para llegar a la playa, y es preciosa. Dígale a Daniel que la lleve, pero sí, mejor cuando vaya con zapatos planos.

Sophie sonrió para darle las gracias. Por mucho que la playa fuera un lugar especial, estaba segura de que no estaría allí el tiempo suficiente para ir a verla.

–Siempre es agradable cuando el señor Caruana trae amigos a casa –dijo Millie mientras le mostraba el camino–. Yo le digo que no es normal que un hombre esté solo en una casa tan grande como ésta. Siempre le digo que algún día tendrá que sentar la cabeza.

La casa era enorme y tenía una vista estupenda desde todos los ángulos. Una vista que se complementaba con una piscina que se fundía con el horizonte al borde de la terraza.

Pero las palabras de Millie resonaron en la cabeza de Sophie mientras la seguía hasta la habitación de invitados. El ama de llaves creía que ella era la última novia de Daniel.

–No somos amigos. No de esa manera. Estoy esperando a que Monica llame desde Honolulú. Estoy organizando su boda.

–¿Monica va a casarse? –preguntó asombrada–. ¡Nunca lo imaginé! Es una gran noticia. ¿Quién es el afortunado?

–Mi hermano, Jake.

Millie puso una amplia sonrisa.

–Entonces, eres mucho más que una amiga. Eres casi familia –se volvió hacia el armario–. Veamos, hay un bañador aquí que te quedará perfecto. ¿Dónde está?

–¿De quién es toda esta ropa? –preguntó ella, mirando a su alrededor y preguntándose por qué la habitación de invitados tenía una cama alta y un armario lleno de ropa.

–En realidad, es ropa de repuesto. Por si Monica viene con amigas.

Sophie se percató de que Monica empleaba la habitación algunas veces. Había fotos suyas sobre la cómoda. Una en bañador en la playa. La otra con el uniforme del colegio.

Había otra foto, pero Sophie no reconocía quién era. Una chica guapa con brillo en la mirada y cabello rubio lanzaba un beso a la cámara.

–Ah, aquí está –dijo Millie–. Pruébate éste. Tiene un pareo a juego. Te daré una toalla.

Sophie se volvió y sonrió al ver la prenda de color zafiro y dorado que había sobre la cama.

–Gracias, Millie, es precioso. Por cierto, ¿sabes quién es esta mujer? ¿Una amiga de Monica? Creo que no la he conocido, aunque sí he conocido a las chicas que van a ser sus damas de honor.

Millie se acercó, le quitó la foto de las manos y pasó un paño que llevaba en el bolsillo para quitarle el polvo al cristal.

–Al parecer era una buena amiga de Daniel. Murió en trágicas circunstancias. Daniel no soporta tener la fotografía en un lugar visible, pero tampoco quiere guardarla así que la esconde aquí, ya que apenas entra. Era guapa, ¿verdad? A veces me pregunto si…

La mujer se quedó en silencio y Sophie no pudo evitar preguntar.

–¿Qué es lo que te preguntas?

Millie suspiró.

–Sólo si lo que sucedió entonces fue lo que hizo que Daniel no quisiera implicarse emocionalmente con nadie más. Al parecer iban en serio –pasó el paño por la estantería antes de dejar la foto–. Bueno, será mejor que te dé la toalla.

Sophie se sentó en el borde de la cama y agarró la ropa que la mujer le había dado. Entonces, miró la foto de la chica sonriente, la foto de una mujer tan especial que Daniel no soportaba verla más.

¿Habría sido Daniel el que tomó esa fotografía?

Su mirada llena de brillo y el beso que lanzaba ¿irían dirigidos a él?

El debía de haberla querido muchísimo.

Por algún inexplicable motivo, ella no quería pensar en ello demasiado. Era difícil imaginar a Daniel queriendo a alguien. Parecía un hombre enojado e implacable, y si tenía corazón debía tenerlo en un lugar tan profundo que posiblemente ya estuviera atrofiado. Incluso el amor que sentía por su hermana parecía más propio de un perro guardián que de un hermano.

Sophie agarró el bikini y se dirigió al baño. Un baño era lo que necesitaba. Y puesto que Daniel estaba ocupado en el teléfono, tendría la piscina para ella sola. Cuando él llegara, diría que ya se había bañado suficiente y se cubriría con el pareo.

Además, Millie estaba allí. ¿De qué diablos tenía que preocuparse?

Capítulo 7

QUÉ HAS encontrado?

—Es la hermana de Fletcher —dijo Jo al otro lado del teléfono—. Al parecer sus padres se separaron y se repartieron a los niños.

Daniel se recostó en la silla y puso los pies sobre la mesa. Así que era verdad lo que ella le había contado. No estaba seguro si se alegraba de que no estuviera mintiendo, o si se sentía decepcionado por el hecho de que fuera pariente del canalla de Fletcher.

—¿Y el negocio?

—Existe. Es un negocio pequeño. Parece que tiene buena fama, aunque últimamente no hay mucho trabajo —hizo una pausa—. Sin duda le vendría bien una inyección de dinero.

Daniel bajó los pies al suelo.

—¿Crees que va detrás de un pellizco?

—¿Qué más iba a hacer aquí? Monica es lo bastante mayor como para casarse sin tu permiso. La tal señorita Turner, o como se llame, ha venido para hacer que la boda parezca de verdad y así te entre el pánico y le ofrezcas más dinero a Fletcher para que desaparezca.

Daniel se quejó en voz baja. Sin embargo, ella actuaba como si la relación entre Moni y su hermano fuera el romance de la década. Las averiguaciones de

Jo sólo confirmaban lo que él había sospechado desde un principio: ella estaba allí por dinero. Nada más.

—Esta noche hablaremos con Monica. Cuando descubra dónde se alojan, quiero que le hagas llegar una oferta a Jake.

—¿Cuánto?

—Ofrécele un millón. El trato habitual: que se largue y que no vuelva a ponerse en contacto con Monica nunca más.

—¿Un millón? Cielos, jefe, si me ofreces un millón a mí, te aseguro que tampoco volveré a hablar con Monica.

—¡Basta, Jo! —dijo él. No estaba para bromas—. Esto es serio —añadió masajeándose la sien.

—Hablaba en serio —protestó el hombre—. ¿Le ofreces un millón de dólares a ese bastardo cuando sabes que va a pedirte más? Sabes que no los merece.

—¡Merece lo que haga falta para apartarlo de Moni! ¿Comprendes?

—Sí. Por supuesto, jefe —dijo él—. Yo estaba allí, ¿recuerdas?

Daniel lo recordaba. Jo había estado a su lado durante los años de instituto y había visto los inútiles esfuerzos que había hecho Fletcher para demostrar que era igual que Daniel. El niño becado contra el niño adinerado. Y Jo había presenciado todos los enfrentamientos que había tenido con Daniel para demostrar que era igual o mejor que él.

Fletcher se había ganado el título de persistente y lo irónico era que al final de curso, Daniel había llegado casi a admirarlo. Tenía la sensación de que el chico que tenía aquel padre aprovechado podía llegar a hacer alguien de sí mismo.

O eso había pensado.

Hasta que recibió la llamada de teléfono que cambió su vida.

La llamada con la que le informaron que Emma había muerto.

Entonces se percató de que Fletcher no sólo había querido ser tan bueno como Daniel Caruana. Quería ser él, en todos los aspectos de su vida.

Fue Jo quien recogió a Daniel del suelo y se mantuvo a su lado mientras enterraban a la chica que amaba. También fue Jo el que estuvo bebiendo cerveza con él mientras despotricaba acerca de cómo iba a matar a Fletcher. El que lo había convencido de que matar a Fletcher no merecía la pena.

Sí, Jo había estado siempre a su lado y su lealtad merecía reconocimiento.

–Sé que pedirá más –continuó Daniel en tono menos agresivo–. Sabe más que nadie lo mucho que vale Moni, pero estoy seguro que la señorita Turner hará que acepte la oferta, simplemente para poder marcharse de la isla y obtener su parte.

–Entonces, ¿sigue allí?

–La forma más rápida de demostrar que está metida en esto es forzarla a que organice una boda que sabe que no tendrá lugar. No será capaz de fingir durante veinticuatro horas al día.

–¿Crees que se quedará allí?

–No se marchará de la isla. Al menos, no mientras Fletcher esté con mi hermana.

Finalizó la llamada asegurándole que lo llamaría de nuevo en cuanto se enterara de dónde se alojaba Monica en Honolulú. Después, giró la silla para mirar por la ventana, agradecido de que hubiera alguien que lo comprendiera, que conociera la historia y no tuviera que hacer muchas preguntas.

¿Qué haría si Jo no estuviera? Su viejo amigo también había estado a su lado cuando uno de los primeros novios de Moni decidió que ella valía más en dinero que por sí misma. A los dieciocho años recién cumplidos, Monica se había enamorado sin darse cuenta de que el chico que fingía ser el hombre de sus sueños también la amenazaba con publicar imágenes secretas de ellos en Internet. La hermana de Daniel, inmortalizada en un vídeo en lo que debería ser uno de los momentos más íntimos y especiales de su vida. A menos que su hermano pagara por ello una buena suma.

Jo acordó el pago para que el chico desapareciera y se destruyeran las pruebas. Pero parecía que siempre había alguien dispuesto a ocupar su lugar, alguien dispuesto a aceptar una oferta antes de hacer algún daño.

Puesto que habían aceptado el dinero, ¿no se demostraba que lo único que les interesaba era su fortuna?

Fletcher sería igual que ellos, o peor, teniendo en cuenta su pasado.

Jo no le fallaría. Pronto le tenderían una trampa y Fletcher desaparecería. Y entretanto…

Un movimiento en la piscina llamó su atención a través del cristal.

Entretanto tenía otras cosas de las que ocuparse.

Quizá fuera una buena actriz, pero no era la única que podía actuar. Eso sí, con la manera de actuar de Jake, ella pronto desearía no haberle seguido el juego al cretino de su hermano.

Jake hizo otra llamada de teléfono. Estaba ansioso por unirse con ella en la piscina y por pasar a la siguiente etapa del juego, pero primero tenía que asegurarse de que ella no tuviera ninguna excusa para marcharse de pronto.

Porque la señorita Turner no se marcharía a ningún sitio, de momento.

Sophie apoyó la barbilla sobre sus brazos cruzados en el borde de la piscina y se quedó flotando mirando hacia donde el mar se unía con el cielo en el horizonte. La brisa era cálida y el olor a mar se mezclaba con las flores tropicales que trepaban por las paredes. Era el paraíso.

Pero ella había ido allí para trabajar. Tenía que recordárselo, porque en lugar de centrarse en Monica y Jake terminaba pensando en el hermano de la novia.

¿Cómo podía confiar en él después de cómo la había tratado y de cómo había hablado acerca de Jake aquella mañana? ¿Cómo iba a creerse que estaba dispuesto a que se celebrara la boda después de haberse opuesto a ella?

¿Y cómo iba a fiarse de sí misma si cada vez que él le acercaba sus labios se derretía? ¿Estaba mal sentirse atraída por el que iba a ser su cuñado?

«Sólo ha sido un beso», se recordó por enésima vez. Nada más. Y no habrá nada más. Un hombre como Daniel debía de tener montones de amigas. Un beso no significaba nada para un hombre como él.

¿O sí? Era un hombre de negocios y, sin duda, empleaba tácticas especiales en la sala de reuniones. Y en el dormitorio. ¿La habría besado con intención de hacerla creer que estaba interesado en ella y para que, así, ella bajara las barreras? A lo mejor creía que si la seducía podría abrir una brecha entre Jake y ella. *Divide y vencerás*, decía el refrán.

Pero si realmente pensaba que podría seducirla con unos pocos besos, se equivocaba. Movió las piernas dentro del agua y se preguntó si podría aprovecharse de aquello. No estaba segura de su capacidad para jugar a ese juego. No tenía mucha experiencia con los hombres. Pero quizá, si llegaba a conocerla un poco mejor él estaría más dispuesto a escucharla y descubriría que Jake no era tan malo.

El sol había calentado sus hombros y ella se metió bajo el agua para enfriarlos. Saldría pronto del agua, antes de que Daniel terminara con sus llamadas. Pero disfrutaría un minuto más de aquel delicioso baño.

Cerró los ojos y suspiró. Un minuto más…

De pronto, sintió algo frío en su espalda y Sophie se sobresaltó.

–Te vas a quemar si no tienes cuidado –Daniel estaba a su lado, poniéndole crema sobre sus hombros–. Estabas dormida –dijo él.

–No me he dado cuenta. Es tan relajante.

–No pareces relajada –dijo él–. Estás rígida como un palo.

«Hay un motivo para ello», pensó ella mientras él le extendía la crema. Cerró los ojos deseando bloquear todas las sensaciones que él le provocaba. No le estaba poniendo crema sin más, le estaba dando un auténtico masaje y ella no pudo evitar gemir de placer.

Cuando él se arrodilló en el agua y le acarició por debajo de los brazos, demasiado cerca de los pechos, ella no pudo soportarlo más.

–Tengo que salir –dijo ella, y se volvió hacia él. No debía haberlo hecho. Al instante, notó que se le secaba la boca. Estaba rodeada de agua, pero parecía que estuviera en medio de una tormenta de arena en el desierto.

–No tienes prisa, ¿no? –preguntó él.

Ella se fijó en su torso musculoso y en la fina capa de vello oscuro que cubría su piel bronceada y desaparecía bajo la cinturilla del bañador. A lo mejor tenía razón. No tenía prisa. Entonces, ¿por qué estaba tan desesperada por alejarse de él?

–A lo mejor llama Monica –dijo al fin, buscando el pareo con la mirada–. Quiero estar preparada.

–Ya ha llamado.

–¿Qué? –lo miró.

–Acabo de hablar con ella. No te localizaba en el móvil así que llamó a tu oficina y le dijeron que a lo mejor todavía estabas aquí.

Ella se sentó en un banco sumergido que había en el borde.

–¿Monica ha llamado y ni siquiera te has molestado en avisarme? Sabías que estaba esperando su llamada.

–Ella intentó llamarte –le recordó él–. ¿Es culpa mía que no contestaras? Pero ¿realmente importa con quién hablara? Lo importante es que ha dicho que estaría encantada de celebrar la boda aquí, en Kallista.

–Ya, estoy segura de ello –Sophie se puso en pie y por primera vez no se preocupó de que Daniel la viera en bikini–. Porque seguro que le has dicho que Tropical Palms no está disponible –agarró el pareo que estaba en la silla y se cubrió con él antes de buscar el teléfono, preguntándose cómo no había oído la llamada.

Aunque se hubiera quedado dormida, el sonido la habría despertado.

–No está disponible. No sabía que era un secreto. Deberías habérmelo dicho.

–¡Y tú deberías haberme avisado! –dijo ella, levantando la toalla para buscar el teléfono–. Puede que Monica sea tu hermana, pero se supone que soy yo la que organiza la boda para ellos –se volvió–. ¿O es que Jake también ha dado saltos de entusiasmo ante la idea de que la boda se celebre aquí? Por algún motivo, lo dudo, teniendo en cuenta lo bien que parece que os lleváis.

–Él estaba en la recepción. No he hablado con él.

–Así que pensaste que era mejor aprovechar el momento antes de que yo tuviera oportunidad de hablar con ellos sobre las opciones –entonces, lo recordó. Había estado tan ocupada pensando en la foto del cuarto de invitados y tan centrada en ir a bañarse antes de que Daniel terminara sus llamadas que se había olvidado de sacar el teléfono del bolso.

–¿Qué opciones? –preguntó él desde la piscina, apoyándose en el borde, relajado–. No tenías más opciones y lo sabes.

–¿Tuve la oportunidad de buscarlas? No, porque el gran Daniel Caruana había decidido que es la única opción. Fin de la discusión. Dime, ¿a veces te resulta aburrido pisotear a la gente o siempre te resulta agradable?

–¿Por qué estás tan enfadada? –Daniel salió de la piscina y el agua escurría por su cuerpo escultural. Era la primera vez que veía a aquel hombre sin ropa. Podía haber sido una estatua de mármol convertida en realidad, un dios de la mitología. Ella notó que se le aceleraba el corazón al ver que él se acercaba, pero fue la expresión de su mirada la que le provocó un sentimiento de miedo.

–Tienes suerte de tener un lugar –soltó él–. Pero, en lugar de darme las gracias por solucionar tu problema, prefieres meterte conmigo como si hubiera sido injusto contigo.

Ella se volvió para marcharse. No estaba dispuesta a oír nada más, consciente de que sus palabras tenían parte de verdad. Kallista ofrecía una solución a su problema relacionado con la celebración de la boda, aunque también le generaba otro de otra índole.

Pero ya no soportaba más. Sentía que el control de la organización de la boda se le había escapado de las manos desde el momento en que llegó al despacho de Daniel Caruana aquella mañana. Pero también sentía que estaba perdiendo el control de sus sentimientos.

–No tengo por qué escuchar todo esto –dijo ella, pero él la tenía agarrada por el antebrazo y tiró de ella hasta que chocó contra su cuerpo.

Ella se quedó boquiabierta al sentir el calor de su cuerpo a través de la tela mojada del pareo.

Era como si él hubiese accionado un interruptor en su interior y de pronto una ola de calor invadiera su cuerpo provocando que se le hincharan los senos y se le endurecieran los pezones. Al mismo tiempo, notó un fuerte calor en la parte baja del vientre.

–¿De qué tienes miedo? –preguntó él mirándola a los ojos–. ¿Por qué siempre pareces desesperada por huir de mi lado?

–¿Quién ha dicho que tenga miedo?

Él frunció el ceño y le agarró con más fuerza el brazo tembloroso.

–¿De veras soy tan aterrador?

–Yo no… –se mordisqueó el labio inferior. No tenía sentido fingir que no tenía miedo, pero tampoco tenía que admitirlo. Alzó la barbilla–. Ahora no voy a salir huyendo.

–Mejor, porque no tendría sentido. Cuando quiero algo, normalmente lo consigo.

–¿De qué estás hablando?

–Te deseo, Sophie. Te deseo desde que entraste a mi despacho con un vestido abotonado y una actitud altiva. Te deseé casi más entonces que ahora que ya te he visto sin nada de eso.

Ella se estremeció.

–Daniel, yo…

Él le acarició el cabello.

–Tú también lo notas –dijo él–. Sientes la atracción que hay entre nosotros.

Ella intentó convencerse de que era parte del plan. Intentó convencerse de que era eso lo que ella había querido, conseguir que Daniel estuviera receptivo y así asegurarse de que la boda entre su hermana y su hermano fuera un éxito.

¿Pero cómo podía fingir que era parte del plan si cada vez que él la tocaba no necesitaba fingir que se estremecía? Entonces, sintió que él la besaba en el pelo y notó su cálida respiración contra el cuero cabelludo.

Tragó saliva y se contuvo para no levantar el rostro y besarlo en los labios. Luchó contra ello todo lo que pudo. Pero apenas tenía resistencia.

Ella también lo deseaba.

Sophie oyó que llamaban a la puerta y se volvió sin que Daniel la soltara.

–Siento interrumpiros –oyó que decía Millie–. Pero Monica está en el teléfono y quiere hablar con la señorita Turner.

–¿Conmigo?

Daniel asintió.

–No he tenido oportunidad de decírtelo, pero Moni dijo que volvería a llamar cuando hubiera hablado con Jake.

Sophie sabía que no le había dado la oportunidad de contárselo.

–Lo siento –le dijo–. Tenía la sensación de que tratabas de controlarlo todo.

–Ya me he dado cuenta –dijo con una sonrisa–. Será mejor que contestes la llamada –asintió mirando hacia la puerta–. Millie te mostrará dónde está el despacho.

–¿No vienes?

–Moni quiere hablar contigo. Pensé que preferirías hablar a solas –vio que se quedaba mirándolo y preguntó–. ¿Vas a ir a contestar o no?

Ella asintió y entró en la casa.

«Sólo ha sido una pequeña mentira», se dijo Daniel mientras se dirigía a su habitación. Sabía que no hacía falta que vigilara el curso de la conversación. Le había comentado a Monica la situación y ella se había mostrado entusiasmada, y él estaba seguro de que ni siquiera Fletcher la haría cambiar de opinión. No tenía más opción. Kallista o nada.

Además, él no pensaba hablar con Fletcher. Ni siquiera quería oír su voz.

Si todo salía tal y como había planeado, nunca tendría que hacerlo. Cuando Jo contactara con él y le hiciera la oferta, él estaría ansioso por evitar un plan de boda en territorio enemigo. No quedaba mucho tiempo para que Fletcher pusiera pies en polvorosa.

Abrió el grifo de la ducha y esperó a que el agua saliera caliente.

Había otro motivo por el que no se había quedado a supervisar la llamada. Era el tono de admiración y adoración que había oído en la voz de Monica cuando hablaba de Fletcher.

Era como…

Era como si de verdad estuviera enamorada de él.

La idea hizo que se le formara un nudo en el estómago. «De ninguna manera», pensó y se metió en el agua para tratar de olvidarse de ello. Ella pensaba que lo amaba, pero no era cierto

¿Y si lo amaba?

Respiró hondo y dejó que el chorro le cayera sobre el rostro. Entonces, la ruptura la afectaría más que nunca. Él odiaba ser el que tenía que salvar a su hermana, hiriéndola en el proceso. Pero ¿quién más podía hacerlo? ¿Quién más sabía de lo que Fletcher era capaz?

Era mejor que sufriera un poco y no que más tarde descubriera que Fletcher sólo estaba interesado en su dinero.

Y estaba seguro de que algún día ella se lo agradecería.

Monica estaba tan excitada como Daniel había dicho. Celebrar la boda en Kallista era un sueño convertido en realidad, y no podía ser más feliz. Después, le entregó el teléfono a Jake para que pudiera hablar con su hermana.

–¿Tú qué opinas, Jake? –preguntó Sophie–. ¿Estás contento con el cambio de lugar?

–Parece que no tenemos elección, teniendo en cuenta que Tropical Palms ha cancelado la reserva. Pero Monica está loca de alegría. Y si Daniel no ve problema alguno para ofrecernos su isla, yo no veo por qué he de decir que no.

Lo que significaba que ella tampoco podía decir que no. Respiró hondo y se sorprendió al ver que su cuerpo reaccionaba al oía hablar de Daniel.

–Lo que me sorprende –continuó su hermano–, es que él apoye que se celebre la boda. Eso no lo esperaba.

Él no era el único sorprendido. Ella había sido testigo de cómo Daniel había pasado de hablar de Jake como si fuera el diablo encarnado a ofrecerles aquella isla paradisíaca para celebrar su boda. Sophie sabía que Jake había aceptado que se celebrara allí porque era lo que la novia quería.

–¿Qué pasó entre vosotros? –preguntó ella–. Empiezo a confiar en que Daniel se hará a la idea de que su hermana va a casarse, pero debió de pasar algo más aparte de lo del instituto. Esta mañana reaccionó de forma muy brusca a la noticia.

Oyó un suspiro al otro lado de la línea.

–Mira, Sophie, no es algo de lo que quiera hablar por teléfono. Ni siquiera estoy seguro de que yo conozca la historia. Esperaba aclarar las cosas con Daniel antes de marcharnos, pero no contestó a mis llamadas.

–A lo mejor deberías regresar vía Cairns y solucionarlo antes de la boda. Quizá Daniel ya se haya hecho a la idea para entonces. Podría ser un buen momento para solucionarlo.

–Quizá tengas razón. Oye, tenemos que irnos. Hemos reservado unas clases de surf.

Ella estaba despidiéndose cuando su hermano añadió:

–Espera, Monica quiere decirte algo.

–¿Sophie? Sólo quería darte las gracias por estar ahí –dijo Monica–. Daniel me ha dicho que te quedarás en Kallista hasta la boda, para asegurarte de que todo sea perfecto. Para mí significa mucho que estés dispuesta a hacerlo. Muchísimas gracias. ¡Nos veremos a la vuelta!

Monica había colgado cuando Sophie recuperó el habla para contestar. ¿Iba a quedarse en Kallista? ¿Daniel le había dicho tal cosa? ¿Y cuándo pensaba comentárselo a ella?

A Daniel Caruana le gustaba tenerlo todo controlado. Era como jugar al ajedrez con alguien que siempre iba dos jugadas por delante. No permitiría de ninguna manera que él le dijera lo que tenía que hacer.

Entonces recordó que Monica le había dado las gracias por quedarse allí. Sin duda, Daniel era el responsable de todo aquello, pero Monica le había demostrado que debía de ser así. Sophie estaba atrapada entre las estrategias de Daniel y la responsabilidad que sentía hacia Monica y Jake.

¡Maldito Daniel! Pero era el hermano de Monica. Tenía que conocer a su hermana mejor que ella. Después de todo, había acertado diciendo que ella soñaba con casarse en Kallista.

A lo mejor era cierto que sólo quería que su hermana fuera feliz.

Entonces, ella estuvo a punto de soltar una carcajada. Aquél era el hombre que no se disculpaba por haber sobornado a los novios anteriores de su hermana para que desaparecieran. ¡Prácticamente alardeaba de ello! ¿De veras le preocupaba que su hermana fuera feliz? Temía que no.

Entonces, ¿por qué seguía adelante con los planes de boda?

¿De veras pensaba que esa vez su hermana estaba enamorada? La idea le resultaba incomprensible. ¿Pero qué otro motivo existía para que de pronto estuviera tan colaborador?

Sophie no lo sabía. Pero haría todo lo posible para que aquella boda fuera tal y como Monica y Jake querían, independientemente de lo que Daniel Caruana tuviera planeado

Capítulo 8

MILLIE le dijo a Sophie que Daniel había recibido una llamada importante, pero que ella le mostraría cuál sería su nuevo despacho y se aseguraría de que tuviera todo lo necesario durante su estancia.

Sophie asintió como ensimismada. Poco a poco iba asumiendo que tendría que pasar las próximas semanas en Kallista. Y lo más desconcertante era que todo el mundo lo daba por hecho. Menos mal que Monica la había advertido.

–No he traído nada de ropa –dijo ella.

Millie la informó de que Daniel ya se había ocupado de ese pequeño detalle. Al día siguiente recibiría una serie de cosas para complementar lo que ya había en el armario del cuarto de invitados.

Sophie contuvo su irritación. ¿Es que Daniel creía que por ser el dueño de la isla también podía vestirla a ella? De ninguna manera. Hablaría con Meg para que le enviara algunas cosas. Quizá tuviera que vivir allí, pero eso no significaba que tuviera que ponerse la ropa de Daniel.

El despacho de invitados estaba en el extremo de la casa, justo al lado de su habitación. Tenía vistas hacia la península y la combinación entre el mar cerúleo, la arena blanca de la costa, las montañas verdes y el cielo azul era magnífica.

Además tenía todo lo necesario en una oficina: ordenador, impresora, teléfono, fax y conexión a Internet.

Sophie miró a su alrededor, preguntándose qué tipo de personas era el que recibía Daniel para tener una oficina completamente equipada y una habitación de invitados a su disposición. Desde luego no era para recibir a sus tíos. Aunque en realidad no sabía nada de su familia, aparte de la lista de invitados que Monica le había entregado.

Pocas semanas después los conocería, suponiendo que algún día enviara las invitaciones. Monica y Jake habían elegido el formato, pero no podían imprimirlas hasta que no supieran dónde iban a celebrarla. Aparte de las invitaciones tenía que preguntarle a Daniel si podrían disponer del helicóptero y de la lancha que había mencionado.

También tendría que organizar el vuelo del cuarteto de cuerda que habían contratado y buscar la tarta. Además, Monica quería palomas.

Sintió que una ola de adrenalina la invadía por dentro. Eso era lo que más le gustaba de su trabajo, cuando conseguía encajarlo todo y la boda iba tomando forma.

Eso era sólo la punta del iceberg. Tenía muy poco tiempo y muchas cosas por hacer.

La boda sería lo más perfecta posible, y Daniel se percataría de que se había portado muy bien con su hermana y con ella. Estaba decidida a que sucediera.

Levantó la vista y vio que Millie estaba esperando:

–Es perfecto –dijo con una sonrisa, sintiéndose

bien por primera vez en el día. Por fin estaba pensando en la boda otra vez. Haciendo su trabajo en lugar de fantaseando con el hermano de la novia.

Una hora más tarde, estaba en el despacho imprimiendo unos archivos cuando Daniel llamó a la puerta.

–¿Acostumbrándote a tu nueva oficina?

Al verlo, ella sintió que se le aceleraba el corazón.

–Hay mucho que hacer para poner esta boda en marcha –dijo ella–. Sobre todo, teniendo en cuenta que no hay mucho tiempo.

Él arqueó una ceja y metió las manos en los bolsillos.

–Imagino. Por eso pensé que estaría bien sentar tu base de operaciones aquí. Me alegro de que aceptaras.

Ella se puso derecha.

–No se trataba de aceptar ¿no? Se trataba de hacerlo lo mejor posible.

–Mañana tengo que ir a Townsville a una reunión y probablemente regrese tarde. ¿Estarás bien aquí sola?

Ella estuvo a punto de decirle que probablemente le cundiría más en su ausencia que con él por allí. Sin embargo, añadió

–Tengo muchas cosas que hacer. Dudo que note que te has marchado.

Se fijó en que él ponía una mueca al mirarla. Quizá se sorprendía de que se hubiera puesto la misma ropa en lugar de haber elegido algo del armario.

–He pedido que te envíen ropa de una boutique.

–Gracias, pero mi secretaría me enviará algunas cosas.

–No es necesario.

–Al contrario –dijo ella–. Es muy necesario, y puesto que tardarán más en mandarlas aquí, he pedido que las envíen a tu oficina.

–Entonces llegarán en la lancha –dijo él–. El helicóptero estará conmigo en Townsville.

–Tengo que hablar contigo de eso –dijo ella–. Tendré que organizar el traslado de los invitados desde Cairns a la isla. ¿Podremos utilizar tu helicóptero para eso? ¿O la lancha? Si no, tendré que intentar reservar otra embarcación.

Él sacó las manos de los bolsillos como si de pronto se sintiera incómodo, y bajó la vista para mirar el reloj.

–Claro, organiza todo lo que quieras. Me olvidaba, Millie me ha pedido que te diga que la cena está lista. Vamos a cenar en la terraza. Acompáñame.

Ella lo siguió al ver que no estaba dispuesto a esperar. Así que, puesto que ya se había asegurado que la boda se celebraría allí, ¿ella podía hacer lo que quisiera? No comprendía a Daniel Caruana en absoluto.

Al día siguiente, Sophie colgó el teléfono y se masajeó la nuca. Necesitaba un descanso. Eran las cinco de la tarde y había pasado todo el día organizando y llevaba hablando por teléfono desde la hora del desayuno. Alejada de su despacho y sin que el teléfono la molestara cada diez minutos, y con Daniel fuera de la isla, el tiempo le había cundido muchísimo. Quizá aquel acuerdo funcionara mejor de lo que ella había esperado. Millie asomó la cabeza por la puerta para decirle que la cena estaría lista en una hora. El aroma ya salía de la cocina y su estómago rugía con anticipación.

Necesitaba hacer un poco de ejercicio. Un paseo escaleras abajo y un baño en la cala sería estupendo.

Se puso un bikini azul y agarró un par de sandalias de su talla del fondo del armario. Informó a Millie de dónde iba y se marchó. La escalera era más larga y empinada de lo que parecía y le llevó algún tiempo recorrerla. Durante el trayecto se detuvo algunas veces para contemplar la vista y escuchar el canto de los pájaros. Hacía calor y nada más llegar a la playa se quitó las sandalias y el pareo y se metió en el agua.

«Qué maravilla». Se sumergió y se mojó la cabeza. Era mágico. Nadie podía verla, nadie podía molestarla. Era como tener una playa privada.

La vuelta a casa completó el ejercicio que necesitaba. Sophie llegó casi sin aliento, pero mucho más relajada. Se secó la frente con la toalla y abrió la puerta de su habitación, sorprendiéndose al encontrar a alguien allí.

—Bueno, bueno, mira lo que tenemos aquí.

El hombre estaba al otro lado de su cama, en el lado donde ella había dejado el bolso. Se fijó en que era un hombre musculoso y que abría y cerraba los puños con nerviosismo. ¿Un ladrón en Kallista? Daniel no había mencionado que hubiera ladrones. Y fue cuando la miró de arriba abajo cuando ella se estremeció y temió por Millie. ¿Dónde estaba? ¿Cómo había entrado aquel hombre?

—¿Quién es usted? —le preguntó.

—¿Así que tú eres la hermana de Fletcher?

Ella se ató el nudo del pareo más fuerte.

–¿Qué hace en mi habitación?

–He de admitir que no esperaba que fueras tan guapa.

–Ojalá pudiera devolverle el cumplido, pero puesto que no lo esperaba, señor…

–Llámame Jo. Soy el jefe del equipo de seguridad de Daniel Caruana. Sólo he venido a asegurarme de que todo está bien para la señorita –sonrió y dio un paso adelante, tendiéndole la mano.

Llevaba un reloj de oro en la muñeca y una cadena a juego en el cuello. Dos anillos de oro brillaban en sus dedos manchados de nicotina. Ella le estrechó la mano con desgana.

–Un placer conocerlo –dijo ella, y se percató de que él posaba la vista justo donde el pareo se abría, cerca de la parte de debajo de su bikini. No le gustaba aquel hombre.

–¿Has vuelto? –la voz de Millie se oyó en el pasillo.

Jo soltó la mano de Sophie y se volvió.

–Hola, Millie. He venido a conocer a nuestra nueva invitada.

–Oh, Jo –dijo ella, secándose las manos en el delantal mientras los miraba desconcertada–. No sabía que estabas aquí.

–No quería molestarte, Millie. Entré sin llamar.

La mujer puso una mueca, como diciendo que él ya sabía que no debía entrar sin avisar en la casa, pero no dijo nada más.

–La cena está casi preparada, cariño –le dijo a Sophie–. Si te quieres quitar la ropa mojada.

–Suena bien, Millie –dijo Jo–. He echado de menos tu comida en el café.

—¿No te está esperando tu esposa?

—Esta noche no. Se queda en casa de su hermana. Y me he tomado la molestia de traer esto… —agarró una cosa del suelo y la dejó sobre la cama. Era un paquete. Sophie vio que Meg era la remitente.

—¿Mi ropa?

—Pensé que tarde o temprano la necesitarías.

—Gracias.

Jo suspiró y sonrió.

—Creo que me he ganado una cena. ¿Tú qué opinas?

Sophie miró a Millie. No le apetecía compartir la cena con alguien que hacía que se sintiera inquieta con tanta facilidad, pero no era de buena educación rechazar.

—¿Dónde está todo el mundo? —la voz de Daniel se oyó en el pasillo.

Sophie se sintió aliviada al ver que había llegado temprano y deseó abrazarlo. Si Jo se quedaba a cenar ella se sentiría mejor con Daniel allí.

Él entró en la habitación y, al ver la escena, sonrió a Millie. Sophie se percató de que fruncía el ceño al ver que ella estaba mojada después del baño.

—Jo, no esperaba verte aquí.

—He venido a traer el paquete que me dijiste que esperabais —dudó un instante—. Creía que ibas a quedarte más tiempo en Townsville.

Daniel puso una media sonrisa.

—Hemos terminado temprano. Gracias por traer el paquete. ¿Tenías algo más para mí?

El hombre negó con la cabeza.

—Estoy esperando. Te pondré un mensaje.

Daniel asintió.

—¿Eso es todo?

–Bueno, ¿la partida de póquer del viernes por la noche sigue en pie?

Daniel miró a Sophie y frunció el ceño.

–Esta semana no. A lo mejor la que viene.

Jo miró a Sophie y puso una sonrisita. Sophie quiso protestar diciéndole que no tenía nada que ver con ella, pero él ya se estaba marchando.

–Hasta luego –dijo él.

Millie se excusó y se marchó a la cocina diciendo que la cena estaría lista en diez minutos.

Daniel apoyó una mano en la pared y suspiró. Sophie tenía el cabello alborotado y algunos mechones se le pegaban al rostro. Su pareo mojado resaltaba las curvas de su cuerpo. Estaba mucho más guapa así que con el vestido abotonado que se había puesto el día anterior. Parecía más real. Más mujer. Sin duda, regresar a casa pronto era la mejor decisión que había tomado desde hacía tiempo.

Ella miró hacia la dirección por donde se había marchado Jo.

–Creo que no me gusta ese hombre.

–¿Jo? ¿Por qué? ¿Qué ha hecho?

–Estaba… –se cruzó de brazos y se estremeció–. No lo sé. Me miraba de una manera extraña.

–Jo es ex militar. Es duro, pero avispado. Uno de mis empleados más leales.

Daniel se percató de que Sophie seguía intranquila y se preguntó si habría sucedido algo más. Ningún hombre en su sano juicio evitaría mirar a Sophie, con la ropa mojada después del baño, las mejillas sonrojadas y el cabello alborotado, tal y como él imaginaba que lo tendría después de haber hecho el amor.

«Maldita sea». No le gustaba la idea de que otro

hombre la mirara si su imagen iba a provocarle el mismo pensamiento.

Tenía que cambiar de tema.

–¿Qué tal te ha ido el día?

–Me ha cundido mucho.

–¿Porque yo no estaba aquí? –preguntó con una sonrisa.

–Eso ha ayudado.

Su respuesta sincera hizo que él pusiera una sonrisa más amplia. Mientras que ella había tenido un día productivo en su ausencia, él había estado todo el día pensando en ella, en lo que estaría haciendo en su casa y en si se habría puesto el bikini otra vez.

–¿Tienes hambre?

A Daniel le pareció ver un brillo distinto en su mirada. ¿Deseo? Quería pensar que fuera así. Puesto que él tenía hambre de algo más aparte de comida, le vendría muy bien que ella sintiera lo mismo. En cuanto el plan Fletcher se pusiera en marcha, no tendrían muchas oportunidades. Sería una tontería que desperdiciara una de las pocas noches que tenían.

–Estoy hambrienta –contestó ella, con sus labios rosados entre abiertos.

Durante un instante, él estuvo tentado a besarla otra vez y a olvidarse de la cena. Sin embargo, la agarró de la mano e ignoró su protesta de que primero debía ducharse. En su opinión estaba preparada para servirla en una bandeja.

–Entonces, vamos a cenar.

Momentos después, Daniel decidió que le gustaba verla comer. Le gustaba en general. Incluso a pesar de que hablara de manera incesante sobre la organización de la boda. Tenía un rostro alegre y sus ojos brillaban bajo la suave luz de la luna.

Era muy bella.

Estaba allí.

Y esa noche, la poseería.

Millie estaba sirviendo el postre cuando por fin Sophie encontró el valor de preguntarle algunas cosas acerca de la boda. Daniel estaba de buen humor y no podía desaprovechar el momento.

–Tu apellido es italiano –dijo ella–. Pero naciste aquí, ¿no es así? Sé que Monica sí. ¿Tus padres eran los que venían de Italia?

Él bebió un sorbo de café y se apoyó en el respaldo de la silla.

–No –contestó–. Mi abuelo fue el que emigró. Apenas tenía veinte años y estaba desesperado por trabajar en algún lugar. Terminó en una granja de tabaco en Mareeba –señaló hacia la sombra de las montañas que se veía sobre las luces de la costa, en la península–. Está como a una hora de Cairns, en Atherton Tablelands. Trabajó duro, y en pocos años tuvo suficiente dinero como para comprar su propio lugar. Se casó con la hija de una familia que también se dedicaba al cultivo del tabaco. Sólo tuvieron un hijo, mi padre.

Ella asintió. Así que se había criado sin tíos o primos, y con la familia lejana en Italia. Eso explicaba que en la lista de invitados figuraran tan pocos familiares.

–¿Tu padre se ocupó de la granja?

–Durante un tiempo, hasta que decidió que era mejor cultivar azúcar. Le fue bien, hasta que los precios cayeron en picado. Tomó algunas decisiones equivocadas y se acabó.

–Ah, pero suponía…

Él sonrió.

–¿Que había nacido con una cucharilla de plata para llevarme a la boca? Así fue. Pero me la quitaron apenas terminé el instituto. Mi padre nunca se recuperó de las pérdidas. Sentía que había traicionado a su padre y decepcionado a su esposa. Después de aquello, no volvió a ser el mismo.

Daniel se miró las manos y ella supo que estaba pensando en sus padres. Sophie no necesitaba preguntar. Monica le había contado que una riada se había llevado el coche y que la policía había ido a su casa a darles la noticia de que sus padres no regresarían jamás. Le había contado que Daniel la había abrazado mientras ella lloraba aquella noche, y durante todas las noches de aquella semana, y que le había dicho que nunca permitiría que le sucediera nada.

Por eso protegía tanto a su hermana pequeña.

Ella era la única familia que tenía.

Era curioso cómo había disociado aquella historia de la primera impresión que le había dado Daniel. No encajaba con la imagen que se había creado de un hombre de negocios arrogante que conseguía todo lo que se proponía. Aquel hombre que estaba a su lado había consolado a su hermana entre sus brazos para tratar de calmar sus lágrimas. Había sido él quien prácticamente la había criado.

–Tus padres estarían orgullosos de ti por todo lo que has conseguido.

–Bueno, cuando uno tiene una vida lujosa se da

cuenta de lo que ha perdido cuando no lo tiene. Es un motivador poderoso.

–Estoy segura de que hay algo más. Tuviste un camino difícil. Dejaste la universidad para cuidar de Monica.

–Puede ser. También tuve suerte. Conseguí un trabajo en una empresa inmobiliaria y me salió bien. El mercado inmobiliario comenzaba a despegar justo cuando yo empecé –bebió un sorbo de café y se puso en pie–. Esto es muy aburrido.

Ella retiró la silla hacia atrás y se sonrojó.

–Lo siento. La cena ha sido estupenda, gracias. Ahora he de irme.

Él se acercó a ella y la sujetó del cuello con delicadeza.

–No quiero que te vayas. Pero no quiero hablar de mí.

–¿De qué prefieres hablar?

–¿Quién ha dicho que haya que hablar?

Capítulo 9

ELLA SE habría reído. Quería reírse para disipar la tensión que había en el ambiente, pero la mirada de Daniel le indicaba que aquello no era por casualidad.

—Toda la noche —susurró él, mirándole los labios y acariciándole la nuca—. Durante todo el tiempo que hemos estado aquí sentados, lo que de verdad quería probar era esto —inclinó la cabeza y la besó en la boca—. Mmm, estás salada —dijo él.

—Estuve nadando en la playa.

—Me gusta —dijo él, y le lamió los labios—. También sabes a café, y a algo dulce.

La besó con más fuerza, separándole los labios e introduciendo la lengua en su boca.

La brisa movía las hojas y la luna bañaba de plata el agua del mar. Pero nada importaba. No cuando sus bocas estaban unidas y ella sentía la firmeza de su cuerpo contra el suyo.

Él la besaba de manera apasionada, jugueteando con la lengua en el interior de su boca e inclinándole la cabeza para mordisquearle el cuello.

Y cuando le acarició uno de sus pechos, ella notó que le flaqueaban las piernas.

—Hazme el amor —dijo él, mordisqueándole el lóbulo de la oreja.

Sophie sintió que una ola de placer la invadía por dentro y que le humedecía la entrepierna.

—Apenas nos conocemos —susurró ella, sorprendida de cómo había reaccionado su cuerpo.

Ella no mantenía relaciones sexuales esporádicas, ni tenía aventuras de una noche. No deseaba a cualquier hombre.

—Está claro que nos deseamos.

Al sentir que él le acariciaba el pezón con el pulgar, ella gimió y se olvidó de protestar.

—Me deseas.

—No puedo —dijo ella, negando con la cabeza—. Esto es una locura. Jake y Monica…

—Están en Hawái —la besó de nuevo para persuadirla.

—Se supone que estoy aquí para planificar su boda.

—Y entretanto, ¿has de vivir como una monja?

—Pero no significa nada.

—Significa que nos deseamos.

—Yo no hago este tipo de cosa.

—¿Has querido hacerlo antes alguna vez?

Ella negó con la cabeza y él le agarró las manos.

—Entonces, a lo mejor ha llegado el momento de que lo hagas.

Sophie no encontraba la fuerza de voluntad necesaria para evitarlo. De pronto…

—¡Millie! —susurró mirando a su alrededor y tensándose entre los brazos de Daniel.

—Se ha retirado a su apartamento para la noche. Estamos solos, Sophie. Tú, yo y la luna —le acarició la espalda y ella se estremeció.

—Esto es una locura. Estoy llena de arena.

—Algo que tiene fácil solución —la tomó en brazos como si no pesara nada.

Se movía con la seguridad de un hombre que sabía lo que ambos querían. Ella deseaba que sucediera. Él abrió la puerta corredera con un pie y la besó hasta que comenzó a respirar de forma entrecortada.

«Estoy loca», pensó ella. Un día antes deseaba separarse de aquel hombre y, en esos momentos, no podía esperar para hacer el amor con él.

Daniel abrió otra puerta y entró en una habitación. Era muy amplia y tenía una cama enorme. La luz de la luna iluminaba la estancia lo suficiente como para que no hiciera falta encender la luz. Daniel pasó junto a la cama y se detuvo un instante para quitarse las sandalias y dejar su teléfono móvil, antes de dirigirse al baño, iluminado también por la luz de la luna.

Con ella en brazos, entró en la enorme ducha y abrió el agua. Ella notó el chorro del agua procedente de una ducha tan grande como un plato y sintió que se le refrescaba la cara. Entonces, una vez recuperado el sentido común, se percató de lo que había hecho.

–¡Estás empapado!

Daniel se rió y la dejó en el suelo estrechándola contra su cuerpo, de forma que ella pudo sentir la presión de su miembro erecto.

–¿Qué más da que esté mojado si nos vamos a quitar la ropa de todas maneras?

La besó y ella sintió que una ola de deseo la invadía por dentro otra vez. Él le desató el pareo y la tela cayó al suelo.

–Eres preciosa –dijo él, mirándola con deseo y acariciando su cuerpo cubierto tan sólo por el bikini.

Sophie se estremeció y deseó acariciar la piel que se escondía bajo una camisa mojada. Comenzó a desabrocharle los botones y él la besó en los labios. Al ver que el segundo botón se le resistía, estiró de la camisa y dejó su pecho al descubierto. Se lo acarició con las uñas y le tocó uno de sus pezones turgentes.

Él gimió contra su boca y la soltó un instante para quitarse la camisa rota. Después llevó las manos a su espalda para quitarle la parte de arriba del bikini.

Contempló sus senos durante un momento y se los acarició, jugueteando con sus pezones hasta que ella se arqueó contra sus manos. Entonces, él agachó la cabeza y cubrió uno de sus pezones con la boca.

«Oh, cielos», de pronto, Sophie sintió que la espalda de Daniel no era suficiente, que necesitaba más. Le desabrochó el cinturón para liberar la fuerza poderosa que se ocultaba detrás del pantalón. Una fuerza que sabía iba destinada a ella.

La desesperación gobernaba sus movimientos y mientras el agua acariciaba su cuerpo desprendiéndolo de la sal del mar, también se llevaba su inhibición.

¿Desde cuándo era una mujer que daba el primer paso en el terreno sexual? ¿Cuándo había decidido tomar el camino más peligroso en lugar del más seguro? Él deslizó la boca por su cuerpo y cuando llegó a la altura del ombligo jugueteó sobre él con la lengua, mientras llevaba una mano a la parte de abajo de su bikini. Ella era incapaz de pensar, sólo podía sentir.

Él la apretó contra la pared, acariciándole un pecho con una mano y los muslos con la otra. Entonces, colocó la boca sobre su entrepierna, encontrando la parte más íntima de su ser, húmeda y ardiente de deseo.

Ella enredó los dedos en su cabello mientras él la

deleitaba con sus caricias provocando que gimiera. En un momento dado, Daniel percibió su fuerte deseo y succionó sobre su entrepierna a la vez que la penetró con los dedos.

Sophie sufrió una explosión de sensaciones, como un arco iris de intensos colores. Vivos y potentes.

El color de Daniel.

Él la tomó en brazos antes de que se derrumbara, cerró el grifo y agarró una toalla para colocarla en la cama antes de tumbar a Sophie sobre ella.

–Guau –dijo ella–. Impresionante.

Sus palabras bastaron para que él sufriera una erección bajo los pantalones que ella no le había conseguido quitar. La imagen de ella tumbada sobre su cama bajo la luz de la luna era sobrecogedora.

¡La deseaba! Ella había alcanzado el clímax de una manera tan espectacular que él había tenido que contenerse para no poseerla y compartir el momento con ella.

Pero habría otros momentos, todos los que él pudiera aprovechar antes de que ella descubriera la verdad.

Daniel se quitó los pantalones empapados y los dejó caer al suelo. Después liberó su miembro de la presión de la ropa interior.

–Eres impresionante –dijo ella.

Él se arrodilló sobre una rodilla a su lado, agarró una esquina de la toalla y comenzó a secarle la piel.

–Tú sí que eres impresionante –dijo él, inclinándose para besarla–. Y la próxima vez tengas un orgasmo quiero estar dentro de ti.

Ella lo miró y sonrió.

–Quiero sentirte dentro de mí.

Él gimió y sintió que el deseo estallaba en su interior al oír sus palabras. Él había llegado al límite momentos antes, cuando ella llegó al orgasmo gracias a las caricias de su boca. Pero nada podría superar a la sensación de alcanzar el clímax en su interior.

Sus miradas se encontraron, sus bocas se fusionaron y sus cuerpos se entrelazaron en la cama.

Él gimió de placer al sentir que ella lo acariciaba, jugaba con su miembro y lo guiaba hasta la entrada de su cuerpo.

Daniel se colocó entre las piernas de Sophie y se estiró para sacar un preservativo del cajón.

–Déjame –dijo ella, bajando la vista como si le diera vergüenza mirarlo.

Él se percató de lo valiente que estaba siendo al preguntárselo y se lo entregó. Aquélla no era una mujer que actuara con confianza y soltura. Era una mujer que se había sumergido en aguas profundas y estaba deseosa de aprender a nadar. Él apretó los dientes mientras ella le colocaba el preservativo, y aunque a Daniel le parecía que su cara de concentración era encantadora, sabía que su inocencia a la hora de actuar sería su perdición.

Todo era su perdición: el roce de sus dedos. La tentación de sus piernas separadas. El aroma a deseo de una mujer cuya piel se volvía de color perla a la luz de la luna.

Él se detuvo un instante sobre ella, un momento de calma antes de la tormenta, un momento para cuestionarse qué había hecho para merecer un festín como aquél.

–¡Por favor! –dijo ella, desesperada por sentir el

alivio que sólo él le podía proporcionar–. ¡Ahora, por favor!

Daniel la poseyó con un rápido movimiento y ella lo miró con los ojos bien abiertos.

Él decidió que podría quedarse allí, entre aquella musculatura tensa, durante mucho tiempo, pero sabía que no sería suficiente.

Se retiró hacia atrás y la penetró de nuevo. Ella gimió y él capturó el sonido del éxtasis con su boca, saboreando su placer mientras comenzó a moverse con rapidez.

Ella lo acompañó, moviendo las caderas y utilizando la musculatura para sujetarlo un momento, a pesar de que el ritmo era frenético y descontrolado.

Su piel mojada por el sudor brillaba bajo la luz de la luna, respiraba de manera agitada y cada vez que él la penetraba gemía más fuerte.

–¡Daniel! –exclamó ella, temblando antes de llegar al límite.

Él cubrió uno de sus senos con la boca y succionó con fuerza, la penetró de nuevo y estalló en su interior con la intensidad de los fuegos artificiales.

Ella alcanzó el orgasmo y el estallido de color y pasión provocó que él se estremeciera y la acompañara hasta el final.

Más tarde, cuando la luna ya había alcanzado lo más alto del cielo y Sophie dormía tranquila, él salió a la terraza en pantalones cortos para tratar de calmar su pensamiento.

«Eléctrica», ésa era la palabra que había encontrado para describir cómo había sentido a Sophie. Era como si se hubiese convertido en tormenta eléctrica, vibrante de energía y cayendo como un rayo sobre él.

Pero ¿cuántas noches tendrían? ¿Cuántas oportunidades tendría de adentrarse en su interior y sentir cómo alcanzaba el orgasmo junto a él?

Se volvió y miró por la ventana de su habitación, donde ella estaba tumbada en la cama, bajo la luz de la luna, con la cabeza girada y un brazo colgando.

¿Cuántas noches?

¿O es que aquello iba a terminar antes de comenzar?

Él caminó descalzo por la terraza, negándose a abrir el teléfono que había oído sonar. Por eso había salido al exterior.

«Maldita sea». Quería deshacerse de Fletcher. Quería que se demostrara que aquella boda era una farsa. Pero cuando lo hiciera, cuando Fletcher recibiera su dinero, ella también se marcharía, ansiosa por cobrar su parte.

A esas alturas, Jo ya le habría hecho una oferta. Era posible que Fletcher hubiera aceptado y que estuviera de camino para recogerlo, liberando a Monica.

Él quería que Monica quedara libre.

Pero entonces, Sophie se marcharía.

Daniel se frotó la nuca y suspiró. Sólo había una manera de descubrirlo. Abrió el teléfono y miró los mensajes.

Había uno de Jo.

Fletcher ha dicho No, leyó Fletcher y soltó el aire que estaba reteniendo.

Cerró el teléfono y se volvió para contemplar la vista de la costa. Jo estaría esperando a que él le diera instrucciones para que aumentara la cifra pero, por el momento, Jo podía esperar. Y eso significaba que él podía disfrutar de Sophie.

Además, ella parecía disfrutar haciendo los planes de boda.

¿Quién era él para privarla de su diversión?

—¿Daniel? —ella estaba de pie junto a la puerta corredera, vestida tan sólo por los rayos de la luna y su melena dorada. Al momento, él notó que su cuerpo reaccionaba—. ¿Ocurre algo?

Él le tendió la mano.

—No podía dormir —dijo él.

Ella se acercó moviéndose tímidamente y en silencio. Le agarró la mano y permitió que la estrechara entre sus brazos junto a la barandilla.

—¿Hay algo que pueda hacer? —preguntó ella mientras él le acariciaba la nuca, inhalando su aroma de mujer.

Después, él la acarició desde un pecho hasta el muslo y ella arqueó la espalda con un suspiro.

¿Había algo que ella pudiera hacer?

«Oh, sí».

Ella gimió al sentir que él le acariciaba la entrepierna mientras, con la otra mano, buscaba algo en el bolsillo. Quería aullar bajo la luna cuando encontrara lo que necesitaba.

—A lo mejor sí puedes hacer algo —dijo él, mientras abría el paquete con los dientes. Se quitó los pantalones cortos y los echó a un lado mientras se ponía el preservativo. Después, la acarició con ambas manos.

—¡Daniel! —exclamó ella, jadeando con los pezones erectos entre sus dedos.

Él le separó las piernas y la penetró con un delicioso empujón desde atrás.

Las luces de la costa titilaban en la orilla lejana, el mar brillaba donde reflejaba la luna, y la brisa contenía el aroma de miles de flores exóticas. Cuando llegaron al éxtasis, las luces, el mar y la luna permanecieron iguales, pero la cálida y perfumada brisa se llevó también el grito que contenía sus dos nombres.

Capítulo 10

NO HAY prisa –dijo Daniel desde la mesa de su escritorio–. Deja que sude un poco. No tenemos que parecer ansiosos.

–Creía que tenías prisa –dijo Jo, moviéndose en la silla.

Daniel agarró un pisapapeles de la mesa y tanteó su peso pensando en que los senos de Sophie debían de pesar más o menos lo mismo.

–Tenías prisa, o eso dijiste.

–He oído que la paciencia es una virtud.

Jo se secó la frente con un pañuelo.

–Creo que deberías hacerle otra oferta. Presionarlo. Está claro que es lo que está esperando.

–Y yo creo que deberías escucharme cuando te digo que estoy dispuesto a esperar.

–Entonces ¿ya no te preocupa que tu hermana esté con él? ¿Después de lo que le pasó a la otra chica?

Daniel dejó el pisapapeles sobre la mesa, y giró la silla para mirar fijamente a Jo.

–Esa otra chica se llamaba Emma.

–Sí. Ella. No querrás que le pase lo mismo a Monica.

¿Quién era Jo para decirle lo que tenía que hacer? Pero Monica era su hermana.

Y si le pasaba algo, él nunca se lo perdonaría.

Aunque Sophie era un pasatiempo muy agradable y sexualmente impresionante, podía prescindir de ella.

Pero no de Monica. ¿Qué derecho tenía a darle prioridad a sus deseos antes de asegurar el bienestar de su hermana?

–Está bien –dijo entre dientes, agradeciendo que Jo supiera lo que había sucedido y le pusiera los pies en la tierra–. Dobla la oferta. Dos millones.

Si Millie se había percatado de que habían dormido juntos no dijo nada. La cama de Sophie estaba sin deshacer mientras que la de Daniel estaba completamente deshecha.

Sin embargo, la sonrisa de Millie parecía sincera cuando le llevó una taza de té a media mañana.

–¿Qué tal, cariño? –preguntó y se fijó en las fotos de tartas de boda que Sophie había sacado de Internet–. Uy, son estupendas. Antes de trabajar en el café solía hacer tartas de boda, no tan modernas como éstas, por supuesto.

Sophie asintió pensativa. No podía olvidar la noche que había pasado con Daniel. Era el tipo de amante que salía en los libros. Siempre había pensado que nadie podía hacer el amor tantas veces en una noche. Nadie.

Pero Daniel lo había hecho. Y cada vez había sido distinta, y mejor.

No le extrañaba que no pudiera concentrarse en el trabajo. Todavía intentaba contar las diferentes formas en que habían hecho el amor y el número de orgasmos que había tenido en sólo una noche.

–¿Hmm? –murmuró al oír las palabras de Millie.

–Nunca pude hacer ese tipo de cosas –continuó Millie–. Las mías eran al estilo antiguo, pero ésas son muy bonitas.

–¿Hacías tartas de boda? –preguntó Sophie cuando por fin encontró sentido a sus palabras.

–Antes. Una vez gané un concurso con mi receta de tarta de fruta. No soy muy buena aprendiendo cosas nuevas, como esa comida tailandesa y vietnamita que sé que le gusta al señor Caruana, por ejemplo. Pero puedo hacer la clásica tarta de boda.

Sophie no podía oír lo que estaba oyendo.

–Monica quiere una tarta tradicional. Algo como… –rebuscó entre los papeles que tenía sobre la mesa–. Algo así.

–¡Oh! –Millie miró la foto y suspiró–. Es la de la boda de sus padres. Nunca llegué a conocerlos. ¿A qué Monica se parece mucho a su madre?

Sophie asintió.

–Y esa tarta… –continuó Millie–. Hice una igual para la boda de Sybil Martin, sólo que con rosas frescas en lugar de orquídeas –negó con la cabeza–. Fue un duro trabajo mantener esas rosas en este clima. Las tuvimos en la nevera hasta el último momento.

–¿Hiciste una tarta como ésta?

–¡Un pedazo de tarta! –dijo la mujer entre risas.

–Millie, ¿crees que podrías hacer una para Monica y Jake? A cambio, a lo mejor puedo enseñarte a cocinar comida tailandesa. Es muy sencillo. Mucho más fácil que hacer una tarta de boda.

–¿De veras quieres que haga yo la tarta de boda?

–En serio. Te pagaría, por supuesto. No espero que hagas todo ese trabajo por nada. Y daremos la primera clase de cocina tailandesa en cuanto tengamos una oportunidad.

Daniel entró en la casa contrariado. Su día había sido una pérdida de tiempo.

Había estado esperando a que sonara su teléfono. Esperando a que llegara el mensaje que pondría fin a su aventura con Sophie. Porque era imposible que Fletcher rechazara dos millones de dólares en efectivo.

Un delicioso aroma provenía de la cocina y no pudo evitar acercarse a averiguar cuánto quedaba para comer.

Lo último que esperaba era encontrar a Millie y a Sophie junto a los fogones.

–Señor Caruana, no lo he oído entrar.

Él no se sorprendió, había tantas sartenes y *woks* en los fogones que el extractor no daba abasto. Pero fue la reacción de Sophie lo que llamó su atención. Ella levantó la vista de lo que estaba cortando y se sonrojó.

Millie le sacó una cerveza y se la dio.

–Sophie me está enseñando a cocinar comida tailandesa. Espero que tenga hambre. Tenemos un verdadero festín para usted.

Él abrió la cerveza y se sentó en uno de los taburetes de la encimera de la cocina.

–No me has contado que sabes cocinar, Sophie.

Ella lo miró de reojo.

–Puedo hacer muchas cosas.

Él levantó la botella de cerveza hacia ella.

–Por descubrir tus talentos ocultos –sonrió al ver

que ella se sonrojaba aún más. ¿Cómo podía ser tan tímida pero tan explosiva en la cama? Pero entonces recordó a la mujer que la noche anterior se había medio escondido junto a la puerta, como avergonzada de su desnudez, y él se sorprendió de nuevo al recordar que parecía inexperta. No era virgen, pero tampoco se había acostado con muchos hombres, eso seguro.

En esos momentos, pitó su teléfono. Y la cerveza le pareció amarga.

–¿Sabes qué? Millie solía hacer tartas de boda. Ha aceptado hacer la de Monica y Jake. ¿No es estupendo?

De pronto, la cerveza ya no estaba amarga, sino que sabía horrible.

Daniel se puso en pie y dejó la cerveza sobre la encimera.

–Tengo que hacer una llamada.

–No tarde mucho –dijo Millie–. La cena estará lista en veinte minutos.

Daniel cerró la puerta de su despacho dando un portazo. ¿Cómo podía Sophie fingir que la boda seguía adelante cuando sabía perfectamente que no era así?

¿Y cómo podía crearle esperanzas a Millie acerca de preparar una tarta de boda para un evento que no se iba a celebrar?

¿Por qué insistía tanto en aquella fantasía de celebrar una boda?

Era una buena actriz. Y había que serlo para fingir que la boda era real e involucrar a todo el mundo en su plan.

Sin embargo, ¿qué tipo de actriz se sonrojaba cuando le pedían algo?

¿Estaría equivocado Jo respecto a sus motivos? ¿Pensaría Sophie que la boda era real? Nada de lo que él había visto hasta el momento indicaba que ella no estuviera poniendo todo su esfuerzo para organizar el evento.

Y nada de lo que había hecho indicaba que se hubiera enterado de la oferta de un millón de dólares que le habían hecho a su hermano.

¿Podría ser que Fletcher la estuviera utilizando a ella también?

La idea le parecía plausible. Fletcher no sentía lealtad hacia su hermana. Después de todo, sólo se conocían desde hacía unos años. Sophie y su empresa eran sólo una tapadera. Se negaba a creer que Sophie formara parte del plan de Fletcher.

El hermano de Sophie la estaba utilizando. Ella y su negocio daban credibilidad a su historia, eso era todo.

Y, en cuanto Fletcher tuviera el dinero saldría huyendo y dejaría a Monica y a Sophie destrozadas y Daniel tendría que consolarlas.

Alguien como Fletcher podría hacer una cosa así.

El teléfono pitó de nuevo, recordándole que tenía mensajes sin leer. Daba igual cuál fuera su idea, tenía que enfrentarse a los hechos.

Comprobó los mensajes y encontró el de Jo que estaba esperando.

Fletcher y Monica están en un crucero de tres días. La oferta está hecha. Espero respuesta a su regreso.

Daniel soltó parte de la angustia que había contenido desde que sonó su teléfono por primera vez. Así que Fletcher y Monica estaban disfrutando de todos los atractivos de Hawái. Sabía que debía estar más enfadado con la idea de que su hermana estuviera con aquel hombre.

Pero no era así, y todo porque él tenía a la hermana de Fletcher.

Tres días serían más que suficientes. Al final, Fletcher tendría que asumir su derrota y Daniel ya habría disfrutado de Sophie. ¿Pero tres días serían suficientes para apagar el fuego que sentía en su interior?

«Más que suficientes».

Llamaron a la puerta y la abrieron despacio.

–¿Daniel? –Sophie asomó la cabeza–. La cena está lista.

Él se levantó enseguida y se dirigió a su lado. Estaba dispuesto a sacar el máximo partido a los tres días siguientes. Colocó una mano sobre su nuca y la besó.

–Oh –dijo después de besarla de manera apasionada–. Créeme, estoy preparado.

Después hicieron el amor en la piscina. Despacio, acariciándose con la lengua, entrelazando sus cuerpos y disfrutando de un exquisito placer. Hasta que, finalmente, ambos llegaron al orgasmo provocando que el agua se agitara y se llenara de espuma.

Más tarde, cuando el agua y el latido de sus corazones se habían calmado y ella permanecía acurrucada contra su cuerpo, Daniel se preguntó si esos tres días serían suficientes. Acababa de disfrutar de la mejor relación sexual de su vida y, por la manera que aquella mujer reaccionaba a sus caricias, sabía que todavía podía disfrutar mucho más.

Ella se retorció entre sus brazos y sonrió.

—Gracias —le dijo, acariciándole el torso.

Él le agarró la mano y se la besó.

—¿Por qué?

—Por muchas cosas. Por hacer el amor conmigo en la piscina. Y en la terraza. Y en la ducha. No creo que lo olvide durante un tiempo.

Daniel sonrió. ¿Habían hecho el amor por primera vez la noche anterior? Lo habían hecho tantas veces que le parecía que llevaban más tiempo juntos.

—Ha sido un placer —dijo él mientras disfrutaba de las caricias que ella le estaba haciendo en el pezón.

—Nunca imaginé que podía ser tan maravilloso. Tampoco es que haya tenido mucha experiencia, claro. No como tú, supongo. Probablemente hayas estado con montones de mujeres.

—¿Importa? Hasta ahora, eres la mejor

—Sí, claro —dijo ella, sonrojándose.

Él no sabía por qué lo había admitido, pero no estaba dispuesto a echarse atrás.

—¿Y cuántos amantes has tenido?

Ella arrugó la nariz.

—Me da un poco de vergüenza. Sólo uno. Bueno, dos, si cuentas la primera vez. En realidad sólo uno.

—¿Y quién era?

—Un chico que conocí. Trabajé como voluntaria durante un año dando clase de inglés en un pequeño pueblo de Tailandia.

—¿Allí es donde aprendiste a cocinar tan bien?

—¿Te gustó?

—Me encantó —dijo él, besándola en la nariz—. Gracias.

—Me alegro. Craig era otro voluntario de Nueva

Zelanda. Éramos los únicos extranjeros y el lugar estaba bastante aislado. Yo sentía nostalgia y mi madre acababa de ponerse enferma, no estaba muy mal, todavía, pero yo estaba preocupada y todavía me quedaban seis meses de contrato…

–Y Craig estaba allí.

–Y Craig estaba allí. Era un chico bastante agradable, pero ambos sabíamos que era algo temporal. Él me ayudó a sentirme mejor cuando estaba triste y me sentía sola.

–¿Y quién fue el otro?

–Eso me da más vergüenza. Me enamoré de un chico del colegio. En una fiesta, alguien echó alcohol al ponche y Simon y yo nos dejamos llevar, un poco más de la cuenta, ya sabes. Fue terrible. Ambos nos quedamos tan avergonzados que no volvimos a hablarnos.

Él sabía a qué se refería. Durante el instituto también había tenido algunas relaciones esporádicas. Hasta que Emma y él se hicieron pareja.

No quería pensar en Emma en esos momentos. No mientras estaba acostándose con la hermana de Fletcher.

Se separó de ella y se sentó cubriéndose el rostro con las manos, esperando a que lo invadiera el dolor y el sentimiento de culpa por haberse acostado con aquella mujer.

¡Y que lo hubiera disfrutado, ¡después de lo que Fletcher había hecho!

Entonces, cuando lo invadió el dolor se percató de que no era tan intenso como había esperado.

–¿Qué ocurre?

Él miró hacia el cielo estrellado y suspiró.

–Es tarde y he madrugado mucho. Vamos a la cama.

Al día siguiente, Sophie miró por la ventana de su despacho y se preguntó si algún día recuperaría la capacidad para concentrarse más de dos minutos seguidos. Los últimos días habían sido maravillosos y era difícil imaginar un día en el que el sexo y los recuerdos de sus encuentros no fueran una parte primordial de su vida.

Pero ¿cómo había pasado de tener una vida ordenada y controlada a obsesionarse con las sensaciones que la invadían por dentro?

Y ¿cómo era posible que Daniel la hiciera sentir de esa manera con tan sólo una mirada o una caricia?

Miró el reloj. Daniel llegaría pronto, como había hecho durante los últimos días. La noche anterior, Millie les había preparado una cesta de picnic y habían cenado en la cala privada, turnándose entre bañarse, hacer el amor y darse de comer el uno al otro.

Si aquello continuaba así, cualquier chica podría sentirse especial.

Aunque él no le hubiera dicho que ella había sido su mejor amante hasta el momento, ella podría haber llegado a esa conclusión. Pero aunque él le hubiera dicho la verdad, sus palabras le habían recordado que ella no era más que una de muchas y que Daniel estaba acostumbrado a seguir buscando.

Sin duda, lo haría de nuevo.

Tras un suspiro, Sophie trató de concentrarse en el motivo por el que estaba allí. Había ido para organizar una boda, y no para enamorarse de Daniel Caruana. Aquella relación no tenía futuro porque después de la boda, ella no tendría motivo para quedarse en la isla y tendría que regresar a Brisbane.

Un sonido indicó que había recibido un mensaje de correo electrónico. Ella se volvió hacia el escritorio y abrió la carpeta de mensajes. Al ver que había uno de Jake, sonrió. Lo abrió preguntándose cómo les habría ido en el crucero. Enseguida, frunció el ceño.

Tengo que hablar contigo. Es urgente. ¿Estás sola? J.

Ella releyó el mensaje y contestó brevemente.

Segundos más tarde, sonó su teléfono.

—Jake, ¿qué ocurre? ¿Monica está bien?

—Está bien. Ha ido a la peluquería. Los dos estamos bien. Tengo que darte un mensaje para Caruana.

—Claro, dime.

—Dile que no quiero su dinero. Que retire a sus hombres.

Sophie se quedó de piedra.

—¿Qué dinero? —preguntó, pero lo adivinó antes de que él contestara.

—El dinero que me ha ofrecido para que deje a Monica. No llevábamos aquí más de diez minutos y ya me había llamado su matón. Me ofreció medio millón de dólares por dejarla.

—¿Te ofreció qué? —Sophie se dejó caer sobre la silla. Era una suma obscena, pero lo que ella había estado haciendo mientras él planeaba cómo deshacerse de su hermano, también era obsceno.

Se había acostado con él.

Y mientras él fingía apoyar los planes de boda que ella había estado haciendo, también se había ocupado de buscar la manera de que la boda no se celebrara.

–Sólo fue una estrategia para comenzar la negociación –continuó su hermano–. Le dije que me dejara en paz y entonces me ofreció un millón.

Sophie sintió una fuerte presión en el pecho. Aquello no podía ser cierto.

–¿Estás seguro de que ha sido Daniel?

–Sí, es él. Y su matón, Jo Dimitriou. Lo conozco,
pero no sabía que trabajaba para Caruana. Me da
mala espina. Ten cuidado con él. Es peligroso.

–Debería haberte avisado, Jake. Daniel lo ha hecho otras veces. Me refiero a ofrecer dinero para deshacerse de los novios de Monica.

–¡Bastardo! Monica me dijo que empezaba a pensar que había algo malo en ella, y que por eso ningún
hombre se quedaba a su lado.

–¿Qué vas a hacer?

–Quedarme aquí, de momento. Supongo que es
mejor dejar a Monica al margen. Todavía no se lo he
dicho. Cree que su hermano es un encanto.

–Lo comprendo.

–Escucha, Sophie, no he aceptado la oferta de Jo.
Está claro que no hay manera de que Caruana me es-
cuche pero, si se lo dices tú puede que te crea. ¿Puedes decírselo? Dile que se ahorre el esfuerzo. Que no
importa cuánto me ofrezca, que la respuesta seguirá
siendo no. Dile que voy a casarme con su hermana, le
guste o no.

Sophie colgó el teléfono y miró a su alrededor.
Allí estaban todas las fotos que había colgado, las lis-
tas que había preparado, las muestras de papel para
hacer las invitaciones y los tipos de tela que había
buscado para elegir un color.

Daniel no tenía intención de que aquella boda siguiera adelante. Entonces ¿qué estaba haciendo ella allí?

Oyó unas voces que provenían del pasillo y tuvo que contener las náuseas.

Daniel había regresado a casa.

Daniel había tenido un día infernal en el trabajo. Y Jo había estado dándole la lata acerca de la idea de subir la oferta que le había hecho a Fletcher después de que la hubiera rechazado una vez más. Lo peor de todo era la idea de que quizá el hecho por el que Fletcher había rechazado la oferta fuera que amaba a su hermana de verdad. No quería pensar en ello.

Si Sophie no hubiera estado en casa esperándolo, nada habría hecho que ese día mereciera la pena.

Millie le había dado una cerveza nada más entrar.

—Gracias, la necesitaba —dijo él, sorprendido de que Sophie no estuviera por la cocina a esas horas—. ¿Dónde está? —preguntó él.

—Supongo que todavía está trabajando en su despacho. Es probable que no te haya oído entrar. ¿Por qué no va y la saca de delante del ordenador? Lleva ahí todo el día.

«Será un placer», pensó Daniel. Terminó la cerveza y tiró la botella. Se sentía mejor.

De camino al despacho de Sophie se quitó los zapatos y se desabrochó la camisa. Si tenía que apartarla de la pantalla no quería perder tiempo con tonterías.

Podía imaginar sus manos frías sobre la piel y el tacto de su lengua sobre su miembro erecto. La imaginaba temblando de deseo bajo su cuerpo, justo antes de que él la penetrara.

Eso lo hizo sentir mucho mejor.

La puerta estaba abierta y vio que Sophie estaba mirando por la ventana.

–Toc, toc –dijo él.

Ella se volvió y permaneció inmóvil. Su expresión era fría y su mirada tensa, y él se preguntó qué había pasado para que estuviera así. Esa misma mañana ella le había dicho que estaba deseando que regresara a casa.

A lo mejor tenía razón. A lo mejor tres días eran más que suficiente para agotar lo que tenían entre ellos. Una lástima, teniendo en cuenta que Fletcher había rechazado la oferta y tenían más tiempo antes de que sucediera lo inevitable.

Pero la idea de que ella hubiera perdido el interés en él era dolorosa. Siempre había pensado que sería él quien decidiera cuándo terminaría aquella relación.

–¿Cómo te ha ido el día? –preguntó él–. ¿Has conseguido organizar muchas cosas para la boda?

Ella lo fulminó con la mirada.

–¿De veras te importa?

–Lo admito, hablar de una boda no tiene tanto atractivo para mí como para ti. Pero no permitas que eso te prive de hacerlo. No hay nada que me guste más que oír cuáles son las flores que has elegido al final de un largo día de trabajo.

–¡Bastardo!

–No sé qué te pasa, pero es evidente que no quieres compañía. ¿Si me disculpas?

Apenas había llegado a la puerta cuando oyó las palabras.

–¿Le has ofrecido dinero a Jake para que deje a Monica?

«Así que ella no estaba metida en el juego», fue lo primero que pensó. Sospechaba que Fletcher se estaba aprovechando de ella y tenía razón. Entonces, ¿por qué se lo había contado?

Eso no importaba. Lo importante era que ella se había enterado y por eso estaba enfadada.

—¿Te lo ha contado él?

—¡Contesta a mi pregunta! Tú, o ese matón al que llamas jefe de seguridad ¿le habéis ofrecido dinero a Jake para que rompa con Monica? Me parece que ésa ha sido tu forma de actuar otras veces.

Él se puso tenso y respiró hondo. La verdad había salido a la luz. No tenía sentido negarlo, aunque deseara que ella no se hubiera enterado. Aunque quisiera que la otra Sophie, la mujer cálida y sensual que respondía ante sus caricias, regresara a su lado, no era posible. Esa Sophie se había marchado, probablemente para siempre, y aunque le hacía daño pensarlo, siempre había sabido que sucedería.

Así que sólo podía defender sus actos.

—Dirá que sí. Todos lo hacen.

Se percató de que a Sophie le temblaron las piernas al oír sus palabras. Pero ella no se cayó. Se puso derecha y lo miró.

—Por el amor de Dios, Daniel. ¿No te das cuenta? Jake ama a Monica.

—Eso dice.

—¡Porque es la verdad! Y me ha pedido que te diga que no quiere tu dinero, ni aunque le ofrecieras quinientos mil, o un millón, o la cifra que se te ocurra. No lo quiere porque va a casarse con Monica te guste o no.

Él frunció el ceño.

–Pensé que habías cambiado –continuó ella–. Pensé que el hecho de que insistieras en que la boda se celebrara aquí, y en que yo me quedara para organizarla… –negó con la cabeza–. Sé que estás desesperado por proteger a tu hermana porque es todo lo que tienes, y que has estado cuidando de ella desde que tus padres murieron, pero pensé que por una vez estarías más interesado en su felicidad que en apartarla del mundo. Creía que durante los últimos días habías cambiado de opinión ante la boda, aunque te costara admitirlo.

Sophie respiró hondo y alzó la barbilla antes de continuar hablando.

–Creía que tenías alguna esperanza. Lo siento. Me equivocaba.

Las últimas palabras fueron las que hicieron que se enojara. Ella no lo conocía de nada y, sin embargo, ¿se atrevía a decirle que era decepcionante?

–¡No sabes nada al respecto!

–Sé que no soportas la idea de que otra persona quiera a tu hermana, tanto así que siempre has pagado a todos lo que se acercaron a ella para que la dejaran.

Él se volvió y golpeó la pared con la mano.

–¿Y crees que no tengo motivo?

–Claro que tienes motivo, estás celoso porque la apartarán de tu lado. Y te pones la excusa de que no son más que cazafortunas para alejarlos.

–¡No! –con unos pocos pasos se colocó frente a ella–. ¿Monica te ha hablado de Cal, su primer novio, su primer amor?

Sophie dio un paso atrás.

–No específicamente. Me contó que había tenido

algunos novios, pero que ninguno se había quedado a su lado. Y todos sabemos por qué, ¿no?

—¿Sí? Deja que te hable de Cal. Era un chico ambicioso y dispuesto a tener un millón de dólares antes de cumplir veintiún años.

—¿Y eso era motivo para que no te gustara? ¿Tú no hiciste algo parecido?

—No de esa manera. No chantajeando al hermano de la chica de la que se supone que estás enamorado. No grabando un vídeo de ellos haciendo el amor.

—¿Hizo eso?

—O le pagaba o colgaba las imágenes en Internet. Mi hermana. Su primera vez. ¿Sabes lo que eso significa para un hermano que se supone que tiene que cuidar de ella? Por supuesto, le pagué el dinero.

—Daniel, no tenía ni idea.

—No, no lo sabías. Te contentabas con juzgarme desde la distancia. Pero quizá ahora comprendas por qué nunca he dudado en hacer una oferta, antes de que la hicieran daño, antes de que encontraran la manera de conseguir dinero por otros medios. Siempre la han aceptado. ¿No crees que eso demuestra algo?

—Demuestra que Cal era un monstruo. Demuestra que a lo mejor no estaban enamorados de Monica y que era más fácil aceptar el dinero. Pero eso no significa que todos los hombres sean así. Y no significa que Monica deba ser castigada para siempre. ¿No crees que merece la oportunidad de ser feliz? O tienes la intención de deshacerte de todos los hombres por los que ella muestre interés, asegurándote de que tenga una vida solitaria y de que piense que hay algo malo en ella. ¿Eso es lo que quieres?

Por supuesto que no era eso lo que deseaba. Quería que su hermana fuera feliz, con un hombre que la pusiera en el pedestal que merecía, no con un cazafortunas.

—Algún día encontrará a alguien que merezca la pena.

—¿Y Jake? ¿No se te ha ocurrido que el motivo por el que ha rechazado tus ofertas es porque no le interesa el dinero? Ama a Monica. ¿No te das cuenta?

—¡No se casará con mi hermana!

—¿Cuál es tu problema? ¿Qué tienes en contra de mi hermano aparte de que creció en una familia pobre y tú en una familia rica? ¿Qué más te ha hecho?

—Que ¿qué me ha hecho? —soltó una carcajada—. Tu querido e inocente Jake no hizo nada, aparentemente. Es evidente que debería recibirlo en el seno de mi familia.

—Cuéntame, ¿por qué odias tanto a Jake?

—¿Por qué no iba a odiarlo? Tu hermano mató a mi novia.

Capítulo 11

SU NOVIA? Sophie recordó la foto que había en el cuarto de invitados. La de la chica sonriente que Millie le había contado que había muerto en trágicas circunstancias y cuya foto Daniel no soportaba ver. ¿Pero qué tenía que ver su hermano con aquella muerte?

Nada.

—No. Te equivocas —dijo Sophie sin saber por qué.

—Tú ni siquiera lo conoces. No sabes cómo era por aquel entonces. ¡No sabes de lo que era capaz!

—Puede que no, pero sigo sin creer que mi hermano sea el tipo de hombre capaz de haber hecho lo que dices y después querer casarse con tu hermana. ¿Qué clase de hombre haría tal cosa? Te lo aseguro, Jake no es ese tipo de hombre.

—Entonces no conoces a tu hermano.

—No. No te conozco a ti —pasó junto a él y Daniel la agarró del brazo.

—¿No quieres oír lo que hizo? ¿O te da miedo descubrir la verdad acerca de tu querido hermano? —la miró de forma retadora—. Era nuestro último año de instituto. Acabábamos de terminar los exámenes y toda mi familia se fue a Italia durante tres meses, para visitar a otros familiares. Emma y yo íbamos a comprometernos oficialmente la semana siguiente a nuestro regreso –Daniel soltó a Sophie–. Emma quería venir con nosotros, pero acababa de conseguir un trabajo y pensamos que era mejor que se quedara. Tres meses alejado de ella me parecía una eternidad. ¡Qué absurdo! Porque no tenía ni idea de lo que de verdad significaba una eternidad. No podía esperar para tomar el avión de regreso a casa. Pero justo antes de salir hacia el aeropuerto recibimos una llamada. Emma había salido despedida de un coche al salirse de la carretera. No llevaba puesto el cinturón de seguridad. A lo mejor así habría sobrevivido, pero el coche la aplastó. No tuvo ninguna oportunidad.

Sophie se estremeció. Él había perdido a su novia y después a sus padres en unas circunstancias similares.

–Lo siento de veras –dijo ella–. Pero todavía no comprendo qué tiene que ver esto con mi hermano.

–¡Ella iba en el coche de tu hermano!

Sophie tragó saliva. Ella sabía que Jake a veces tenía jaquecas a consecuencia de un accidente que había sufrido, pero nunca se había enterado de los detalles. ¿Sería cierto que no conocía tan bien a su hermano? ¿Podía ser el responsable de una tragedia así?

–¿Y tú le echas la culpa?

–¿A quién si no voy a culpar? A él siempre le molestó que yo tuviera dinero y él no. Estaba celoso por mi éxito académico y en los deportes. Y odiaba el hecho de que la chica más guapa del colegio no estuviera interesada en él. Así que en cuanto me di la vuelta, se fue por ella.

–Eso no puedes saberlo sólo por el hecho de que estuvieran en el mismo coche.

—Oh, lo sé —apretó los dientes—. Aún hay más. La autopsia reveló que ella estaba embarazada —la fulminó con la mirada—. El bebé no era mío.

—¿Estás seguro?

—¿Cómo podía ser si nunca nos habíamos acostado? Estábamos esperando a estar comprometidos, y ése era parte del motivo por el que estaba deseando regresar.

—¿Y crees que era el hijo de Jake?

—Estaba embarazada de seis semanas. Yo me había marchado tres meses. Estaba con él cuando murió. Haz cálculos.

Sophie tragó saliva. Deseaba encontrar la manera de consolar a Daniel. Y también las palabras adecuadas para defender a su hermano antes de poder hablar con él y descubrir la verdad.

Pero entonces, se le ocurrió otra pregunta.

—¿Por qué estoy aquí, organizando una boda que no tienes intención de celebrar? ¿Intentabas fingir para demostrarle a Monica que sí que te preocupa su felicidad? ¿O quizá pensaste que acostándote conmigo podrías vengarte de mi hermano?

—¿De veras importa?

Ella decidió que no. Pero no pensaba darle la satisfacción de permitirle salir huyendo.

—Te odio por lo que le has hecho a tu hermana. Te odio por cómo has tratado a Jake. Pero sobre todo, te odio por lo que me has hecho a mí —hizo una pausa—. Ahora, recuerda mis palabras. Esa boda se va a celebrar —dijo con decisión—. Algo terrible sucedió hace años, pero no creo que Jake fuera capaz de hacer lo que tú dices que hizo, y te lo voy a demostrar. Después, esa boda se llevará a cabo, bajo tus narices. ¡Y tú te la tendrás que tragar!

«Ella no va a marcharse». Daniel no estaba seguro de por qué eso le parecía tan importante. En cualquier caso, sabía que iba a marcharse algún día, era algo inevitable. Pero le sorprendía cómo el concepto de su marcha había pasado de ser algo que él consideraba inevitable a algo de lo que se alegraba retrasar cada vez que Fletcher había rechazado su oferta. ¿Porque se llevaban muy bien en la cama?

Podía ser.

Aunque a partir de ese día quizá le costara volver a acostarse con ella. Una lástima.

Daniel se volvió y suspiró. ¿De veras creía que aquella boda podría continuar adelante después de lo que le había contado sobre su hermano? Estaba ciega, o era estúpida. Sin embargo, en cierto modo, él admiraba la devoción que sentía hacia su hermano. ¿No era eso lo que él sentía hacia Monica? Él haría cualquier cosa por ella.

Excepto apoyarla en la decisión de casarse con Jake Fletcher.

Jo lo llamó cuando ya estaba en su habitación.

–¿Qué pasa? –contestó Daniel.

–He doblado la oferta. Pensé que deberías saberlo.

–¿Por qué? Te dije que esperaras.

–¡Porque tienes que deshacerte de él! Es un canalla, Dan. Lo sabes. No quieres que se case con tu hermana. ¿No te basta con saber que probablemente ahora se esté acostando con ella?

–¡Calla, Jo!

—Si no te deshaces de él la dejará embarazada, igual que a la otra. Sólo intento hacer mi trabajo.

Daniel se masajeó la sien. Le daba la sensación de que Jo tenía más interés en impedir la boda que él mismo, cuando era él quien tenía un asunto pendiente con Fletcher.

Una vez más, probablemente sólo se debiera a la lealtad que Jo mostraba por él.

—De acuerdo, Jo. Ya has ofrecido cuatro millones. Vale. Pero no hagas más ofertas sin que dé el visto bueno. ¿Entendido?

—¿Qué pasó? —preguntó Sophie cuando su hermano contestó el teléfono—. Daniel cree que mataste a su novia. Y que la dejaste embarazada. ¿Qué pasó ese día?

—Sophie, espera. Tengo que cambiar de teléfono —oyó que colgaba y descolgaba otra vez al cabo de un momento—. Monica está dormida. No quiero que lo oiga.

—A lo mejor deberías decírselo. A lo mejor deberías contárnoslo a todos. Le he dicho a Daniel que no me lo creo, pero es terrible. No puedo librar esta batalla por ti, Jake. Te odia, y no veo cómo hacer que cambie de opinión. Por favor, dime que todo es mentira.

—Sophie, lo siento. Debería habértelo dicho. Créeme, quería hacerlo, pero ni siquiera yo conozco toda la verdad.

—¿Qué quieres decir?

—Debería haber dicho algo, pero me resulta muy difícil. Incluso ahora… Sobreviví al accidente, pero estuve en coma dos meses. Todavía tengo imágenes y pesadillas, y no consigo recordar qué sucedió justo antes del accidente.

—¿No puedes? Pero tienes que hacerlo, Jake. Es la única manera.

—Escucha, Sophie, los médicos creen que puede que nunca recupere el recuerdo de esos minutos. Lo único que recuerdo son fragmentos e impresiones, pero puede que no signifique nada. Los médicos dicen que pueden ser invención mía para tratar de explicar lo que sucedió.

Ella tragó saliva.

—¿Tú qué crees que sucedió?

—Tengo la sensación de que Emma vino a pedirme ayuda esa noche. No éramos muy buenos amigos, pero a veces hablábamos en el colegio, eso cuando Caruana no estaba delante. Yo había oído que iban a casarse y no la había visto en todo el verano. Hasta esa noche. Estaba lloviendo a cántaros y creo que la recuerdo de pie en la puerta de mi casa, empapada y con los ojos llenos de lágrimas. No puedo recordar sus palabras, pero tenían algo que ver con el bebé y con Daniel y Jo volviendo a casa. Estaba asustada, y desesperada por marcharse. ¡Pero no recuerdo por qué!

—Está bien, Jake —dijo ella, deseando que estuviera a su lado para calmarlo—. Tómate tu tiempo.

—Estoy bien —suspiró él—. Además, tengo una imagen en mi cabeza. Emma al volante, conmigo a su lado gritándole que parara. Pero ella no paró. Ambos salimos despedidos del coche. La policía no se creyó que no conducía yo.

—¿Y el bebé? ¿Era tuyo?

—Prometo que nunca me acosté con ella, Sophie. No la había visto en todo el verano.

–Pero todo el mundo supuso que sí.

–Yo tardé dos meses en despertar, y para entonces todo el mundo lo creía. Emma estaba muerta, ya la habían enterrado y la gente comenzaba a superarlo. ¿Qué sentido tenía volver a ahondar en el tema?

–¿Permitiste que siguieran creyéndolo?

–No me importaba, Sophie, porque yo podía vivir tranquilo. Sabía que no había hecho nada malo y eso me bastaba. Pero me importó cuando me enamoré de Monica y descubrí quién era su hermano. Intenté hablar con él. Sabía que deberíamos solucionarlo en algún momento. Pero no quiso devolverme las llamadas. ¿Y qué podía decirle para que me creyera?

–Lo comprendo.

–Lo siento. Sé que fue pedirte demasiado, pero confiaba en que si yo desaparecía con Monica, quizá él se acostumbrara a la idea. Ahora veo que he salido huyendo cuando debería haberme quedado para enfrentarme a ello en persona. Siento haberte metido en esto, Soph. Debe de haber sido una pesadilla para ti tener que aguantarlo todo este tiempo.

–Ha tenido sus momentos –dijo ella–. Pero me alegro de que por fin me lo hayas contado. Has de decírselo a Daniel. Él tiene que saber la verdad.

–¿Aunque yo no la sepa? ¿Por qué iba a creer que no era mi hijo?

–Tienes que intentarlo.

–Sí, supongo que tienes razón. A lo mejor regresamos antes. Al menos así dejará de hacerme ofertas.

–¿Te ha hecho más?

–Ya lleva un millón y medio. No está mal, si decides aceptarla.

La furia la invadió por dentro.

–Se lo dije, Jake. Le dije que no estabas interesado.

–Está bien. Eso significa que tengo que regresar para decirle dónde puede meterse su dinero. No hay forma de que vayamos a solucionar esto mediante mensajes de texto.

Ella oyó la voz de una mujer.

–Soph, tengo que irme. Mañana hablamos.

–Me voy a mudar a uno de los bungalows –dijo ella a la hora de cenar. Se había acercado al comedor para decirle que no tenía intención de comer–. Continuaré mi trabajo allí.

Él dejó el tenedor sobre la mesa.

–¿Sigues insistiendo en esa farsa de boda?

–He hablado con Jake. Va a venir a hablar contigo. Hay cosas que debes saber. Como por ejemplo que Emma no estaba embarazada de él. Tienes que hablar con él sobre eso. No recuerda los detalles, pero…

–Qué conveniente.

–Habla con él, Daniel, y óyelo tú mismo. Tomaste tu decisión hace muchos años, cuando mi hermano estaba en coma y no podía defenderse. ¿Te parece justo?

–¡Era evidente!

–¿Sí? ¿O era más fácil tener a alguien a quien culpar? ¿Y por qué no culpar a un hombre que ni siquiera estaba consciente? Eso es lo que yo llamo conveniente –se puso en pie–. Ah, y respecto a tu última oferta, te diré dónde ha sugerido mi hermano que te metas tu millón y medio.

–¿Un millón y medio?

–Eso es lo que ha dicho Jake.

Daniel se inclinó hacia delante.

–Sophie, deja que te haga una pregunta. ¿Cómo va tu negocio? Económicamente, quiero decir. ¿Va todo bien?

Ella se encogió de hombros y frunció el ceño.

–Bien. El año pasado nos fue estupendamente, y este año estamos pensando en expandir el negocio o invertir por si la cosa va mal.

–Ya –dijo, sintiendo un nudo en el estómago. Agarró la servilleta que tenía en el regazo y la dejó sobre la mesa–. ¿Sophie?

–¿Sí?

–Tengo que ocuparme de una cosa ahora, y mañana tengo que ir a Townsville, pero me gustaría hablar contigo cuando regrese. ¿Dices en serio lo de mudarte a uno de los bungalows?

Ella asintió.

–Entonces, te veré cuando regrese. ¿De acuerdo?

Ella asintió y él sonrió.

–Me alegro de que no te marches.

Ella se dirigió a recoger sus cosas, sintiéndose todavía más confusa. El monstruo se había retirado, y ella volvía a ver una faceta del Daniel que amaba.

«Oh, cielos».

¿De dónde había salido eso? No podía amarlo. De ninguna manera. No después de lo que había hecho y dicho. Ni de cómo había hecho todo lo que estaba en su poder para que Monica y Jake rompieran. Nadie podía amar a un monstruo como aquél.

Aunque le gustara su cuerpo y adorara la manera en que se había sentido cuando él le había hecho el amor.

Pero sabía que Daniel Caruana estaba enamorado

de una chica que había fallecido hacía años. Una chica que él había puesto en un pedestal. Una chica por la que seguía luchando.

Daniel no era capaz de amar a nadie más.

Sin embargo, si ella no estaba enamorada de él, ¿por qué le resultaba tan difícil marcharse? ¿Por qué se había emocionado cuando él le dijo que se alegraba de que se quedara?

Porque no soportaba la idea de estar demasiado lejos de él.

Aunque él nunca pudiera amarla. Aunque la relación entre ellos estaba condenada desde un principio.

Ella había sabido que todo era una locura desde el primer día que hicieron el amor. Y tenía la prueba de que era verdad: lo amaba. Ella entró en el despacho y se sentó en una silla, cubriéndose el rostro con las manos.

Vaya desastre.

Sophie no volvió a verlo esa noche y Daniel se marchó temprano por la mañana. Ella terminó de recoger sus cosas, las colocó en el carro de golf y se despidió de Millie, que la estaba esperando con una cesta de comida y otras cosas para que se llevara al bungalow.

–Siento que las cosas no te hayan salido bien aquí, cariño. He disfrutado tener a otra mujer como compañía.

–Yo también –dijo ella, dándole un abrazo a la mujer–. Pero vendré a visitarte.

–Espero que así sea.

El bungalow estaba oscuro y muy fresco. Alguien

había puesto el aire acondicionado. Sin encender la luz, se tumbó en la cama y cerró los ojos.

¿Qué diablos se suponía que debía hacer? Daniel quería hablar con ella esa noche, ¿sobre qué? Con un poco de suerte, Jake y Monica llegarían al día siguiente. Le había enviado un correo electrónico a Jake diciéndole que la llamara al móvil, aunque no se había molestado en decirle por qué. Le parecía que todo sería más fácil con Monica y Jake si ella no estaba viviendo en la misma casa que Daniel y durmiendo en la misma cama que él. Las cosas ya iban a ser lo bastante complicadas sin eso, si es que conseguían encontrar la manera de solucionarlas.

¿A quién trataba de engañar?

Se obligó a salir de la cama. No le quedaba más remedio que pensar de esa forma, así que lo mejor era que empezara a organizarse.

La reunión había salido mejor de lo esperado y Daniel decidió que no regresaría a la oficina. No lo necesitaban, y él tenía cosas más importantes que solucionar.

¿Cómo podía ser que Jo lo hubiera traicionado de esa manera? No lo sabía, pero no era que no le pagara suficiente. Pero a lo mejor debería de haberse dado cuenta cuando él insistió en que Daniel le pagara más a Jake para deshacerse de él. El tono de su voz lo decía todo. ¿Fue entonces cuando él decidió poner en marcha su plan para robarle la mitad del dinero?

Pero no sólo era el dinero. También la mentira acerca de que la empresa de Sophie necesitaba una inyección de dinero en efectivo, implicándola a ella en el lío desde un principio. Para que Daniel tuviera motivos para odiar a Fletcher.

Jo le había demostrado que le estaba siendo leal.

Debía haberse librado de él años atrás.

No podía esperar para ver a Sophie. No estaba seguro de qué era lo que iba a decirle, pero esperaba que para cuando llegara allí se le hubiese ocurrido algo que tuviera sentido para ambos.

Se alegraba tanto de que no se hubiera marchado. Y se lo había dicho de verdad. Sophie pertenecía a ese lugar. A su lado. Y sólo necesitaba que ella se diera cuenta.

Después de todo lo que había sucedido, la llamada la pilló por sorpresa. Le resultó imposible contener las lágrimas, ya que la idea de que todo había sido para nada le resultaba insoportable. Sophie sostuvo el paño mojado contra sus ojos hinchados, y se alegró de no haber desempaquetado todas sus cosas. Así le llevaría menos tiempo recoger.

Respiró hondo y salió del baño tratando de pensar qué debía hacer. Una cálida brisa le movió la falta y ella miró a su alrededor, sorprendiéndose al ver que la puerta estaba abierta. Era extraño. Habría asegurado que la había cerrado. Pero a lo mejor alguien le había llevado la leche que había pedido y se había olvidado de cerrar.

Se acercó a la puerta y percibió un olor a sudor y nicotina. El miedo se apoderó de ella y, justo en ese instante, una mano salió de detrás de la cortina y la agarró por la muñeca.

Capítulo 12

ELLA gritó y se percató de que era Jo al ver el brillo de su pulsera de oro y al oír su voz diciéndole que se callara. Él tiró de ella y la soltó de golpe contra la mesa de café. Después cerró la puerta con llave y echó las cortinas para que nadie pudiera verlos.

—¿Qué estás haciendo aquí? —preguntó ella.

—Pequeña zorra. Has hecho que pierda mi trabajo.

—¿Cómo?

Él se acercó y ella retrocedió hasta chocar contra el banco de la cocina.

—¿Qué le has dicho a Daniel?

—¿De qué estás hablando? No lo sé. Nada que sea de tu incumbencia.

Jo se acercó un poco más y ella se echó a un lado. No quería que la acorralara.

—Le dijiste cuánto le ofrecí al estúpido de tu hermano.

—¡Sólo le dije lo que me dijo Jake! ¿Qué tiene de malo?

—¿Creías que iba a gastarme todo el dinero de Caruana en ese canalla?

—¡Pensabas robárselo! Ibas a llevarte una parte y te has enfadado conmigo porque te han pillado. No intentes echarme la culpa a mí.

–Me habría salido bien si tú no hubieras abierto el pico. ¡Me debes una!

Sophie miró a su alrededor para buscar la manera de escapar.

Él dio un paso adelante y ella supo que tendría que darse prisa. Se preguntaba cuánto resistiría la puerta del baño si se encerraba en él, o si era mejor buscar un buen cuchillo de cocina.

–Deberías haberte escapado, señorita. Cuando Millie me dijo que estabas aquí, me pareció demasiado bueno como para ser verdad. Ella no quería decírmelo. No sé por qué.

–¿Qué le has hecho?

–Sobrevivirá –dijo él, con una sonrisa mientras se frotaba la entrepierna–. Y no te preocupes, he guardado lo mejor para ti.

–Daniel llegará en cualquier momento. Tenemos una reunión.

Él se rió.

–Buen intento. Estará en Townsville todo el día. Además, es evidente que ha terminado contigo si estás aquí en el bungalow. ¿Decidió que ya había tenido bastante y te echó de casa como si fueras las sobras de la cena?

–No tienes ni idea.

–Sé que sólo te quería porque Fletcher se estaba acostando con su hermana. Ojo por ojo, diente por diente.

–¡Eres asqueroso!

–Y tú una zorra, pero no soy muy selecto –sonrió–. ¿No te dijo que fue él quien reservó Tropical Palms? Les pagó un millón en efectivo.

–Mientes.

–Pregúntaselo tú, en vuestra reunión –se rió y dio un paso más.

Sophie agarró la cesta que Millie le había preparado y que estaba sobre la encimera y se la lanzó, aprovechando el momento para salir corriendo.

Él levantó el brazo, pero no pudo evitar que el contenido se le cayera encima.

–¡Zorra!

Pero Sophie ya estaba tratando de abrir la puerta. Él la empujó por detrás y ella chocó contra el cristal.

–¡Pagarás por lo que has hecho!

–Suéltame –se resistió y le arañó el rostro.

Jo le dio una bofetada con el dorso de la mano. Después, la tomó en brazos y la llevó al dormitorio, tirándola sobre la cama.

–Jake dijo que eras un acosador –dijo ella, acurrucándose contra el cabecero.

Él se quitó el cinturón.

–¿De veras? ¿Y qué diablos sabía? Estuvo inconsciente durante meses. Nadie sabe nada.

El miedo se apoderó de ella.

–¿De qué estás hablando?

–Calla –rodeó la cama y ella se fue al otro lado.

–Gritaré.

–Grita todo lo que quieras, cariño. La otra zorra de Caruana también gritó, y sólo sirvió para que me diera más placer. Fue casi tan satisfactorio como cuando culparon a tu hermano.

–¡Era tu bebé! Ella fue a ver a mi hermano porque estaba embarazada de ti y no sabía qué hacer. La violaste. En cuanto Daniel se despistó, la violaste, y permitiste que mi hermano cargara con la culpa durante todos estos años.

—¿Te callas alguna vez? Ven aquí, zorra —se tiró sobre ella.

Sophie gritó cuando él la agarró por el tobillo.

—Deja que te demuestre lo que puede hacer un hombre de verdad.

El pánico hizo que ella lanzara una patada con el otro pie. Oyó un crujido y notó un dolor tan fuerte en la pierna que pensó que el grito que había oído lo había dado ella. Hasta que vio que Jo empezaba a sangrar por la nariz.

—¡Zorra! —exclamó antes de intentar agarrarla otra vez.

—¡Apártate de ella, bastardo!

Y entonces, a su lado empezó un estallido de patadas y puñetazos. Sophie rodó al suelo, preguntándose si estaba atrapada en una pesadilla. Porque se suponía que Daniel no iba a llegar hasta mucho más tarde y de pronto estaba allí.

Alguien llegó en su ayuda, y otros hombres se lanzaron para detener a Jo, terminando el trabajo que Daniel había empezado.

Daniel corrió a su lado y la abrazó como si fuera algo muy preciado. Como si significara mucho para él. Ella quería mostrarse agradecida de todo corazón.

Pero era demasiado tarde.

El hospital de Cairns era frío y aséptico. Sophie respiró hondo para tranquilizarse mientras esperaba a la siguiente visita.

Estaba recogiendo sus cosas cuando llamaron a la puerta. Ella se volvió para ver a Daniel.

«Maldita sea», ¿por qué siempre tenía que estar tan atractivo?

—¿Te vas?

—El doctor está de camino. Espero que me den el alta. Al parecer, todo está bien. No tengo secuelas de la contusión.

—Puedo llevarte a casa.

Ella suspiró.

—Ya tengo transporte, gracias.

—Sophie —se acercó a ella—. Lo siento —le dijo—. Tienes la mejilla…

—Se bajará la hinchazón, y desaparecerán los moretones. Supongo que podría haber sido peor.

—Lo siento.

—¿Por qué? —dijo ella, forzando una carcajada—. Fuiste tú quien me salvó, ¿no es así?

—Tú estabas haciendo un gran trabajo para defenderte cuando te vi. ¿Te han dicho que le rompiste la nariz a Jo con tu patada? Recuérdame que no me meta en tu camino cuando estés en la cama.

Ella sonrió con resignación.

—Creo que ambos sabemos que no hay muchas posibilidades de que eso ocurra.

Se hizo una pausa y finalmente, Daniel dijo:

—Es culpa mía. Debería haber imaginado lo peligroso que podía llegar a ser Jo cuando descubrimos que estaba robando. Debería haberme dado cuenta de que iría por ti.

Sophie asintió.

—Quiero explicarte algo sobre Jo.

—No hace falta.

—Sí, es necesario. ¿Me escucharás?

Ella se sentó en la cama. Hasta que no llegara el médico no podía hacer nada más.

–Está bien, te escucho.

Él respiró hondo.

–Tras la muerte de Emma, yo regresé de Italia lo más pronto posible. No podía creerlo. Me culpé por no haber insistido en que ella viniera con nosotros. Estaba hecho una furia. Quería romper algo… A Jake. Él estaba en coma y quería terminar el trabajo.

Sophie bajó la vista, sufriendo por su hermano a punto de morir y por el pobre hombre que acababa de perder a su prometida.

–Jo me detuvo. Al menos, pensé que lo había hecho. Le agradecí que me salvara durante aquellos días oscuros, que me salvara de mí mismo. Cuando nos reencontramos años más tarde, después de que hubiera estado en el ejército y cuando estaba buscando trabajo, quise devolverle el favor. Acababa de empezar con mi negocio. Le di un trabajo, pensando que estaba compensándolo por su lealtad hacia mí. Pero durante todo el tiempo él estuvo viviendo una mentira. Ya me pareció bastante malo cuando descubrí que pensaba quedarse la mitad del dinero del soborno, pero ya me había traicionado de la peor manera posible y yo había estado demasiado ciego para darme cuenta. Me dijo que Jake se había aprovechado de Emma mientras yo estaba fuera y que probablemente la estaba acompañando para que le hicieran un aborto clandestino cuando tuvieron el accidente. Me contó todo esto mientras que, al mismo tiempo, evitaba que fuera a matar a tu hermano. Y pensar que durante todos estos años le he agradecido que me detuviera… –negó con la cabeza–. Pero entonces me enteré de que Monica pensaba casarse con Jake, y me acordé de todo lo que había sucedido antes. No sólo es que Jo alimentara mi odio hacia Jake, pero casi parecía que quería que desapareciera más que yo. Me dijo que tenías problemas económicos con tu negocio y que necesitabas dinero. Todo encajaba con la idea de que tu hermano y tú os habíais metido en esto por dinero.

La miró arrepentido y ella se fijó en que tenía ojeras.

—Estaba equivocado, Sophie. Muy equivocado.

Parecía destrozado, y ella tuvo que contenerse para no acercarse a él, abrazarlo y decirle que no tenía importancia. Porque sí que la tenía.

—Fue Jo quien dejó embarazada a Emma —susurró ella—. No Jake. Jo... Jo la violó.

—Lo sé —dijo Daniel, cerrando los ojos—. Por eso quería deshacerse de Jake.

—Pero Jake no lo recordaba.

—Jo no sabía lo que tu hermano sabía. No podía arriesgarse a que se celebrara la boda y se supiera la verdad. No quería que tu hermano se acercara a mí. Iba a quedarse el dinero y salir huyendo. Y lo habría hecho, si tú no me hubieses dicho unas cifras que para mí no tenían sentido. Tengo mucho que agradecerte, Sophie. Y mucho más por lo que disculparme.

—Jake cree que Emma fue a verlo por desesperación. Pero yo sigo preguntándome por qué no fue directamente a la policía.

—No lo sé. Excepto porque sus padres eran muy estrictos. Quizá pensó que no la iban a creer. Después de todo, se suponía que era mi amigo. Le pedí que cuidara de ella mientras yo estaba fuera...

Ella cerró los ojos con fuerza y tragó saliva, deseando poder calmar su dolor. Si anteriormente él se había culpado por la muerte de Emma, después de eso tenía muchos más motivos. Maldita sea. ¡No sentiría lástima por él!

—Fuiste tú quien reservó en Tropical Palms, ¿verdad? Para conseguir que me quedara en la isla. Y has hecho que pensáramos que la boda iba a continuar adelante. Todo mientras llevabas a cabo tu plan para deshacerte de Jake.

Él cerró los puños a ambos lados del cuerpo.

—Hiciste una llamada de teléfono desde el helicóptero, ¿verdad? Y después te inventaste que habías llamado a la isla para avisar de que llegábamos. Me mentiste.

—Por omisión, o eso trataba de justificarme a mí mismo. Pero sí, tienes razón. Te mentí.

—Y querías retenerme, ¿no? Mientras Jake estuviera con Monica. *Ojo por ojo, diente por diente*, eso es lo que dijo Jo. Por eso te acostaste conmigo, ¿no es así, Daniel? Para ponerte al nivel de alguien a quien habías decidido odiar para siempre.

—¡Eso no es lo que dije!

—¡Pero era tu intención! Querías que fuera tu prisionera en el paraíso, y pensaste que de paso podías aprovecharte de mí mientras estaba allí.

—Sophie, no siempre fue así, tienes que creerme. Sí, pensé que era justo que te quedaras conmigo mientras él tenía a Monica. Y sí, para que eso sucediera tuve que asegurarme de que Tropical Palms recibiera una oferta que no pudieran rechazar. Sé que nadie puede comprenderlo, pero tenía que hacer todo lo posible para asegurarme de que tenía el control sobre esa boda. Era la única manera. Sólo cuando llegaste aquí encontré más motivos que nunca para que te quedaras.

–¿Porque podías tener relaciones sexuales cuando quisieras?

–Te dije que eras la mejor, y es verdad.

Ella oyó el ruido de un carrito de té y miró hacia la puerta. Cualquier interrupción sería bienvenida. Ella era muy buena en la cama y él estaba enamorado de una mujer muerta.

Nunca sería una competición justa.

Ella se puso en pie y trató de cerrar la cremallera de la bolsa. ¿Dónde diablos se había metido el médico? No era que el médico pudiera ayudarla en esos momentos, porque ningún medico podía calmar el dolor que sentía en su interior.

Ella respiró hondo para calmarse.

–Mira, Daniel, gracias por lo de ayer. Gracias por pasar por aquí y explicarme todo eso. Por favor, dale recuerdos a Millie. Por favor, hazle saber que me alegra oír que no le hicieron daño.

–¿Dónde vas? –preguntó él con el ceño fruncido.

–Vuelvo a Brisbane. Tengo un vuelo reservado. Meg va a recogerme al aeropuerto –trató de mostrar entusiasmo en su voz–. No puedo esperar a que me cuente todas las novedades.

–Sophie, quiero que vengas a casa.

–Me voy a casa, Daniel. Mi casa.

–¿Y la boda? ¿Qué pasa con la boda?

–¿No has oído las noticias? Ya no me necesitan aquí.

Él la miró asombrado.

–¿De qué estás hablando?

–¿Por qué te sorprendes, Daniel? Pensé que te alegrarías. Eso era lo que querías, después de todo: la boda se ha cancelado.

Daniel estaba confuso. Había supuesto que recogería a Sophie del hospital y la llevaría otra vez a la isla. Él había pensado que si le explicaba todo a lo mejor lo comprendería y lo perdonaría.

Ella tenía que perdonarlo.

Y Daniel había pensado que tenía tiempo de sobra, porque había una boda que planear y ella nunca dejaría su trabajo.

Pero si no había boda…

–¿Qué ha pasado?

–Sabes, ha sido muy extraño. Al parecer, Monica oyó que Jake hablaba conmigo por teléfono e insistió en que le contara lo que pasaba. Cuando él le dijo que tú estabas ofreciéndole dinero para que rompiera el compromiso, y que eras el responsable de que sus otros novios la dejaran, se negó a creer que fueras capaz de hacer algo así. Tú. El hermano perfecto –soltó una risita–. Imagina.

Él se agarró el cabello. ¿Qué diablos había hecho?

–Sin duda te alegrarás de oír que tuvieron una gran discusión y que todo se acabó… Ella no podría casarse con nadie que no pensara que su hermano era maravilloso, y Jake no podría casarse con alguien que no confiara en él –tomó aire–. Así que por fin conseguiste lo que querías. Espero que estés satisfecho.

Se volvió y se concentró en terminar de cerrar la bolsa.

–Sophie…

—¿Todavía estás aquí?

—Hablaré con ellos. Lo arreglaré.

—Buena suerte. Cuando me enteré de la noticia no parecía que se pudiera arreglar.

—No puedes irte. Te dije que eras la mejor, Sophie. En serio.

—Me tomaste por tonta, me hiciste el amor y me sedujiste como si de verdad te importara. Cuando lo único que querías era retenerme en el paraíso. ¿Por qué diablos crees que no debería marcharme?

—Porque te quiero.

Él no estaba seguro de quién estaba más asombrado. Ella se quedó de piedra y palideció.

—No lo sabía. No me había dado cuenta hasta ahora. ¿Pero por qué pasaba horas en las reuniones pensando en ti en lugar de pensar en lo que se estaba tratando? ¿Por qué si no quería volver a casa corriendo? Porque no podía dejar de pensar en ti. Quería estar contigo, Sophie, porque te quiero.

—No. Estás enamorado de Emma. Siempre lo has estado. Y siempre lo estarás.

—Amaba a Emma. Sé que ella siempre será alguien especial en mi corazón. Pero es a ti a quien quiero.

Sophie se cubrió el rostro con las manos y respiró hondo.

—Hay mucha gente dolida, Daniel. Se ha hecho mucho daño. ¿Cómo esperas que acepte tu amor? ¿Cómo esperas que te corresponda? Aunque quisiera —levantó la vista y vio esperanza en la mirada de Daniel—. Tienes que dejar que me marche. Tienes que darme tiempo.

Se abrió la puerta y entró el médico en la habitación. Al ver la bolsa preparada dijo:

–¿Hay alguien que está deseando irse a casa? –miró a Sophie y después a Daniel–. Espero no haber interrumpido algo importante.

Ella puso una lánguida sonrisa.

–Para nada. El señor Caruana ya se marchaba.

Epílogo

HACÍA un día estupendo. No había ni una nube en el cielo y la brisa del mar evitaba que la temperatura subiera demasiado.

Habría sido un día perfecto si ella no hubiese tenido el corazón en un puño desde que llegó.

Todo estaba preparado en Kallista y Meg había hecho un trabajo estupendo mientras Sophie se había quedado trabajando en Brisbane durante las dos semanas anteriores. Habían instalado una carpa blanca decorada con flores y tules, recreando un lugar romántico para una boda perfecta.

Y lo era. Ella había llegado en el último barco y entró cuando todo el mundo estaba ocupado con los detalles de última hora. Lo había planeado así. Ni siquiera un par de semanas habían servido para que olvidara lo sucedido. Al parecer, Daniel sí lo había olvidado. Él no había contactado con ella en todo ese tiempo. Era evidente que su declaración de amor no significaba nada. Ella había hecho lo correcto marchándose de allí.

Al ver a Jake ante el altar, nervioso y excitado, había estado a punto de ponerse a llorar. Y al ver a Monica, la novia más bella que había visto jamás, no pudo contener las lágrimas. Ella estaba radiante, y caminaba del brazo de su querido hermano, que la acompañaba hasta el hombre que amaba.

Siguió llorando al ver que los dos hombres se daban la mano, cuando uno le entregaba la novia al otro, y cuando los novios pronunciaron los votos y se besaron.

Cuando empezaron los discursos, ella estaba completamente desbordada.

—Me alegro de volver a verte.

Sophie pestañeó y lo vio delante suyo. Tan atractivo, vestido como un dios.

—¿Cómo has estado?

«Sola», pensó.

—Ocupada. ¿Y tú?

—Igual —él la miraba con ojos de deseo—. Estás preciosa.

Ella sonrió.

—Siéntate conmigo durante el banquete —dijo él—. Le he pedido a Meg que te reserve un sitio.

—Por supuesto —trató de convencerse de que podría aguantar unas horas a su lado.

Al llegar a la sala donde se celebraba el banquete se fijó en la tarta que había hecho Millie.

—Es preciosa, Millie —le dijo dándole un abrazo—. Has hecho un trabajo estupendo.

Millie se secó las lágrimas.

—Te hemos echado de menos, Sophie. Él más que nadie. Ha estado como un oso gruñón, esperando a que aparecieras. Parecía que era él quien iba a casarse. ¿Te quedarás unos días?

—Sólo esta noche. Tengo que regresar a Brisbane.

—Lo comprendo —dijo Millie dando un suspiro.

La gente comenzó a sentarse a la mesa y Daniel sacó una silla para que se sentara ella.

—Te he echado de menos, Sophie —le susurró al oído—. Mucho.

–No me has llamado –dijo ella, tratando de ocultar su dolor.

–Creía que necesitabas espacio.

–Ah –ella agarró la copa de vino y bebió un sorbo mientras miraba a los novios–. ¿Cómo conseguiste que volvieran juntos?

–Tuve que solucionar muchas cosas antes de que sucediera. Por suerte, tú me habías enseñado cómo hacerlo.

–¿Yo? ¿Cómo?

Él miró el plato del aperitivo que habían servido.

–¿Tienes hambre?

Sophie negó con la cabeza. Sabía muy bien en qué consistía el menú, y también que estaría delicioso.

Él la agarró de la mano y se dirigieron a la playa, donde el sol empezaba a ponerse.

–He pasado demasiado tiempo en un mundo lleno de odio –dijo él, mientras se quitaban los zapatos para pasear por la arena–. Me consumió. Me llevó a pensar que estaba haciendo lo correcto, cuando no era así. Le hice daño a Monica. Pensaba que la estaba protegiendo y la estaba hiriendo.

Él se detuvo y miro al sol, y ella vio que tenía los ojos humedecidos.

–Tú me enseñaste que los lazos del amor son más fuertes que las cadenas del odio. Me enseñaste que el amor nada tiene que ver con el control. El amor tiene que ver con dejar marchar algo, y confiar en que podrás guardarlo para siempre –le sujetó la barbilla–. Tú me enseñaste todo eso, Sophie. Y aunque ese día no quería dejar que te alejaras de mí en el hospital, aunque sabía que sufriría y que el tiempo que pasara me parecería una eternidad, supe en mi corazón que si quería tenerte debía dejar que te marcharas y tener la esperanza de que regresaras a mi lado.

Apoyó la frente contra la de ella y Sophie le acarició la mejilla.

—Oh, Daniel.

—Ahora… Ahora necesito saber una cosa. ¿Crees que tenemos alguna oportunidad? ¿Hay alguna oportunidad de que regreses a mi lado después de todos los errores que he cometido y de la pesadilla que os he hecho pasar?

—Creía… Temía…

—¿Qué?

—Que habías cambiado de opinión. Que te habías dado cuenta de que habías cometido un error. No sé. Al ver que no sabía nada de ti pensé que lo había imaginado todo.

Él la rodeó con el brazo.

—En las últimas semanas no he podido pensar en otra cosa aparte de en lo mucho que te quiero. Cásate conmigo, Sophie. Cásate conmigo y hazme el hombre más feliz del mundo.

Y de pronto, las lágrimas afloraron de nuevo a sus ojos. Lágrimas de alegría, de alivio, provenientes de un corazón lleno de amor.

—Daniel, ¡te quiero mucho!

Él la tomó entre sus brazos, la volteó y la besó de forma apasionada.

—¿Te casarás conmigo?

Ella sonrió, consciente de que lo amaría para siempre. Agachó la cabeza y le susurró algo al oído. Él sonrió y la besó de nuevo.

Era tarde cuando regresaron al banquete y los novios ya habían cortado la tarta. Permanecieron al final de la sala para no interrumpir, pero Millie los vio entrar y se acercó a ellos.

–Es una boda mágica –dijo ella, fijándose en sus manos entrelazadas–. Completamente mágicas.

–Eso es lo que promete la empresa de Sophie –sonrió Daniel–. Un día perfecto para crear recuerdos para toda una vida.

Sophie se rió.

–¡Te has aprendido mi eslogan!

–Pensé que podía necesitarlo algún día, si necesitaba una organizadora de bodas –la estrechó contra su cuerpo–. Puede que sea así.

Millie se cubrió la boca con las manos.

–Oh, cielos, ¿es cierto eso?

Sophie abrazó a la mujer.

–Daniel me ha pedido que me case con él.

–¿Y le has dicho que sí?

–Le he dicho que me gustaría, pero quiero asegurarme de que alguien más me da su visto bueno –miró a su alrededor y vio que Daniel se acercaba a hablar con su hermano. Se fijó en que Jake fruncía el ceño y la buscaba con la mirada, sonriendo al ver que eso era lo que ella quería.

Sophie apretó la mano de Millie.

–Creo que será mejor que no guardes los moldes de cocina, Millie.

Millie corrió a compartir las buenas noticias y Daniel regresó junto a Sophie. La tomó en brazos y la guió hasta marearla.

–Gracias –le dijo–. ¿Cómo sabías que me iba a sentar tan bien? Siento que todo ha terminado. Por fin ha terminado.

Ella se rió y le sujetó el rostro, mirándolo fijamente a los ojos.

—No, Daniel. Prefiero pensar que esto no es más que el principio.

—Me gusta tu manera de pensar, Sophie Turner.

—Vaya, y yo que pensaba que lo que te gustaba era cómo hacía otras cosas.

—Sí, eso también. Eso me gusta muchísimo —miró a su alrededor—. ¿Crees que es muy pronto para marcharnos? Después de todo, los que se han casado son nuestros hermanos.

Ella sonrió y lo agarró de la mano.

—A veces hay que estar preparado para dejar marchar. ¿Estás preparado, Daniel?

—Cada noche de mi vida.

Ella sonrió y lo sacó de allí.

—Entonces, no dejaré de volver a tu lado. Siempre.

—Siempre —repitió sus palabras antes de besarla de forma apasionada.

BIANCA™

TRISH
MOREY
VIDAS ENTRELAZADAS

Capítulo 1

NO ME conoces, pero voy a tener un hijo tuyo.

Dominic Pirelli se sintió como si la sangre se le hubiera congelado repentinamente en el corazón, un corazón que se había vuelto de piedra hacía tiempo. Y aunque quiso colgar el teléfono, fue incapaz de realizar el movimiento necesario.

Sólo pudo decir una cosa:

–No.

Luego, muy despacio, su pulso recobró la normalidad. Era imposible. No importaba lo que el médico le había intentado decir esa misma mañana. No importaba lo que aquella mujer le decía en ese momento. No podía ser posible.

Las palabras sonaron una y otra vez en su mente, pero le parecía tan irracional, tan carente de sentido, que no llegaba a creerlo. Una desconocida iba a tener un hijo suyo.

Respiró hondo e intentó recobrar el control de un día que se había convertido en una verdadera locura.

No estaba acostumbrado a sentirse a la deriva. En un día normal, había pocas cosas que pudieran turbar a un multimillonario de tanto éxito como Dominic Pirelli. Más de un competidor lo había intentado y habría fracasado en el intento. Más de una mujer había querido echarle el lazo y había corrido la misma suerte.

Pero aquel no era un día normal. Había dejado de serlo una hora antes, cuando recibió la llamada telefónica de la clínica.

Al principio, pensó que sería un error.

Se dijo que era imposible.

Habían pasado tantos años que llegó a la conclusión de que alguien había mezclado los datos de los archivos y lo habían llamado a él. Y eso fue precisamente lo que alegó, pero le dijeron que el único error se había cometido tres meses antes, cuando se equivocaron con el embrión de la fecundación *in vitro*.

A pesar de ello, Dominic no quiso creerlo.

Hasta que el teléfono sonó por segunda vez y se encontró hablando con una desconocida que afirmaba estar embarazada de él.

Se sentó en el sillón y pensó que estaba soñando. Pero no era un sueño; veía perfectamente los yates y los transbordadores que pasaban en ese momento bajo el Harbour Bridge de Sidney, en un día despejado.

Cerró los ojos y se frotó las sienes, pero su angustia no desapareció.

No podía ser verdad.

No debía serlo.

—Señor Pirelli... —dijo una voz tímida, temblorosa—. ¿Sigue ahí?

Él suspiró con pesadez.

—¿Por qué me hace esto? ¿Qué diablos pretende?

Dominic oyó un grito ahogado y casi se arrepintió de haber sido tan seco con ella. Casi. Porque a fin de cuentas, sólo había insinuado la verdad. Sabía por experiencia propia que la gente no hacía cierto tipo de cosas si no esperaba ganar algo.

–No pretendo nada. Simplemente me pareció que, en estas circunstancias, tenía derecho a saberlo.

–No la creo.

La mujer tardó unos segundos en hablar.

–Lo siento; no sé qué podría decir para que me crea. Sólo podría hablar con usted... ver si existe alguna forma de salir de este lío.

–¿Alguna forma? ¿Ha pensado que puedo sacar una solución de la chistera, como si fuera un prestidigitador? ¿O es que cree en las hadas?

El tono de Dominic fue tan despectivo que supuso que la mujer colgaría; pero sorprendentemente, no lo hizo.

–Sé que esto es muy duro para usted. Lo comprendo.

–¿En serio? Lo dudo mucho.

–¡También es difícil para mí! –exclamó, dolida–. ¿Piensa que me llevé una alegría al saber que llevaba un hijo suyo?

Un hijo. Cuando Dominic escuchó las dos palabras, se sintió como si lo hubieran despertado con un puñetazo en el estómago. Aquella mujer no llevaba un concepto en su vientre, sino un niño; el niño que Carla y él habían luchado tanto por tener; el niño que ella no podía concebir; el niño que el destino les había negado incluso después de que ella se sometiera a un proceso de reproducción asistida.

Y, sin embargo, una desconocida había tenido éxito donde Carla había fracasado.

Se preguntó por qué y no encontró respuesta.

Se preguntó quién era esa mujer que había despertado sus fantasmas y trastocado su mundo; con qué derecho se atrevía a jugar con él.

Llegó a la conclusión de que no podía tratar el asunto por teléfono. Necesitaba hablar con ella, en persona.

–¿Cómo ha dicho que se llama?

–Angie. Angie Cameron.

–Mire, señorita Cameron...

–Es señora, pero prefiero que me llame Angie, simplemente.

La voz de Angie Cameron era tan juvenil que a Dominic no se le había ocurrido la posibilidad de que estuviera casada; pero tampoco le sorprendió.

–Mire, señora Cameron –insistió–, éste no es un asunto que podamos discutir por teléfono.

–Lo comprendo.

Él respiró hondo y sacudió la cabeza. Aquella mujer hablaba como si fuera una especie de psicóloga. En lugar de lamentar su mala suerte y de clamar contra la injusticia del mundo por haberlos puesto en semejante situación, se limitaba a decir que lo comprendía.

–Nos deberíamos reunir tan pronto como sea posible. Le pondré en contacto con mi secretaria para que se encargue de los detalles.

Dominic pulsó un botón y colgó el teléfono. Tenía la frente cubierta de sudor y los pulmones le ardían como si hubiera corrido un maratón, aunque se intentó convencer de que todo saldría bien. Simone, su secretaria, sabría solucionarlo. Simone siempre encontraba la forma de arreglar los problemas.

Angie. Angie Cameron.

Se repitió el nombre de la desconocida e intentó contener la ira y la desesperación que lo dominaban, buscando inútilmente una salida, como la lava de un volcán al borde de la erupción.

Lo imposible había sucedido.

Lo impensable.

Y alguien iba a pagar por ello.

Capítulo 2

AÚN LE temblaban las manos cuando colgó el teléfono, sorprendida por su propia inocencia. Era perfectamente normal que Dominic Pirelli reaccionara de ese modo. Se había engañado al pensar que se lo tomaría mejor.

Sacó un pañuelo y se secó las lágrimas.

Ella misma se había llevado un disgusto al saber lo que había pasado. Pero no tenía la culpa. Además, ahora estaba embarazada de un niño que nunca había querido, de un niño que sólo había aceptado tener porque Shayne estaba obsesionado por tener descendencia. Y ni siquiera iba a ser suyo.

Resultaba tremendamente irónico que después de Shayne se tomara tantas molestias y se gastara tanto dinero en la clínica Carmichael, la mejor clínica en técnicas de reproducción asistida de toda Australia, los médicos la hubieran llamado por teléfono para decirle que se habían equivocado.

Cerró los ojos con fuerza y apretó los puños.

Aquel niño tenía mala suerte. Iba a ser hijo de una madre que no quería serlo y de un padre equivocado.

–Lo siento, pequeño; pero vamos a conocer pronto a tu padre. Y tal vez a tu madre, si se lo entrego en adopción –dijo en voz alta.

Una lágrima solitaria descendió por su mejilla. Se había acordado de la voz profunda y llena de ira de aquel hombre, quien parecía responsabilizarla del error. Se había acordado de la furia de Shayne cuando lo supo, una furia que se volvió inmediatamente contra ella.

Shayne siempre había sido así. Siempre la culpaba de todo.

Pero al menos, había conseguido que la secretaria de Dominic Pirelli le concediera una cita para el día siguiente. Y eso era lo mejor que podía hacer por el niño que creía en su interior. Le podía dar una familia, unos padres de verdad, dos personas que lo quisieran.

Un coche se detuvo en el exterior. Miró la hora en el reloj de pared, vio que casi eran las seis de la tarde y sintió pánico al pensar que Shayne estaba y que aún no había empezado a prepararle la cena.

Sin embargo, el pánico se transformó rápidamente en dolor.

Porque Shayne ya no iba a volver.

Se había quedado sola.

El paseo marítimo estaba lleno de gente que disfrutaba del día de fiesta y se dedicaba a grabar vídeos o comer helados. En el cielo, las gaviotas no dejaban de chillar; y junto al agua, un grupo de turistas contemplaba una competición de veleros a escala.

Dominic suspiró, sintiéndose fuera de lugar. Miró a Simone y lamentó que hubiera elegido un lugar tan público para quedar con Angie Cameron.

Sin embargo, su secretaria estaba en lo cierto. Era mejor que se encontraran en terreno neutral, lejos de la sede de su bufete, que resultaba demasiado formal y que podía dar la impresión equivocada de que pretendía llegar a algún tipo de acuerdo con Cameron.

Se quitó la chaqueta y se la colgó del hombro. Además, aquel lugar tenía una ventaja añadida; le permitía ser un ciudadano anónimo, un simple ejecutivo que se estaba tomando un descanso y en quien nadie reconocía a Dominic Pirelli, el famoso inversor.

Hasta habría resultado agradable en otras circunstancias.

Pero desgraciadamente, estaban esperando a la mujer que se había quedado embarazada de él por error.

Miró la hora y vio que llegaba tarde.

–¿Crees que aparecerá? –preguntó Simone–. ¿Qué haremos si no se presenta? No dejó un número de teléfono.

Dominic no estaba preocupado por eso. Su conversación del día anterior había sido tan tensa que no le habría extrañado que se echara atrás, pero no importaba.

Tenía su nombre. Y ella esperaba un hijo suyo.

No se le iba a escapar.

–Aparecerá, descuida. Aparecerá.

A Angie le pesaban los ojos cuando cruzó el puente que llevaba a la zona turística de Sidney. No necesitaba mirarse en un espejo para saber el aspecto que tenía; a fin de cuentas, era acorde a lo que sentía en su interior.

Había pasado una noche terrible, llena de pesadillas. Y el contraste de su humor con el cálido y soleado día de verano le pareció injusto.

Estaba tan nerviosa que tenía ganas de vomitar. Aunque ni siquiera había desayunado.

Parpadeó, se puso las gafas de sol y de dispuso a recorrer los escasos metros que la separaban del paseo marítimo, deseando haberse puesto algo más ligero. En su empeño por mostrar una apariencia conservadora, se había puesto unos vaqueros y un jersey que resultaban muy poco adecuados para el calor.

Cuando la secretaria de Dominic Pirelli le propuso que se encontraran allí, se llevó una sorpresa. Hacía años que no se acercaba a esa zona de la ciudad, una de las más cosmopolitas; de hecho, había pasado tanto tiempo que no recordaba el sitio en particular, pero no dijo nada porque le dio vergüenza. Además, discutir sobre el lugar de la cita habría sido absurdo. Lo único importante era que el señor Pirelli estaba dispuesto a hablar con ella.

No era mala señal. Si quería verla, había muchas posibilidades de que también quisiera quedarse con el niño. Y eso era todo lo que quería. Sólo deseaba que el pequeño tuviera unos padres que le dieran su amor.

Lamentablemente, cabía la posibilidad de que no lo quisieran.

Angie respiró hondo. Si no querían al niño, siempre había otras opciones, otras parejas sin hijos que lo cuidarían como si fuera suyo. Fuera como fuera, el pequeño sería feliz.

Sacó un papel arrugado del bolsillo, comprobó la dirección del lugar donde habían quedado y echó un vistazo a su alrededor. Cuando reconoció la entrada del centro comercial que la secretaria le había indicado, sintió angustia.

Sus pasos se volvieron más lentos a medida que se acercaba. Temía que Dominic Pirelli se hubiera marchado o que, al final, hubiera decidido no ir.

Segundos después, vio a una pareja en una de las mesas y pensó que tal vez fueran él y su esposa. Justo entonces, la mujer rompió a llorar y la propia Angie estuvo a punto de imitarla. Era una situación muy difícil para ella.

Volvió a mirar a su alrededor. Se fijó en un grupo de turistas japoneses que se apelotonaban en el paseo, una familia de italianos que estaban tomando helado y un hombre alto, situado de espaldas a ella, que llevaba la chaqueta colgada del hombro.

Le gustó de inmediato.

Incluso estando de espaldas, resultaba imponente. Y cuando se giró y le pudo ver el perfil, su atracción se volvió más intensa. Era de nariz recta, mandíbula fuerte y actitud firme.

Sacudió la cabeza y siguió mirando. En las cercanías había otra pareja, pero la mujer estaba demasiado tranquila para la situación y el hombre le pareció demasiado guapo, en un sentido clásico, para ser Dominic.

El sentimiento de culpa la consumía por dentro.

Había llegado tarde porque no estaba segura de estar haciendo lo adecuado.

Pero se armó de fuerzas y siguió andando.

—Mira. Puede que sean ellos.

Dominic se giró en la dirección que Simone le había indicado. Al ver a la pareja que estaba sentada a la mesa del bar, se preguntó si aquella mujer podía ser Angie Cameron y aquel hombre, su marido. Desde luego, no iban vestidos como turistas. Y ella tenía los ojos enrojecidos, como si hubiera estado llorando, lo cual encajaba en la situación.

Ella era alta, rubia y bastante atractiva, aunque de mirada triste. Él era mayor que ella; debía de tener alrededor de treinta y cinco años. Por la ropa que llevaban, no les faltaba el dinero.

—¿Y bien? ¿Qué te parece? —preguntó Simone.

—No sé qué decir, pero sólo hay una forma de salir de dudas.

Dominic y Simone se pusieron en marcha. Ya estaban a punto de llegar a la mesa cuando oyeron la voz de una mujer a su izquierda.

—¿Señor Pirelli?

Él se giró, sorprendido. Angie reaccionó con la misma cara de sorpresa, porque su pregunta no iba dirigida a él, sino al hombre que estaba sentado con la mujer de ojos llorosos.

—¿Sí?

—¿Quién es usted?

Capítulo 3

ERA DELGADA y estaba tan pálida que parecía un fantasma. Además, su cabello rubio, recogido en una coleta, contribuía a aumentar la sensación general de debilidad.

–Soy Dominic Pirelli –respondió él.

–Oh...

Simone decidió intervenir.

–Usted debe de ser la señora Cameron...

–Sí, en efecto –respondió con debilidad–. Soy Angie Cameron.

Su voz estaba llena de inseguridad y de miedo. No se parecía nada a las mujeres con las que Dominic estaba acostumbrado a tratar.

–Y supongo que usted debe de ser la señora Pirelli –continuó–. Lamento sinceramente que nos tengamos que conocer en estas circunstancias.

–Simone no es mi esposa. Es mi secretaria –afirmó Dominic.

Angie los miró con desconcierto y, de repente, se sintió mareada.

Él se dio cuenta y declaró, con voz ronca y profunda:

–Será mejor que nos sentemos. Parece a punto de desmayarse.

Dominic la llevó a una mesa vacía y se sentó con ella; después, dijo algo en voz baja a su secretaria y Simone se alejó con paso elegante.

–¿Dónde está su marido? –preguntó él, mirando alrededor–. Supongo que la habrá acompañado.

–No, no está aquí.

Él la miró con incredulidad.

–¿Ha permitido que venga sola? ¿En sus condiciones?

Ella estuvo a punto de sonreír. Era evidente que el señor Pirelli no conocía a Shayne. Pero se limitó a encogerse de hombros y a responder:

–Tampoco es para tanto. No parezco ninguna enfermedad terminal. Es verdad que siento náuseas por las mañanas, pero se me pasan enseguida –contestó.

Simone reapareció con una botella de agua, que le dio.

–Tenga, beba un poco –dijo–. Lo necesita.

Angie le dio las gracias, abrió la botella y echó un trago. El agua la refrescó al instante y la tranquilizó un poco. Ahora que ya se habían encontrado, no le parecía tan terrible; quizás pudieran llegar a un acuerdo satisfactorio para todos.

–¿Ha comido algo?

Angie sacudió la cabeza.

–No, no tenía hambre.

Sólo quería solucionar el problema y marcharse de allí, pero su estómago estaba en desacuerdo e hizo un ruido tan fuerte que Simone y Dominic se dieron cuenta.

–Puede que no la tuviera, pero es evidente que ahora la tiene –afirmó él.

–No, yo...

–Simone, ¿podrías reservar una mesa en el restaurante Marcello? Tan apartada del resto de la gente como sea posible –puntualizó–. Iremos enseguida.

–¿Estás seguro? ¿No querías hablar con ella en un lugar público?

–No podemos hablar aquí. Además, esta mujer necesita comer algo.

Simone miró a Angie con desconfianza, pero asintió.

–Sí, por supuesto.

La secretaria se volvió a marchar. Mientras se alejaba, Angie la miró y pensó que era extraordinariamente elegante. Sólo el corte de pelo le debía de haber costado una fortuna.

–No quiero causarle molestias, señor Pirelli.

Él la miró en silencio y tardó unos segundos en hablar.

–¿Podrá caminar? ¿Quiere que le eche una mano?

Angie notó que la observaba con detenimiento, como si se estuviera preguntando si aquella mujer de apariencia tan frágil era capaz de tener un niño.

Molesta, se puso en pie para demostrarle que no era una inútil y que no necesitaba la ayuda de nadie.

–Gracias, pero no será necesario. Y sinceramente, tampoco quiero comer. Prefiero que afrontemos directamente nuestro problema y que encontremos una solución.

Él la miró con interés.

–Podemos hablar sobre nuestro problema, como

usted dice, mientras comemos. Ahora no parece en condiciones de hablar de nada.

Dominic se levantó de la silla, la tomó del brazo y la llevó hacia el lugar por donde Simone había desaparecido. Angie se apartó bruscamente para romper el contacto, pero el movimiento llegó tarde porque él se le adelantó. Quizás había sentido la misma descarga eléctrica que ella. O quizás la había soltado porque ya había conseguido que caminara hacia el restaurante.

Fuera como fuera, Angie no se sentía con fuerzas para discutir. Además, él tenía razón. Necesitaba comer algo. Sólo llevaba dinero para tomarse un bocadillo o un sándwich, pero serviría para calmar el hambre.

—¿Le he hecho daño?

Ella se quedó desconcertada.

—¿Daño? ¿A qué se refiere?

—A su brazo. Como se ha apartado con tanta brusquedad...

Angie se miró el brazo y se lo frotó con mirada ausente.

—Ah, no, no... no es eso.

Él le lanzó una mirada penetrante y ella bajó la cabeza.

—Me alegro. Está usted tan delgada que he pensado que le había roto un hueso sin querer. Al menos, nuestro encuentro servirá para que vuelva a su casa con algo en el estómago.

Angie se dijo que la opinión de Dominic Pirelli sobre su estado le importaba muy poco. Aunque llegaran a un acuerdo sobre el niño, seguramente dejarían de verse en cuanto diera a luz y se lo entregara. Pero a pesar de ello, agradeció el comentario. Parecía indicar que era un hombre que se preocupaba por los demás.

Mientras caminaban, se preguntó dónde estaría su esposa. Le parecía extraño que se hubiera presentado en compañía de su secretaria.

Pero era posible que estuviera demasiado ansiosa como para asistir a la reunión.

O tal vez, que Pirelli no le hubiera dicho nada todavía.

Contempló su perfil recto, la línea de su nariz y los ángulos duros de su mandíbula. Dominic Pirelli tenía aspecto de ser un hombre implacable y observador. Si se había presentado con su secretaria porque quería conocerla a ella antes de hablar con su mujer, era evidente que no se habría llevado una gran impresión.

En cualquier caso, Angie pensó que carecía de importancia; a fin de cuentas era normal que quisiera proteger a su esposa. Pero sentía curiosidad.

–Por aquí –dijo él.

Dominic la tomó nuevamente del brazo y la llevó hacia una entrada lateral del centro comercial.

Ella se estremeció y lamentó haberlo visto aquel día. No estaba segura de que sus nervios pudieran soportar una reunión larga con ese hombre.

Y su nerviosismo no mejoró cuando vio que la llevaba hacia una zona particularmente cara del centro, llena de joyerías, galerías de arte, tiendas de diseñadores y boutiques donde Angie jamás se habría atrevido a entrar.

El restaurante, que estaba a poca distancia, re-sultó ser un lugar elegante y pequeño, casi íntimo.

Cuando vio el interior, se quedó helada. No era precisamente el tipo de establecimiento que solía frecuentar. Cualquiera se habría dado cuenta de que estaba muy por encima de sus posibilidades económicas.

–No puedo entrar ahí –protestó.

–¿Por qué no? –preguntó él.

–Porque...

Angie no sabía qué decir.

–Estoy esperando una respuesta.

–Porque no llevo ropa adecuada para un lugar tan elegante.

–Eso carece de importancia.

–¿Que carece de importancia? Dudo que me quieran servir con este aspecto.

–Tonterías. Usted viene conmigo, señora Cameron. Le aseguro que la servirán.

Ella se sintió atrapada. No tenía más remedio que decirle la verdad.

–Señor Pirelli...

–¿Sí?

–No puedo entrar en ese restaurante. No me puedo permitir ese lujo.

Él ni siquiera parpadeó.

–No se preocupe por eso; sobra decir que invito yo. Puede tomar lo que quiera.

–¿Está bromeando? ¿Lo que quiera?

Dominic asintió.

–Exactamente.

El estómago de Angie volvió a gruñir y su determinación flaqueó al instante. No le gustaba la idea de que un desconocido la invitara a comer en un sitio tan caro, sobre todo en esas circunstancias; pero por otra parte, había pasado mucho tiempo desde la última vez que había comido en un lugar decente.

Habían pasado cinco años.

Lo recordaba de sobra porque había sido en Navidad.

Y poco después de que su madre muriera.

El nerviosismo de Angie, junto con la tristeza de aquel recuerdo y la broma pesada que sus hormonas le estaban jugando se combinaron de tal modo que los ojos se le llenaron de lágrimas.

–Maldita sea... –protestó mientras se secaba los ojos–. Espero que me disculpe. Estoy algo alterada.

–Descuide; lo comprendo perfectamente

–De todas formas, le agradezco que me invite a comer.

–No me lo agradezca. No lo hago por usted, sino por el bien del bebé –dijo con frialdad.

La puerta de los recuerdos de Angie se cerró de golpe. El comentario de Dominic la había herido en su orgullo.

–Dígame algo que no sepa, señor Pirelli –contraatacó.

Angie entró en el restaurante con sus vaqueros desgastados, su jersey barato y toda la dignidad de la que fue capaz. Además, la actitud despreciativa de aquel hombre, al que sólo le importaba el bienestar del niño, no significaba que ella no pudiera aprovechar la situación y disfrutar de su primera comida decente en mucho tiempo.

Pero la valentía de Angie se esfumó cuando el maître se acercó a ellos y se dirigió directamente a Pirelli, como si ella fuera invisible.

–Me alegro de verlo, señor Pirelli; ya sabe que su presencia nos honra siempre –dijo–. Síganme, por favor.

Angie siguió a los dos hombres, intentando pasar desapercibida. Pero pasar desapercibida entre clientes de la clase social de Pirelli era una misión imposible. Todo el mundo se fijó. Las mujeres lo devoraban a él con los ojos y luego se giraban hacia ella y le dedicaban una mirada tan llena de desprecio como de sorpresa, como si no entendieran que una pobretona acompañara al gran hombre.

Se sintió tan avergonzada que caminó cabizbaja, clavando la mirada en la vista en la moqueta roja para no sentirse herida por sus expresiones. Pero desgraciadamente, pudo oír los comentarios irónicos y las risas.

Por fin, llegaron a su mesa. Estaba a cierta distancia de las demás, junto a un ventanal enorme con vistas preciosas.

–¿*Madame*? –dijo el *maître*.

Angie tardó en comprender que se dirigía a ella y que le estaba ofreciendo la silla que había apartado ligeramente de la mesa.

Aceptó el ofrecimiento y se sentó, intentando mantener la calma. Dominic Pirelli se sentó enfrente y departió durante unos segundos con el *maître*. Mientras ellos hablaban, ella alcanzó la carta y simuló que consultaba los platos, aunque no le prestó ninguna atención.

En realidad, se estaba preguntando por Pirelli. El *maître* de un restaurante tan caro y tan exclusivo como aquel no dedicaba tanto esfuerzo a nadie si la persona en cuestión no era verdaderamente importante.

Habría dado cualquier cosa por saber a qué se dedicaba y cuánto dinero tenía, pero no se lo podía preguntar. De modo que dejó la carta a un lado y se dedicó a admirar las vistas del puerto.

–Hoy tengo un poco de prisa, Diego –dijo él en ese momento–. La señora Cameron debe marcharse pronto.

El maître asintió.

–Lo comprendo, señor. ¿Quieren pedir la comida ahora mismo?

Simone, que reapareció en ese instante, fue la primera en responder:

–Yo tomaré la ensalada de siempre.

–¿Qué le apetece a usted, señora Cameron?

En otras circunstancias, Angie habría optado por lo mismo que Simone, pero necesitaba comer algo más sustancial.

–¿Tienen carne? –preguntó.

Simone se sonrió. El *maître* parpadeó.

–Le recomiendo el osobuco –intervino Dominic en su defensa–. Buena elección. Yo pediré lo mismo.

Ella asintió, agradecida, y el *maître* se marchó.

–¿Vive lejos de aquí, señora Cameron? –preguntó él.

Angie sacudió la cabeza.

–No demasiado. Vivo en Shervill.

–¿No demasiado? –dijo Simone, mirándola como si la creyera una extraterrestre–. Pero si Shervill está a medio camino de Peth... Ni siquiera imagino por qué hay personas que quieran vivir allí.

Angie estuvo a punto de responder que la gente vivía en ese barrio porque no tenía más dinero para vivir en zonas más elegantes o más cercanas al centro de Sidney, pero se lo calló.

–Sólo está a una hora en el tren de cercanías.

Dominic le lanzó una mirada completamente opaca antes de dirigirse a su secretaria.

–Simone, creo que ya no necesito de tus servicios. Si te parece bien, puedes volver a la oficina.

–¿Te parece lo más apropiado?

Era evidente que Simone se había quedado tan sorprendida como la propia Angie. Su jefe la estaba echando, aunque lo hubiera hecho de forma educada. Y la estaba echando cuando ya había pedido una ensalada para comer.

–Por supuesto. Nos veremos más tarde.

La secretaria no tuvo más remedio que levantarse de la mesa y marcharse. Poco después, apareció un camarero con una botella de agua y una cesta con panecillos, que Angie agradeció. Los panecillos estaban excelentes; y el agua, muy fresca.

–Disculpe. ¿Puede anular la comida de mi secretaria? –dijo Dominic–. Acaba de pedir una ensalada, pero se ha tenido que ir.

–Naturalmente, señor.

Al cabo de un par de minutos, el camarero regresó con dos platos enormes de carne, servidos con arroz y verduras.

Angie lo miró y preguntó, curiosa:

–¿Qué es esto?

–¿No ha probado nunca el osobuco? –preguntó él, atónito–. Bueno, no se preocupe, estoy seguro de que le gustará.

–Desde luego, huele muy bien...

Angie volvió a mirar su plato. No sabía ni por dónde empezar.

–Es un plato italiano bastante conocido. ¿Le gusta la comida italiana? –se interesó.

Ella sacudió la cabeza. A Shayne nunca le había gustado la comida mediterránea; de hecho, no le gustaba ningún tipo de comida que tuviera algo parecido a sabor, de modo que Angie había dejado de experimentar en la cocina y se limitaba a prepararle platos tan sobrios como simples salchichas con puré de patatas.

–Sinceramente, no lo sé.

–Pruébelo –la invitó.

Angie descubrió pronto que no necesitaría cuchillo, porque la carne estaba tan suave que casi se deshacía. Introdujo el tenedor, añadió un poco de arroz y de verduras y se lo llevó a la boca.

Le gustó tanto que soltó un suspiro de placer. Estaba verdaderamente exquisito.

–Qué delicia... –dijo.

Él estuvo a punto de sonreír. Ella se sintió avergonzada.

Sin embargo, su vergüenza no se debió al hecho de haber vuelto a demostrar que no era precisamente una mujer de mundo, sino a su propia reacción ante el conato de sonrisa de Dominic Pirelli.

De repente, había dejado de ser un hombre poderoso y se había convertido en otra cosa.

De repente, le parecía un hombre real. Un hombre, devastadoramente real.

Y le gustó tanto que tuvo que hacer un esfuerzo para dejar de mirarlo.

–Vamos, coma –ordenó él–. Ya hablaremos después.

Dominic no había imaginado nunca que una mujer pudiera comer tanto. Simone se limitaba siempre a sus ensaladas mixtas, y en la mayoría de los casos, las dejaba sin terminar. En cambio, Angie Cameron había devorado su plato de osobuco como si no hubiera comido nada en varios años. Y no contenta con el plato, también había dado buena cuenta de los panecillos.

Aquella mujer era un caso aparte; no se parecía a ninguna de las que conocía. Pero le restó importancia y se dijo que, al menos, no volvería a casa con hambre. Ni haría pasar hambre a su hijo.

Su hijo.

Habían transcurrido veinticuatro horas desde que recibió la llamada de la clínica. Veinticuatro horas desde que lo informaron del error que habían cometido. Veinticuatro horas desde que supo que una desconocida estaba embarazada de él. Y a pesar de ello, seguía sin asumirlo.

En otro tiempo, habría dado cualquier cosa por ser padre; aunque sólo hubiera sido para contemplar la sonrisa y la felicidad de Carla. Pero la felicidad de su difunta esposa se transformó poco a poco en desesperación y angustia. El proceso de fertilización resultó un fracaso y Dominic casi se alegró cuando el médico les recomendó que lo interrumpieran. Al menos, Carla dejaría de sufrir.

Y ahora, muchos años después, iba a ser padre. Con una mujer con quien ni siquiera había hablado hasta el día anterior.

Era una noticia tan irónica como agridulce.

Una broma del destino.

Se quitó la servilleta de la pierna y la dejó en la mesa. Efectivamente, era una broma del destino. Una broma cruel. Porque aquella mujer tenía algo en común con Carla.

La doctora Carmichael le había asegurado que Angie Cameron gozaba de buena salud, pero su apariencia física decía lo contrario. Incluso había estado a punto de desmayarse. Estaba pálida, casi en los huesos, y tenía unas ojeras tan pronunciadas como si no hubiera dormido en varios días.

No obstante, se intentó animar con su apetito. En eso no se parecía a Carla. Su esposa comía poco o nada; y cuando comía, terminaba en el cuarto de baño y terminaba vomitándolo todo.

Miró a Angie y pensó que en cualquier momento se excusaría y se marcharía de allí. Pero se llevó una buena sorpresa, porque justo entonces, se echó hacia atrás, se recostó en la silla y declaró, con expresión de satisfacción:

–Qué maravilla. Estoy tan llena que no podré comer en varias semanas.

En otras circunstancias, Dominic habría sonreído; pero su experiencia con Carla había sido tan dura que sólo tenía motivos para desconfiar. Debía conseguir que Angie Cameron permaneciera allí un mínimo de veinte minutos, el tiempo necesario para que su cuerpo empezara a absorber los nutrientes de la comida. No quería darle ocasión de que hiciera lo mismo que su difunta esposa.

Los camareros retiraron los platos y ellos pidieron café. Mientras esperaban, Angie bebió un poco de agua. En ningún momento hizo ademán de querer ir al servicio.

Dominic se sintió aliviado y la observó con más detenimiento. En cuestión de unos minutos, había experimentado un cambio milagroso. Sus mejillas habían recuperado el color y sus labios le parecieron mucho más generosos y atrayentes que antes. Hasta sus ojeras se habían difuminado; ahora sólo eran unas sombras casi imperceptibles alrededor de unos ojos preciosos, de color azul claro, muy grandes.

Los escudriñó, intentando adivinar sus pensamientos, descubrir el verdadero motivo que la había llevado hasta allí.

Ella apartó la mirada y él se preguntó si le estaba ocultando algo. Pero sólo había una forma de saberlo.

–Muy bien, hablemos de nuestro problema.

Angie se pasó la lengua por los labios. Un segundo antes, era una mujer absolutamente satisfecha con la vida; una mujer encantada con la experiencia culinaria que le acababan de ofrecer. Ahora sólo era una mujer preocupada y hasta resentida con su acompañante, que hablaba con frialdad, como si su embarazo no fuera más que un asunto de negocios.

Por si eso fuera poco, Dominic sacó una graba-
dora, la puso sobre la mesa y la encendió.

–¿Para qué es eso? –preguntó ella.

–Para grabar la conversación –contestó–. Pero
descuide, le daré una copia.

Ella parpadeó, asombrada.

–No confía en mí... –dijo.

Los ojos de Dominic se clavaron en Angie. Unos
ojos que le parecieron mucho más oscuros que antes,
de una oscuridad casi tan profunda como su voz.

–Yo no he dicho que no confíe en usted.

–No necesita decirlo; es más que evidente. Ahora entiendo que me haya invitado a comer en un restaurante. Se quería asegurar de que comía algo;
pero no por mi bien, sino por el bien del niño.

Él se recostó en la silla. Angie se fijó entonces
en la anchura y en la fuerza de su pecho, cuyo color
moreno, que se adivinaba por el cuello de la camisa,
contrastaba vivamente con el blanco de la tela.

–Señora Cameron...

–¿Sí? –dijo ella, tensa.

–Véalo desde este punto de vista. Ni yo la conozco a usted ni usted me conoce a mí. Y por otra
parte, aunque nos conociéramos, faltan muchos meses hasta el parto –observó–. Conviene que aclaremos las cosas desde el principio y que lleguemos a
algún tipo de entendimiento para que no se produz-
can malentendidos. ¿No le parece?

–¿A qué tipo de entendimiento?

Él se encogió de hombros. Fue un movimiento
leve y absolutamente normal, pero suficiente para
que Angie se diera cuenta de que era un hombre de

gran fuerza física, capaz de librarse de ella con increíble facilidad.

—Al necesario para que ni usted ni yo digamos algo ahora y cambiemos de opinión antes de que nazca el niño.

—Yo no voy a cambiar de opinión.

—En tal caso, no tiene que preocuparse por nada.

—Ni usted tiene que grabar la conversación.

Él se inclinó hacia delante.

—Eso depende, señora Cameron. La confianza tiene que ser mutua. Si no llegamos a un acuerdo ahora, podría ser yo quien cambie de opinión.

Para Angie, aquello no tenía ningún sentido. Pirelli hablaba de malentendidos y de confianza, pero eso no estaba en sus planes. Creía que iría a verlo y que él se quedaría con el bebé. Así de sencillo.

Aunque quizás no fuera tan sencillo.

—¿Insinúa que usted no es un hombre digno de confianza?

Él sonrió, pero la miró con tanta frialdad que ella supo que se había sobrepasado.

—Como ya he dicho, señora Cameron, no nos conocemos. Y no estamos hablando de cuidar de un perrito o un gatito abandonado, sino de mi hijo, de un niño que nacerá dentro de unos meses. ¿Cree que puedo dejar algo tan importante en manos de la suerte? Quiero que lleguemos a un acuerdo y que lo pongamos por escrito, para que ni usted ni yo podamos cambiar de opinión más tarde.

Ella suspiró y apoyó la cabeza en las manos. Definitivamente, aquello no era como lo había imaginado.

Pero él tenía razón al afirmar que estaban hablando del futuro de un niño, no de un animal de compañía; y también tenía razón al proponer que llegaran a algún tipo de compromiso mutuo.

—Está bien, lo haremos a su manera.

—Excelente –dijo él, con más impaciencia que satisfacción por el triunfo–. En tal caso, empecemos por lo más básico.

—Le escucho.

—Si no lo he entendido mal, lleva alrededor de doce semanas de embarazo de un niño que no es suyo. ¿Es así?

—Sí.

—Y a pesar de llevar doce semanas de embarazo... ¿esperó hasta ayer para decírmelo?

—Sí –repitió.

—¿Por qué, señora Cameron? ¿Qué pretende?

—¿Qué cree que pretendo, señor Pirelli? –contraatacó ella, molesta.

—No lo sé. Fue usted quien me llamó a mí –le recordó.

Ella suspiró.

—Está bien, se lo diré. No siento que el hijo que estoy esperando sea mío. Lo llamé por teléfono porque pensé que era lo justo... y esperaba que, quizás, quisiera hacerse cargo de él.

—Porque usted no lo quiere...

Dominic lo dijo con un tono tan seco que pareció una acusación.

—Eso no importa. Es su hijo.

—Entonces, ¿ está dispuesta a renunciar al niño?

—Por supuesto.

—¿En cuanto nazca?

—Por motivos evidentes, no puedo renunciar antes —se burló—. Pues claro que estoy diciendo eso, señor Pirelli; por eso estoy aquí. Aunque lo lleve en mi vientre, ese niño no tiene nada que ver conmigo.

—De modo que me lo entregará, se marchará y no querrá saber nada de él.

—¿Por qué querría saber de él? Acabo de decir que no es mi hijo.

Él se inclinó hacia delante.

—Verá, señora Cameron... lo que dice resulta muy difícil de creer. ¿Verdaderamente está dispuesta a llevar un niño en su interior, durante tantos meses, a pesar de que ni siquiera lo considera suyo? En su caso, cualquier mujer habría abortado ya —declaró, mirándola con desconfianza—. A no ser que espere algo a cambio.

Capítulo 4

NO SÉ qué está insinuando.

—Oh, vamos. ¿Espera que crea que lo suyo es un acto altruista y que está dispuesta a darme el niño sin esperar nada a cambio? ¿Nada en absoluto? ¿Por qué no es sincera de una vez? Déjese de tonterías y dígame cuánto dinero quiere.

Angie sacudió la cabeza. Durante la conversación telefónica del día anterior, había sido evidente que Dominic Pirelli desconfiaba de ella; pero lo atribuyó a la sorpresa que se había llevado.

—Esto no tiene nada que ver con el dinero.

Dominic la miró con incredulidad.

—Por favor, señora Cameron. Cualquiera se daría cuenta de que un poco de dinero le vendría muy bien.

Naturalmente, había acertado en la suposición; pero no estaba a dispuesta a aceptar que la tratara como si él fuera un rey y ella, un súbdito sin importancia. No quería nada suyo. No quería nada de los hombres como él.

No volvería a cometer ese error.

Sin embargo, la parte más oscura de su ser le dijo que debía aprovechar la circunstancia y jugar a su juego. Además, si estaba tan dispuesto a darle dinero, quién era ella para rechazarlo. En la clínica le habían prometido que se harían cargo de todos los gastos médicos, pero Shayne no le había dado ni un dólar y sus ahorros eran tan escasos que durarían poco, sobre todo después de haber perdido su empleo.

–¿Qué me está ofreciendo, señor Pirelli?

Él no movió ni un músculo; pero le dedicó una media sonrisa tan dudosa que Angie tuvo la sensación de que había cometido un error terrible.

–Le ofrezco dinero a cambio de las molestias. A fin de cuentas, está embarazada del hijo de otro hombre, de un hijo que no quiere. Y supongo que querrá pasar página tan pronto como sea posible para someterse otra vez al tratamiento y tener otro.

Ella bajó la mirada, se mordió el labio inferior y se quedó en silencio, como si estuviera considerando sus palabras. Dominic la observó y se preguntó si ya estaría contando el dinero que iba a ganar y si sería consciente de la impresión que daba cuando se mordía el labio. Parecía la mujer más inocente del mundo. Y aunque él no creía que fuera inocente, fue incapaz de apartar la mirada.

–Le agradezco que se preocupe por mi situación, señor Pirelli, pero lo que haga después de dar a luz, es asunto mío. Y he decidido que quiero esperar.

–¿Esperar? ¿Y qué opina al respecto su marido?

Angie miró a su alrededor con ansiedad. Dominic pensó que quizás estaba buscando al camarero, pero le pareció improbable. Desde que terminaron el café, sólo había tomado agua. Y la botella seguía medio llena.

–Él... bueno, digamos que ha dejado este asunto en mis manos.

–Pero supongo que todo este asunto lo habrá incomodado...

Ella se lamió los labios y alcanzó el vaso, pero no bebió.

–Mi marido y yo llegamos a un acuerdo.

–¿A qué tipo de acuerdo?

–A un tipo de acuerdo que queda entre Shayne y yo. A un tipo de acuerdo que no es asunto suyo –contestó ella.

–¿Qué no es asunto mío? ¿Debo recordarle que lleva a mi hijo en su vientre?

Angie empezó a perder la paciencia.

–¿Quiere al niño? ¿O no? Porque si no lo quiere, lo entregaré en adopción. Hay muchísimas familias que lo querrían.

–Mi hijo no va a ser entregado en adopción –bramó él.

–No estaría aquí si tuviera esa intención, señor Pirelli –dijo ella, más tranquila–. Pero no sé por qué tengo que soportar su desconfianza; si hubiera abortado, no tendría ahora estos problemas.

–No, por supuesto que no. Pero sabía que con un aborto no ganaría nada, así que decidió vender al pequeño.

–¡Cómo se atreve! –protestó ella, indignada–. ¿Cómo se atreve a decir que yo quiero vender a un niño? ¿Por qué clase de persona me ha tomado?

–No sé qué clase de persona es usted, señora Cameron; sólo sé que usted es la primera mujer que conozco que está dispuesta a soportar todo un embarazo por un niño que no considera suyo y que ni siquiera le interesa –respondió–. ¿Qué espera que piense? La motivación económica es la más probable en estos casos. Además, está tan flaca que se nota que necesita dinero.

Aquello fue demasiado para ella.

Se levantó, sintiendo náuseas por la desconfianza y las referencias constantes de Pirelli a su estado físico.

–Como acaba de decir, usted no me conoce; no me conoce en absoluto. Y es obvio que he cometido un error al venir aquí. Pensaba que estaría interesado en criar al niño, pero ya veo que sólo le preocupa el dinero. Pensándolo bien, es mejor que el pequeño crezca tan lejos de usted como sea posible. Gracias por la comida, señor Pirelli. Me voy.

–Usted no se va a ninguna parte –bramó.

Angie alcanzó el bolso para colgárselo al hombro, pero él lo agarró al mismo tiempo y el bolso terminó en el suelo. Todo su contenido se desparramó por la moqueta.

–Mire lo ha que ha hecho...

Ella se arrodilló y empezó a recoger sus pertenencias. El folleto de los horarios del tren de cercanías, su viejo cepillo, su pintalabios, su maquillaje y lo que quedaba de la botella de agua que Simone le había llevado.

Pero no vio su cartera por ninguna parte.

–Mi cartera –dijo–. ¿Dónde está mi cartera?

–¿Está segura de que la llevaba encima?

Él le puso una mano en el codo y la ayudó a levantarse.

–Estoy completamente segura.

Justo entonces, se acordó de que un hombre había tropezado con ella durante el trayecto en tren a Sidney. En su momento no le había dado importancia, pero ahora le pareció muy sospechoso.

–Dios mío. Acabo de recordar que un hombre tropezó conmigo en el tren. Pensé que había sido un accidente....

Angie se quedó tan pálida que Dominic tuvo miedo de que sufriera un desmayo. Se sentó nuevamente en la silla, sacó el teléfono móvil y marcó el número de teléfono de la policía mientras maldecía para sus adentros al canalla que había robado la cartera a una mujer que, obviamente, estaba en la ruina.

–¿Cuánto dinero llevaba?

–Veinte dólares –respondió–. Y el billete de ida y vuelta del tren de cercanías.

Los ojos de Angie se llenaron de lágrimas.

–Sé que he dicho cosas terribles de usted y que probablemente me odiará –continuó–, pero ¿podría prestarme algo para volver a casa?

Angie no dijo nada durante el trayecto en coche. Dominic no la presionó ni intentó romper el silencio. Ya habían dicho todo lo que tenían que decir durante la comida en el restaurante.

La rabia de Angie había sido una sorpresa para él. Había llegado a la conclusión equivocada de que carecía de pasión, de que la mediocridad de su aspecto era un reflejo de su personalidad; pero en lugar de hundirse ante sus recriminaciones y admitir que lo había hecho por dinero, se había rebelado contra él y se había levantado con intención de marcharse.

El ratón había resultado ser una leona.

Era una mujer orgullosa. Tanto, que pedirle dinero para volver a casa habría sido una humillación para ella.

En cuanto a Angie, lamentó no poder disfrutar del viaje. No tenía muchas ocasiones de viajar en un coche tan lujoso como aquel, que olía a cuero y al hombre que lo conducía, un hombre que la atraía profundamente. Lo miró, incapaz de resistirse, y admiró sus manos en el volante y la exactitud de sus movimientos cuando cambiaba de marcha.

Eran unas manos fuertes, unas manos que la estremecían cuando sentía su contacto. Las manos de un hombre poderoso, pero también implacable.

Echó un vistazo al interior del vehículo y pensó que Dominic Pirelli era tan rico como ella pobre. De hecho, ni siquiera sabía por qué se había empeñado en rechazar su dinero. A fin de cuentas, su dinero no cambiaría nada. Él la odiaba de todas formas; no había hecho el menor intento por disimularlo.

Cerró los ojos con fuerza y pensó que había sido una ingenua. Shayne la había abandonado y ella se había obsesionado tanto con encontrar a los padres del niño y ofrecerle un futuro que se había olvidado de sus propios problemas.

Shayne la había abandonado y ella había dejado de pensar.

Pero el dinero de Pirelli podía ser su salvación. Aunque los plazos de la casa que su madre le había dejado en herencia no eran excesivos, necesitaba algún tipo de ingreso para comer y para pagar las facturas de los meses siguientes. Además, en algún momento tendría que reemplazar los muebles que Shayne se había llevado.

Definitivamente, rechazar la oferta de Pirelli había sido una estupidez.

Se preguntó por qué lo había hecho y se dijo que quizás había sido por su forma de plantearlo, por acusarla de querer vender un bebé; o tal vez, porque estaba harta de encontrarse con hombres que esperaban que obedeciera sus órdenes y se atuviera a sus deseos.

O por las dos cosas a la vez.

Dominic le lanzó una mirada rápida y notó que Angie tenía el ceño fruncido y cara de preocupación. Supuso que estaría pensando en la cartera que le habían robado y en los veinte dólares que llevaba dentro, cantidad que probablemente le parecería una fortuna.

Lamentó haber sido tan duro con ella.

Era increíble, pero cabía la posibilidad de que Angie Cameron fuera tan ingenua y tan sincera como daba a entender.

Apretó los dientes y pensó que, en cualquier caso, necesitaba su dinero. El niño no sobreviviría a los meses de embarazo con el orgullo y la obstinación de su madre. Si ella no era capaz de rebajarse a aceptar su ayuda, se la daría de todas formas.

En ese momento, pasaron por delante de Parramatta y siguieron la larga y recta autopista que Dominic había llegado a conocer como la palma de su mano.

Cada kilómetro que pasaba, se ponía más tenso. Cada kilómetro que dejaban atrás, le hacía retroceder un año más de su existencia. Cada mojón que reconocía, lo devolvía a un pasado que creía olvidado.

La autopista ya no era la misma; la habían mejorado y la habían ensanchado. En sus márgenes habían levantado edificios nuevos. Pero los recuerdos se empeñaban en volver como si no hubiera pasado un solo segundo.

Al cabo de unos minutos, vio el concesionario donde había comprado su primer coche. Incluso ahora, al volante de un vehículo de lujo, echaba de menos la alegría y el entusiasmo de aquel momento. El coche que adquirió era un trasto tan destartalado que tuvo que hacerle un montón de arreglos. Pero funcionaba. Y doce meses después, le sirvió para marcharse.

Ni siquiera miró atrás. No tenía motivos. Sus padres habían muerto y sus abuelos habían muerto.

Se había quedado solo.

Al pensar en la soledad, recordó el problema que se le había presentado. Tenía que hacer algo para ayudar a esa mujer.

Y por fin, rompió el silencio.

–Los dos sabemos que necesita mi ayuda.

Ella lo miró.

–Lo sé. Tiene razón. Lo siento.

A Dominic le sorprendió que lo reconociera tan

fácilmente, sin intentar discutir. Pero sobre todo, le sorprendió que se disculpara.

Había cometido un error al pensar mal de ella desde el principio.

–Quiero a ese niño –dijo él, sin apartar la vista de la carretera–. Estoy dispuesto a hacer lo que sea necesario por su bienestar.

Angie asintió.

–Me alegra que lo quiera, señor Pirelli.

Su voz sonó tan vehemente que Dominic se preguntó por qué era tan importante para ella. Pero era consciente de que tampoco habría sabido decir por qué era tan importante para él.

Carla había muerto. Su vida había cambiado completamente. Sólo cabía una respuesta: que el niño existía a pesar de todo; que era suyo y que él debía afrontar su responsabilidad.

–Hablaré con mis abogados. Estoy seguro de que habrá algún precedente legal en este tipo de casos. Ellos sabrán qué hacer.

–Gracias. Puede que sirva de algo.

Dominic la volvió a mirar y vio que ya no fruncía el ceño. De hecho, en su boca había algo parecido a la sombra de una sonrisa.

–Ah, por cierto... –continuó ella.

–¿Sí?

–Tome la siguiente desviación y gire a la derecha. De lo contrario, pasaremos de largo –contestó.

–De acuerdo.

Dominic siguió sus instrucciones. Ya habían salido de la autopista cuando preguntó:

–¿Dónde vive exactamente?

Angie le dio la dirección. Esperaba que le preguntara por el camino, pero, sorprendentemente, Dominic Pirelli guardó silencio y siguió conduciendo. Cuando lo miró, vio su expresión sombría, supuso que estaría pensando en algo importante y decidió esperar. Al fin y al cabo, faltaba un rato para el desvío siguiente.

–Tendremos que vernos de nuevo para llegar a algún tipo de acuerdo –declaró él, con voz distante.

Angie no dijo nada.

–No se preocupe, señora Cameron. Redactaremos un documento que no recoja sólo los intereses del niño y los míos, sino también los suyos –afirmó.

Ella no estaba segura de saber cuáles eran sus intereses, pero asintió.

–Comprendo.

–¿Su marido estará presente la próxima vez?

–¿Se refiere a Shayne? ¿Tiene que estar presente?

–Por supuesto; no sé mucho más que usted sobre estos asuntos, pero doy por sentado que, con independencia del origen del embrión, el niño les pertenece legalmente a ustedes. Supongo que no podremos firmar un acuerdo sin la firma de su esposo.

Angie maldijo su mala suerte y se preguntó cómo iba a conseguir que Shayne firmara el acuerdo cuando, desde el principio, se había opuesto a lo que ella estaba haciendo. Tendría suerte si contestaba al teléfono.

Suspiró y dijo:

–Veré lo que puedo hacer.

–Si hay algún problema, le enviaré un coche para que no tenga que ir a Sidney en tren.

–Oh, no es necesario que...

–Claro que es necesario –la interrumpió–. Después de lo que ha pasado hoy, no quiero que se arriesgue a viajar en tren. No es seguro para el niño.

El tono de Dominic le molestó profundamente. Aquel hombre estaba acostumbrado a que la gente lo obedeciera, pero ella no obedecía las órdenes de nadie. Ya no.

–Espere un momento, señor Pirelli. Que yo no tenga coche, no significa que...

–¿No tiene coche? –preguntó, asombrado.

–No, no tengo.

–Entonces, le enviaré uno mañana mismo. Tampoco quiero que vaya andando hasta el lugar donde quedemos.

–No, nada de eso, usted no va a...

Angie no terminó la frase. En ese momento, miró por el parabrisas y se llevó otra sorpresa. Mientras hablaban, Dominic Pirelli había tomado la desviación correcta y se había internado en su barrio sin necesidad de preguntar. Por lo visto, conocía la zona.

–No imaginaba que...

Un segundo después, detuvo el coche delante del domicilio de Angie. Acto seguido, salió al exterior y dio la vuelta al vehículo con la intención evidente de abrirle la puerta.

Angie decidió no esperar. Sólo quería despedirse y perderlo de vista.

Pero Pirelli era un hombre tan rápido que llegó a la puerta del coche antes de que Angie pusiera un pie en el suelo.

—Gracias por traerme —dijo ella, tensa.

—De nada.

—Adiós, señor Pirelli.

Él no se movió. Se quedó donde estaba, bloqueándole el paso.

—Me gustaría aprovechar la ocasión para conocer a su marido. Si está en casa, por supuesto.

Ella sacudió la cabeza.

—No está en casa.

Él arqueó una ceja.

—¿Cómo puede estar tan segura?

Angie miró su casa. Estaba algo destartalada y ni siquiera la había terminado de pagar, pero era suya y en ese momento necesitaba esconderse en el santuario de sus paredes.

—Lo estoy porque...

—¿Por qué?

—Porque nunca está en casa antes de las cinco —se apresuró a decir.

Él notó su nerviosismo y se preocupó. Volvía a estar pálida otra vez. Y volvía a dar la impresión de estar a punto de desmayarse.

—¿Se encuentra bien?

—Sí, sí, estoy perfectamente —mintió—. Gracias por el viaje. No quiero molestarle más.

Dominic se apartó.

—De acuerdo. Mañana la llamaré.

Angie dio media vuelta y caminó hacia la puerta de la casa.

Dominic se quedó allí hasta que ella entró y cerró.

Quizás se estaba preocupando sin motivo. Por el

aspecto del edificio, no le habría extrañado que su palidez no se debiera a ninguna debilidad momentánea, sino a la vergüenza por vivir en un lugar como ése.

La casa era rectangular, de un solo piso, y estaba rodeada por lo que en otro tiempo, antes de que las altas temperaturas y la falta de agua mataran las plantas, debía de haber sido un jardín.

Sin embargo, Dominic no necesitaba entrar para saber cómo era por dentro. Todas las casas de aquel barrio eran más o menos iguales; todas tenían la misma estructura. A un lado de la puerta principal, estaba el salón; al otro, una cocina pequeña y un cuarto de baño. Además, tenía tres dormitorios: uno de matrimonio; uno para invitados y; otro tan pequeño que, en realidad, sólo servía como cuarto trastero.

Incluso en ese momento, treinta años después, recordaba la sensación de estar tumbado en su minúscula habitación mientras soñaba con un futuro distinto.

Era un recuerdo tan claustrofóbico y tan triste como la propia visión del barrio, lleno de jardines abandonados y paredes con la pintura tan vieja que se desprendía.

Era como si todos los habitantes de aquel lugar hubieran muerto tras una agonía larga y dolorosa.

Sacudió la cabeza y pensó que había hecho bien al escapar del barrio.

Pero había trabajado muy duro para conseguirlo.

Y, sin embargo, sonrió al pensar que el primer lugar que su hijo vería cuando naciera sería el barrio donde él mismo había crecido. Por suerte para él, sería una experiencia breve.

Desgraciadamente, faltaban muchos meses para el parto. Meses en los que aquella mujer se vería obligada a vivir en el lugar que él había jurado no volver a pisar en toda su vida.

Ni siquiera se atrevió a pensar en los peligros que correría. Violencia callejera, atracos, robos, lo mismo de siempre.

No era un buen sitio para criar a un niño.

Volvió al coche y arrancó, más decidido que nunca a ayudar a la madre de su hijo. Pero casi de inmediato, se recordó que Angie Cameron no era su madre, sino simplemente la mujer que lo iba a llevar dentro hasta que diera a luz.

Esa mujer no sería nunca la madre de su pequeño.

Ni en un millón de años.

Capítulo 5

ANGIE se apoyó en la puerta de la casa y suspiró, aliviada.

Tras pasar el día más largo de su vida, tras sufrir unas horas terribles con un hombre imposible, volvía a ser libre.

Oyó que su coche arrancaba y que desaparecía en la distancia.

Y volvió a suspirar.

Se había ido, pero ella fue incapaz de quitárselo de la cabeza. De hecho, también había sido incapaz de resistirse a la tentación de girarse un momento y de lanzarle una última mirada antes de entrar en la casa.

Dominic Pirelli la observaba con los brazos cruzados y con unas gafas de sol que ocultaban sus ojos pero no difuminaban la intensidad de su expresión. Una intensidad tan profunda que ella sintió un escalofrío y contuvo la respiración durante unos instantes.

Todo en él irradiaba poder. Hasta su coche, negro y estilizado, que le recordaba las revistas de motocicletas que Shayne solía leer.

Pero aquel coche no habría aparecido en sitios

como la avenida Spinifex, con edificios grises y jardines delanteros llenos de plantas secas y de restos oxidados de vehículos, sino en lo alto de un acantilado o quizás en una carretera junto a una playa.

Fuera de donde fuera, Dominic Pirelli no pertenecía ni a su barrio ni a su mundo.

Suspiró por tercera vez, se apartó de la puerta y se dirigió a la cocina.

Dejó en bolso en la mesa, puso la cafetera en el fuego y se dedicó a comprobar el correo mientras esperaba. Supuso que todas las cartas serían facturas, pero se equivocó; entre ellas, distinguió una con el membrete del bufete de abogados que representaba a Shayne.

Se preguntó qué querrían ahora y la abrió.

Cuando la leyó, se sintió tan débil que tuvo que sentarse en una de las sillas. Shayne ya le había quitado el coche y la mayor parte de los muebles. Pero había dicho que no quería nada más de ella, salvo el divorcio y no volver a verla en toda su vida.

Releyó la carta con la esperanza de haberlo entendido mal. Sin embargo, decía lo que decía.

Shayne quería que firmaran un acuerdo inmediatamente. Y había cambiado de opinión. Ahora, también le exigía la mitad de la casa que había sido la alegría y el orgullo de su madre, la casa que Angie había heredado.

Su casa.

Pero si él se quedaba con la mitad de la propiedad, ella no tendría más remedio que vender la suya y marcharse a otra parte.

Su mundo se estaba hundiendo.

Y no sabía qué hacer.

Cuando llegó al cruce, Dominic sabía que debía girar a la derecha para tomar la incorporación a la autopista.

Sin embargo, inexplicablemente, giró a la izquierda y siguió por calles de letreros viejos y oxidados. Ni siquiera sabía por qué seguía allí. Creía haber olvidado el pasado, creía haberlo enterrado y superado, pero el pasado se empeñaba en volver por cualquier resquicio.

Pasó frente a un mercado con casi todas las tiendas cerradas y se le hizo un nudo en la garganta al ver la vieja lavandería. En cierta ocasión, su madre lo había encontrado allí, escondido entre las máquinas. Tenía una herida en la oreja porque otro chico le había tirado una piedra. Y se sentía avergonzado por haber huido sin luchar, porque su madre lo había encontrado y, especialmente, por llorar.

Cuando lo vio, su madre lo abrazó con todas sus fuerzas y le prometió que todo iba a salir bien.

Le prometió que lo sacaría de aquel colegio horrible y de los matones que se metían con cualquier niño que no fuera como ellos.

Le prometió que compraría una casa como la que sus abuelos soñaban con comprar y que se marcharían a algún sitio donde serían felices.

Las lágrimas tardaron poco en secarse; casi tan poco como las promesas de su pobre madre, que trabajaba todo el día para sacarlo adelante y conseguirle un futuro mejor.

Poco después, Dominic pasó junto al minúsculo parque adonde su abuelo lo llevaba a jugar cuando su madre estaba trabajando y no lo podía atender. Su abuelo siempre llevaba un pedazo de madera en el bolsillo, que tallaba con su navaja y convertía en pequeñas obras de arte.

Al final de la tarde, él lo llevaba a cenar a su casa. Dominic recordaba perfectamente a su abuela en la cocina, con su delantal blanco y el cucharón que utilizaba para servir los guisos.

Pero eso era el pasado.

Todo había desaparecido.

Sus abuelos, la cocina y las promesas de un futuro mejor.

Ya no existía ni la casa donde Dominic había cuidado de su madre durante la última fase del cáncer que acabó con ella.

Ya no había nada.

Siguió conduciendo y detuvo el coche en el número veinticuatro de la calle, frente a una casa semiderruida, cuyas paredes mostraban el hollín de un incendió.

Salió del vehículo, caminó hacia la casa y se detuvo.

−¿Es de la compañía de seguros?

Al oír la voz, se giró y vio a un anciano de camisa blanca y pantalones cortos que lo miraba con interés.

Dominic sacudió la cabeza.

−No, no soy de la compañía de seguros −respondió−. ¿Sabe qué le ha pasado a la casa?

El anciano frunció el ceño.

–Ah, eso... mal asunto. Hubo una guerra de pandillas; todos eran tan jóvenes como para estar en el colegio, pero sabían lo que hacían. Una noche, una de las bandas atacó la casa con cócteles molotov. Mi esposa y yo lo oímos todo. Cuando salimos a ver lo que pasaba, la casa ardía como una tea. Los bomberos no pudieron hacer gran cosa.

–¿Y qué les pasó a sus habitantes?

–Afortunadamente, lograron salir a tiempo. Era una mujer soltera con dos niños, que estaba embarazada de uno más. Fue un milagro que se salvaran.

–Así que estaba embarazada...

–Sí. Fue un milagro. Se lo aseguro.

Dominic sintió un dolor en el pecho. Nada impedía que aquel suceso se repitiera a tres calles de allí, en el domicilio de Angie Cameron. Nada impedía que las pandillas atacaran más casas. Y, por supuesto, tampoco tenía la seguridad de que Angie lograra salvarse, llegado el caso.

Intentó imaginar el pánico de la pobre mujer cuando vio las llamas y llamó a sus pequeños para intentar sacarlos antes de que el fuego o el humo acabaran con ellos.

Eso no era vida para nadie. Especialmente, para una mujer embarazada. Especialmente, para una mujer embarazada de su hijo.

En ese instante, supo que no podía volver a su mundo y dejarla allí, expuesta a los peligros del barrio.

No podía volver a casa y dejar a su hijo en aquel lugar.

Pero la solución estaba al alcance de la mano. Alquilaría una casa durante unos meses, hasta que Angie Cameron diera a luz.

Era la solución perfecta.

Sólo faltaba que ella lo aceptara.

Angie todavía estaba junto a la mesa de la cocina, con la carta entre las manos, cuando llamaron a la puerta.

Se levantó, alcanzó un pañuelo y se secó las lágrimas. No sabía quién podía ser. Pero no se habría llevado una sorpresa si, al abrir la puerta, se hubiera encontrado con un par de agentes inmobiliarios enviados por Shayne y dispuestos a agilizar el proceso.

El timbre volvió a sonar, con más insistencia que antes.

Extrañada, se acercó a la ventana y frunció el ceño al ver un coche negro que le resultaba muy familiar.

Antes de abrir, echó la cadena para que sólo pudieran hablar por la abertura; de ese modo, Dominic Pirelli no tendría ocasión de ver el interior de la casa. Pero la cadena no la resguardaba de sus propias emociones. El simple hecho de verlo de nuevo bastó para que sintiera una oleada de calor.

–¿Qué quiere?

–Déjeme entrar. Necesito hablar con usted.

–¿De qué?

–¿Pretende que hablemos así? Créame, no le voy a hacer ningún daño. Cómo voy a hacer daño a la mujer que está embarazada de mi hijo –alegó.

Ella suspiró, cerró la puerta y quitó la cadena antes de abrir otra vez. Se arriesgaba a que Pirelli descubriera toda la verdad sobre su vida, pero supuso que se enteraría más tarde o más temprano.

Él entró en la casa con su seguridad de siempre, ajeno a la incomodidad que le causó cuando Angie sintió su aroma masculino.

–Tengo una propuesta que hacer. Cuando su marido vuelva...

Dominic no terminó la frase. Acababa de ver el salón, prácticamente vacío. Sólo quedaba un sillón, una televisión vieja, un reloj de pared y una estantería en la que se veían unos cuantos libros sobre embarazos.

Se giró hacia ella, muy despacio, y preguntó:

–¿Qué diablos está pasando aquí? ¿Cómo puede vivir en estas condiciones?

Angie no dijo nada. Dominic se acercó y notó que tenía los ojos enrojecidos.

–¿Ha estado llorando?

Ella hizo caso omiso de la pregunta.

–Antes tenía más muebles, pero...

–¿Qué ha hecho con ellos? ¿Venderlos para poder comprar una lata de judías? –preguntó.

Angie dio media vuelta y se dirigió a la cocina. No se sentía con fuerzas de discutir.

Alcanzó la cafetera y sacó una taza para servirse un café. Dominic ya había llegado cuando ella intentó abrir el frigorífico con intención de alcanzar el cartón de leche. Dominaba todo el lugar con su enorme altura y sus hombros anchos.

–¿Es que se piensa mudar? ¿Por eso tiene tan pocos muebles?

—No, no es por eso.

Angie decidió dejar la leche y el café para otro momento. Dominic se había parado delante del frigorífico y no podía abrir sin pedirle que se apartara, así que llenó la tetera eléctrica y la enchufó.

—Entonces, ¿qué está pasando aquí?

Ella se mantuvo en silencio.

—¡Hable de una vez, maldita sea! —exclamó él, perdiendo la paciencia.

—Está bien. Shayne se llevó los muebles.

—¿Por qué? Eso no tiene sentido.

La tetera empezó a pitar en ese momento.

—Se los llevó para vivir más cómodamente con su nueva novia. Y ahora, ¿le importa que apague eso? El ruido me está volviendo loca.

Angie alcanzó la tetera y la apagó.

—¿Shayne la ha abandonado?

—Sí.

—¿Cuándo?

Ella se encogió de hombros. Llenó su taza y añadió una bolsita de té.

—Se marchó con su novia hace dos meses.

—¿Y por qué la abandonó?

Los ojos azules de Angie brillaron con tristeza.

—Porque me negué a abortar.

Dominic se pasó una mano por el pelo.

—De modo que su marido se marchó porque se quedó embarazada del hijo de otro hombre.

—En efecto.

—Pues tendrá que disculparme, pero no lo entiendo. ¿Sacrificó su matrimonio por un hijo que ni siquiera quería?

Ella soltó una carcajada de amargura.

–No, no soy tan noble. Mi matrimonio estaba muerto desde hacía tiempo, aunque yo fui la última en saberlo. Él ya estaba a punto de marcharse a vivir con su novia cuando supo que la clínica había cometido un error con la reproducción asistida. Mi decisión de seguir adelante con el embarazo sólo contribuyó a acelerar nuestra separación.

Dominic asintió y echó un vistazo a la cocina. Estaba tan vieja y tan vacía como el resto de la casa, pero absolutamente limpia.

–¿Ahora vive sola?

Ella asintió.

–¿No tiene familia?

Ella sacudió la cabeza.

–Mi madre falleció hace unos años. Yo era hija única.

–¿Y su padre?

–No lo llegué a conocer.

–Entonces, ¿quién cuida de usted?

–Yo, señor Pirelli –declaró, orgullosa–. Ya no soy una niña.

Dominic sintió admiración y rabia al mismo tiempo. Admiración, por la fuerza de aquella mujer; rabia, por el hombre que se había atrevido a abandonarla y a dejarla en una situación terrible a sabiendas de que se había quedado embarazada.

Si vivía sola desde entonces, no era de extrañar que estuviera tan delgaducha. No tenía a nadie. Nadie se aseguraba de que comiera decentemente y de que cuidara de sí misma.

–Recoja sus cosas. Nos vamos.

Angie lo miró con desconcierto.

–¿Cómo? ¿De qué está hablando?

–No se puede quedar aquí. Se viene conmigo.

–No, yo no me voy a ninguna parte. Éste es mi hogar. Bueno, o por lo menos...

–¿Por lo menos?

–Lo era.

–¿Qué quiere decir eso?

–He recibido una carta hace un rato.

Angie hizo un gesto hacia la mesa de la cocina, donde había dejado las cartas del buzón, incluida la de los abogados de Shayne.

Dominic asintió, pero la dejó hablar.

–Shayne se llevó el coche y casi todos los muebles cuando se marchó. Dijo que no quería nada más, pero ahora me exige la mitad de la propiedad de la casa. Cuando lo he visto, no me lo podía creer... esta casa es mía. Me la dejó mi madre en herencia –declaró, desesperada–. No me la puede quitar, ¿verdad? No tiene derecho.

La expresión de tristeza de Angie le llegó al alma. Aquella casa sólo era un agujero destartalado, pero Dominic comprendió su angustia; a fin de cuentas, también era todo lo que tenía.

–Le pediré a mis abogados que estudien el caso. Pero usted no se puede quedar aquí. No voy a permitir que viva de este modo en su estado; y mucho menos, después de saber que ese individuo puede aparecer en cualquier instante con alguna de sus exigencias.

–Bueno, dudo que pueda entrar. He cambiado todas las cerraduras.

–¿Y cree que eso lo detendrá si se empeña? Cualquiera podría romper una de las puertas o de las ventanas de esta casa –observó–. Además, eso es irrelevante. No puedo dejarla aquí. ¿Es que no lo entiende? Me preocupa el bienestar de mi hijo.

–Pero, ¿no quería que firmáramos un acuerdo antes de tomar más decisiones? –preguntó.

–Dejemos que los abogados se ocupen de eso. De momento, recoja lo que necesite para pasar la noche. Ah, y no se preocupe por el resto de las cosas; mañana por la mañana, le pediré a alguno de mis empleados que venga a buscarlas.

–Espere un momento, señor Pirelli. Yo no he dicho que me quiera marchar.

–No, no lo ha dicho, pero me sorprendería que quisiera quedarse aquí. No tiene ni familia ni marido. A decir verdad, no tiene nada. Excepto un niño que ni siquiera es suyo.

Ella alzó la barbilla, desafiante. Estaba harta de que la hablaran en ese tono; harta de que le dijeran lo que debía hacer.

–Se equivoca. Esta casa sigue siendo mía. Al menos, en parte.

–Y podrá regresar a ella cuando nazca el niño. Le aseguro que, a partir de ese momento, no la volveré a molestar.

Angie lo maldijo para sus adentros, pero pensó que volvía a tener razón.

Tal vez fuera mejor para ella que se alejara de Shayne y de aquel sitio hasta el parto. Tal vez fuera lo mejor para el bebé. Lo más seguro.

Entró en el dormitorio, abrió una bolsa de viaje

y se dispuso a guardar lo necesario para pasar la noche, como Pirelli le había dicho. Abrió un cajón, sacó tropa interior y un pijama y lo cerró de golpe, pensando en lo que le habría gustado decirle a aquel hombre tan arrogante.

«A partir de ese momento, no la volveré a molestar». Lo había dicho como si quisiera dejar absolutamente claro que ardía en deseos de perderla de vista.

Ya era tarde para ponerlo en su sitio, pero se le ocurrieron varias respuestas posibles.

Podría haber dicho que, a partir de ese momento, no le vería el pelo.

Podría haber dicho que, a partir de ese momento, él sería la última persona a quien quisiera ver.

Podría haber dicho muchas cosas y no dijo ninguna.

Y sabía por qué.

Porque sus palabras la habían herido; porque le habían dolido tanto que se quedó sin palabras y se supo más sola que nunca. La sensación de ser una perdedora no era precisamente agradable.

Como esposa, había sido un fracaso.

Su matrimonio se había roto y ahora estaba embarazada de un niño que no era suyo.

Echó un vistazo a su alrededor y se preguntó qué más debía llevar. Pirelli había dicho que enviaría a alguno de sus empleados a recoger el resto de sus cosas. Lo había dicho sin más, con toda la tranquilidad del mundo, como si se creyera un general en mitad de un ejército de soldados a los que podía dar órdenes a su antojo.

Al final, optó por guardar más ropa de la necesaria, incluido un jersey. Hacía demasiado calor para ponerse un jersey, pero ya que no tenía una armadura con la que protegerse, el jersey era un buen sustituto.

El cuarto de baño fue la siguiente parada. Añadió el cepillo de dientes y un neceser con todo lo necesario y volvió al salón. En total, había tardado un minuto y medio.

Pirelli estaba llamando por teléfono. Angie supuso que estaría buscándole un lugar para pasar la noche o ladrando a alguno de sus subordinados. Cuando la vio, cortó la comunicación y preguntó:

—¿Cómo ha tardado tanto?

Ella se quedó sin habla.

—¿Qué ocurre? ¿Un gato le ha comido la lengua? —preguntó, sonriendo.

—¿A qué viene esa sonrisa? —contraatacó ella, ofendida.

—Es por usted. Me ha dado la impresión de que el ratón iba a rugir otra vez.

—¿El ratón? ¿Qué significa eso?

—Nada, no importa.

Dominic alcanzó su bolso. Al rozarla, ella sintió una descarga eléctrica.

—No vuelva a hacer eso.

—¿Hacer qué?

—Tocarme.

Él volvió a sonreír.

—De acuerdo. No la volveré a tocar.

La ira de Angie estuvo a punto de desaparecer ante la visión de su sonrisa. Por algún motivo, le resultaba tan embriagadora que no podía pensar con claridad.

Cuando entraron en el coche y se pusieron en marcha, intentó analizar por qué le atraía tanto aquel hombre que parecía ocupar todo el espacio del vehículo con su cuerpo y que la consideraba una especie de ratón.

Un momento después, al notar su aroma especiado y cálido, lo supo.

Era real.

Al principio, le había parecido como salido de un sueño. Alto, fuerte, elegante y con tanto carisma que controlaba cualquier situación. Además, también era evidente que era rico. Pero aquella sonrisa le había recordado que, en el fondo, no dejaba de ser un hombre normal y corriente.

Sólo un hombre.

Aunque no se parecía a ninguno de los hombres que había conocido. Tenía tanto poder sobre ella que bastaba un roce de sus manos para que se estremeciera por dentro. Lograba incomodarla en muchos sentidos. Y no le agradaba sentirse tan vulnerable con un hombre, casado o no. Después de Shayne, no quería volver a saber nada de los hombres.

Molesta, cambió de posición en el asiento. Necesitaba decir algo, cualquier cosa, con tal de sacárselo de la cabeza.

–¿Adónde vamos? –preguntó.

Ya habían salido de Sherwill. Se dirigían hacia el Este, acercándose cada vez más a la ciudad.

–Ya lo verá.

–¿Y si no me gusta?

–Le gustará.

Él no añadió ni una sola palabra más. Encendió la radio y la dejó en una emisora de noticias, que en esos momentos daba información bursátil.

Angie imaginó que cambiaría rápidamente de emisora, como hacía Shayne en esos casos; pero se equivocó. Pirelli parecía realmente interesado en la Bolsa de Sidney.

–¿A qué se dedica? –preguntó con curiosidad.

–¿Quiere la respuesta rápida?

–Por favor.

–Soy inversor.

–¿Qué significa eso, exactamente?

–Que me dedico a invertir en Bolsa. Compro cuando las acciones están bajas y vendo cuando están altas.

Ella lo pensó durante un momento y dijo, tajante:

–Es decir, que no hace nada.

–¿Qué no hago nada? Gano dinero y lo uso para comprar otras cosas. Edificios de oficinas, centros comerciales...

–Ya lo he entendido. Entonces, corrijo lo dicho. No es que no haga nada, es que no produce nada –puntualizó–. Nada real, quiero decir. Porque, dígame, ¿qué tiene al final del día a cambio de sus esfuerzos?

–Más dinero.

Angie soltó un suspiro de satisfacción. Y a Dominic no le hizo ninguna gracia.

–¿Qué hay de malo en hacer dinero?

–Nada, nada en absoluto –respondió, lanzándole una mirada rápida–. Es evidente que se le da muy bien.

Dominic supo que su comentario no era un halago y apretó el volante con más fuerza.

La opinión de aquella mujer lo había desconcertado profundamente. Era un hombre rico. Tenía más dinero del que podía desear, además de media docena de coches y hasta un helicóptero.

Pero, para Angie Cameron, eso no era nada de valor.

—Supongo que preferiría que yo tuviera un empleo de mala muerte, como el que indudablemente tendrá el mujeriego de su marido.

Dominic se giró lo suficiente para mirarla. Cuando vio el brillo de dolor en sus ojos, lamentó haber sido tan grosero. Estaba acostumbrado a ser implacable en los negocios, pero eso no le daba derecho a hacer leña del árbol caído con una mujer en su situación. Aunque ella se dedicara a provocarlo.

—Lo siento. No debería haber dicho eso.

—No tiene nada que sentir. Ha sido culpa mía. Discúlpeme.

—¿Echa de menos a su esposo?

Ella lo miró.

—¿A Shayne? No —dijo, sacudiendo la cabeza—. Extraño más el coche que a él... los últimos meses han sido muy difíciles para mí. Ni siquiera alcanzo a comprender que no me diera cuenta de lo iba a pasar. Supongo que el tratamiento de la clínica de reproducción asistida me desconcentró.

—Bueno, esas cosas son normales. Tendemos a no ver lo que pasa delante de nuestras narices.

Angie se encogió de hombros.

—En cualquier caso, me alegro de que el niño no

sea de Shayne. Estar embarazada de él mientras se dedica a acostarse con otra mujer habría sido un infierno para mí. No lo habría soportado.

Dominic pensó que se equivocaba. Angie podía soportar muchas más cosas de las que creía. Era una mujer capaz de enfrentarse a su marido para tener un niño que ni siquiera era suyo; una mujer capaz de afrontar un largo embarazo por un niño que ni siquiera se quería quedar. Incluso era una mujer capaz de hacer el equipaje en noventa segundos, cuando la mayoría de las mujeres que conocía no habrían tenido suficiente con noventa minutos.

Parecía un ratón, pero definitivamente era una leona.

Su situación era insostenible. Sola, aparentemente sin trabajo y con tan poco dinero que apenas le llegaba para comer. Y, no obstante, le quedaban fuerzas para enfrentarse a él y defenderse de sus acusaciones.

Echó un vistazo al reloj y cambió el dial para oír las noticias de la Bolsa en otra emisora de radio.

–Créame, señora Cameron. Lo habría soportado.

Angie no tuvo ocasión de preguntar al respecto, porque él mantuvo la radio encendida y ella se sintió zarandeada por un mar de datos sobre industrias, minería y Bolsas internacionales que no significaba nada para ella.

Al cabo de unos minutos, renunció a la posibilidad de entenderlo y se dedicó a mirar por la ventanilla del coche.

Estaba nerviosa y entusiasmada a la vez. Había
dejado la única casa que conocía y no sabía adónde
la llevaba, pero todo aquello era una aventura para
ella.

Dominic Pirelli salió de la autopista antes de llegar a la ciudad y tomó una carretera que pasaba por
barrios cada vez más acomodados, de casas y jardines cada vez más grandes y bellos.

De vez en cuando, distinguía las aguas azules del
puerto y su corazón pegaba un respingo. Era como
una de esas vacaciones misteriosas, sin destino pre-
viamente conocido, de las que Shayne le había hablado alguna vez. Una de esas vacaciones que jamás se habían tomado.

Pero no quería pensar en Shayne. No después de
todo lo que le había hecho. Fuera adonde fuera, seguro que sería mejor que ninguna de las cosas que
podía hacer en compañía de Shayne. Dominic Pirelli podía ser un hombre arrogante, mandón y con-
trolador, pero tenía buen gusto. La llevaría a un sitio
decente. Si no por ella, al menos por bien del niño.

Era normal que se sintiera renacer por momentos.

Faltaban seis meses para el parto y Pirelli le estaba ofreciendo, en la práctica, seis meses de vacaciones pagadas.

Poco a poco, las vistas del puerto se hicieron más
frecuentes y el aire se llenó de olor a mar. El coche
avanzaba por un barrio de mansiones cuando él giró
otra vez, tomó un camino y detuvo el vehículo frente
a una verja imponente.

—Ya hemos llegado.

Dominic apagó la radio y pulsó un botón. Las puertas de hierro forjado se abrieron.

Segundos más tarde, Angie se encontró ante la casa más bonita que había visto en su vida. Una mansión de tres plantas, con una piscina y jardines llenos de buganvillas que terminaban en la orilla del mar.

Se quedó tan asombrada que su voz sonó más baja que de costumbre.

–¿Qué hacemos aquí? Supongo que ésta es su casa...

–Lo es. Y el niño que lleva en su vientre, es mi hijo –afirmó–. ¿Qué mejor lugar para él que mi propia casa?

Ella tragó saliva. Ni en el más alocado de sus sueños habría imaginado esa situación. Había supuesto que estaría sola durante el embarazo y que entregaría el niño a sus padres después del parto. Cómo iba a sospechar que querrían que viviera con ellos.

Él salió del coche, le abrió la puerta y alcanzó su bolsa de viaje.

Angie permaneció en el asiento.

–¿Es que no va a salir? –preguntó él con impaciencia.

Ella se quitó el cinturón de seguridad y salió al fin, aunque a regañadientes.

–Mire, señor Pirelli...

–¿Sí?

–No quiero parecer desagradecida, pero no me parece una buena idea. ¿Qué va a pensar la gente cuando sepa que una mujer embarazada está viviendo en su casa? Ya sabe cómo son los vecinos; les encanta hablar de los demás... Sinceramente, sería más apropiado que me llevara a otro sitio.

Él la miró con intensidad.

—Hay algo que no entiende de mí, señora Cameron. Me importa un bledo lo que los demás piensen o digan.

—Sí, bueno... me parece muy bien, señor Pirelli; pero es posible que su esposa no esté de acuerdo con usted. Puede que se sienta incómoda con esta situación.

Dominic respiró hondo, se quitó las gafas de sol que llevaba y se frotó el puente de la nariz.

—Di por sentado que lo sabía. A fin de cuentas, no es ningún secreto.

—¿Qué quiere decir? —preguntó, confundida.

Angie lo preguntó por preguntar. Ya había adivinado la respuesta. Se había empeñado en creer que todo aquello iba a ser un cuento de hadas; que tendría al niño y se lo entregaría a unos padres encantadores y profundamente enamorados que, por supuesto, lo adorarían. Pero el fracaso de su matrimonio con Shayne no era una excepción en el mundo. La gente se separaba y se divorciaba constantemente.

No le dio ocasión de responder. Suspiró y dijo:

—¿Me está diciendo que se ha divorciado?

—No, no me he divorciado, señora Cameron. Mi esposa ha muerto.

Capítulo 6

S U ESPOSA había muerto. La madre del niño que llevaba dentro, la donante del embrión, había muerto.

La perplejidad de Angie no podía ser mayor.

Se llevó una mano al estómago y pensó que el pobre niño crecería sin madre.

Y luego, casi inmediatamente, lo lamentó por Dominic Pirelli. Aquello tenía que haber sido muy doloroso para él. Su esposa había muerto y de repente aparecía otra mujer y le decía que esperaba un hijo suyo. Ahora entendía que se hubiera enfadado tanto cuando lo llamó por teléfono. Ahora comprendía su resentimiento y su ira inicial.

Los ojos se le llenaron de lágrimas.

Eran lágrimas de tristeza, de pérdida, de vacío. Lágrimas por un bebé que llegaría al mundo en circunstancias trágicas.

Se había equivocado completamente con él. Cuando apareció con su secretaria en el paseo marítimo, pensó que había ido sin su esposa porque quería protegerla, porque desconfiaba de la situación y quería asegurarse antes.

Pero Dominic Pirelli no estaba protegiendo a nadie.

Estaba solo, igual que ella.

Lo miró a los ojos, repentinamente oscurecidos, y se maldijo por haberlo juzgado mal, sin conocer los hechos reales.

Extendió una mano con intención de tocarlo.

–Lo siento mucho.

Él se apartó antes de que lo pudiera tocar.

–No. No lo sienta. No necesito su lástima.

Angie retrocedió. Por algún motivo, siempre lograba sacar lo peor de Dominic Pirelli.

–Entonces, ¿qué quiere de mí? ¿Que admita que me siento aliviada al saber que no tenía intención de encerrarme en su casa para asegurarse la custodia del niño?

Él entrecerró los ojos.

–¿Me creía capaz de eso?

Angie tragó saliva.

–Sí, reconozco que la idea me pasó por la mente.

–Si me tiene en tan mala opinión, me sorprende que quiera darme a mi hijo. ¿No le irrita tener que pasar por todo esto? –preguntó.

Ella apartó la mirada.

–No está en mis manos, señor Pirelli.

–No, no lo está, pero me juzga de todas formas. Cree que el dinero me importa más que mi hijo. Incluso me ha tomado por un canalla porque me dedico a hacer dinero en la Bolsa.

Angie sacudió la cabeza.

–¿Y usted? ¿Es que no me juzga a mí? No ha parado de juzgarme desde que nos conocimos. De juzgarme y de maldecirme. Y ahora, quiere encerrarme en una jaula.

–¿Una jaula? Discúlpeme, pero mi casa no es precisamente una jaula.

–Puede que no, pero en ningún momento ha tomado mis sentimientos en consideración.

–Señora Cameron...

–No estoy segura de que deba quedarme aquí –lo interrumpió–. No en estas circunstancias. Su esposa ha muerto y no me parece que mi presencia sea lo más conveniente para nadie.

–¿Cómo dice? –preguntó con asombro–. Primero no se quería quedar aquí porque temía lo que mi esposa pudiera pensar. Y ahora, afirma que no se quiere quedar aquí porque mi esposa no puede pensar nada... ¿Qué diablos le preocupa de verdad? Sea sincera, por favor. ¿Tiene miedo de que salte sobre sus huesos de alambre mientras se aloja en mi casa?

Angie se ruborizó.

–¡Por supuesto que no! Además, no se lo permitiría nunca.

–Entonces, ¿de qué se trata? ¿Teme acostumbrarse a la buena vida y no ser capaz de volver después a su vida anterior?

–¿La buena vida? –ironizó–. Tendría que ser tonta para creer que vivir bajo el mismo techo que usted es darse a la buena vida. Si me quedo, y aún no sé si me voy a quedar, me marcharé al minuto siguiente de dar a luz.

–Perfecto. Me alegra saber que nos entendemos. Le doy mi palabra de que no intentaré aprovecharme de usted durante su estancia en mi casa si usted se compromete a no complicar más las cosas.

–Está bien. En tal caso, me quedaré.

Todavía estaba pensando si había hecho lo correcto cuando oyeron una voz. Angie se dio la vuelta y vio a una mujer delgada, de edad avanzada, que sonreía.

–Ah, Dominic, por fin has llegado...

–Hola, Rosa.

–Y supongo que tú debes de ser Angelina Cameron. Es un hombre muy bonito –dijo la mujer mientras le estrechaba la mano–. Pasa, querida. Te estaba esperando.

Ante la sorpresa de Angie, Dominic explicó:

–Le presento a Rosa, mi ama de llaves. Aunque descubrirá pronto que Rosa es mucho más que un ama de llaves para mí.

Rosa sonrió de nuevo y miró a Dominic con una mezcla de cariño y de preocupación.

Angie los siguió hasta la mansión y se preguntó cuándo había sido la última vez que la habían llamado por su nombre, Angelina. Probablemente, cuando le renovaron el permiso de conducir por última vez.

Ya había decidido que Rosa le gustaba. Su bienvenida había sido sincera y su apretón de manos, tan cálido como si quisiera decirle que comprendía bien su situación.

Se preguntó qué le habría contado Pirelli de ella. Quizás sabía la verdad, lo cual explicaba su calidez; pero también cabía la posibilidad de que siempre saludara de ese modo a las acompañantes femeninas de Dominic. A fin de cuentas, era un hombre rico y atractivo. Seguro que llevaba muchas mujeres a su casa.

Cuando entraron en la mansión, Angie dejó de pensar.

Si el edificio le había parecido bello por fuera, por dentro le pareció un palacio. A la derecha del vestíbulo había una sala enorme, con balcones, arcos, techos de una altura asombrosa y lámparas de araña que ocupaban todo ese lateral de la casa y terminaban en una terraza desde la que se veía el mar.

Contuvo el aliento y se dijo que estaba soñando.

Aquella casa parecía salida de un cuento de hadas.

—Te he preparado la habitación de invitados —declaró Rosa—. Espero que tu estancia en nuestra casa sea agradable para ti.

Angie no fue capaz de decir nada. No podía creer que esa mansión fuera a ser su domicilio durante seis meses.

Rosa siguió caminando y los llevó a una suite absolutamente preciosa, con salón, una habitación gigantesca con vistas a los acantilados y al mar y un cuarto de baño de suelos de mármol y una bañera tan grande que parecía una piscina.

De hecho, el cuarto de baño era más grande que su casa de Shervill.

Y, por supuesto, mucho más lujoso.

—¿Y bien? ¿Qué le parece? —preguntó Dominic.

Angie se mantuvo en silencio.

—¿Se sentirá cómoda? —insistió él.

—¿Usted qué cree? Ya ha visto dónde vivía.

—Daré por sentado que eso equivale a un sí —ironizó—. Ahora, si me disculpa, tengo trabajo que hacer. El resto de sus pertenencias estarán aquí mañana por la mañana. Si necesita algo, llame a Rosa y se ocupará de ello. Nos volveremos a ver en la cena.

–Gracias.

Angie echó otro vistazo al lugar. Indudablemente, no se podía decir que estuviera en una cárcel; ni que los seis meses que faltaban para el parto fueran una condena.

Además, le alegró que Dominic Pirelli tuviera trabajo que hacer. Con suerte, se verían poco.

Entonces, notó un movimiento y descubrió que él ya se había marchado.

Rosa le dedicó una sonrisa desde el otro lado del dormitorio.

–Me alegra que estés aquí, Angelina. Dominic llevaba demasiado tiempo solo. Y ahora que espera un bebé...

Rosa suspiró, la miró con ojos vidriosos y añadió:

–Ese bebé es una bendición. Debes de ser una gran persona para hacer algo así por Dominic.

Angie sacudió la cabeza.

–Esto no tiene nada que ver con Dominic. Simplemente quería que el niño tuviera un hogar.

Rosa asintió.

–Lo comprendo. Pero discúlpame... ¿Te apetece comer o beber algo? Aunque tal vez prefieras bañarte o nadar en la piscina. Te recomiendo cualquiera de las dos opciones. El agua es muy relajante.

–Bueno, no sé qué decir...

–Puedes hacer lo que te apetezca –le recordó.

–Entonces, me bañaré.

Rosa asintió una vez más. A continuación, abrió un armario, sacó un albornoz y lo dejó sobre la cama.

—Llenaré la bañera y te traeré una taza de té. Tenemos té de jengibre y té verde, pero si prefieres otra cosa...

Angie sonrió.

—Un té de jengibre estará bien.

—Te lo traeré enseguida.

Cuando se quedó a solas, Angie se estremeció. No podía creer la suerte que tenía. Dominic la había llevado a un palacio y la había dejado en manos de una mujer tan maravillosa que casi parecía su ángel de la guardia.

Pero la situación era más peligrosa que nunca para ella. Iba a vivir seis meses bajo el mismo techo de un hombre complejo, poderoso e inmensamente atractivo que, para empeorarlo todo, le gustaba. Cada vez que la miraba, sentía mariposas en el estómago. Y cuando la tocaba, aunque fuera un simple roce, se estremecía de placer.

Rosa reapareció entonces.

—Ya he preparado la bañera. Iré a buscarte el té.

—Gracias, Rosa.

Angie alcanzó el albornoz, entró en el cuarto de baño y se detuvo un momento para disfrutar del aroma a romero, azahar y vainilla que emanaba del agua.

Por una vez, la suerte estaba de su lado. Incluso podía aprovechar los seis meses de vacaciones para pensar en su futuro.

Ahora podía empezar de cero. Podía estudiar. Podía hacer algo con su vida.

Se desnudó, dejó la ropa a un lado e introdujo un pie en el agua caliente. Después, se tumbó en la bañera y jugueteó con los mandos del *jacuzzi* hasta que las burbujas le acariciaron el cuerpo en borbotones tan placenteros que le recordaron a Dominic.

Asustada, sacudió la cabeza e intentó poner freno a su imaginación.

No debía pensar en esos términos. Además de ser el padre biológico del niño que iba a dar a luz, era un hombre que, aparentemente, la odiaba por todo lo que era.

Tenía que estar loca para fantasear con él.

Metió la cabeza en el agua para aclararse las ideas y se lo repitió varias veces más, como si fuera un mantra.

No podía fantasear con él.

Una hora después, envuelta en el albornoz, Angie salió de la suite y empezó a caminar por la mansión.

Estaba buscando la cocina, y se sentía tan relajada y tranquila después del baño, que la taza de té que llevaba, la que Rosa le había servido, no hizo el menor ruido en el plato.

Sin embargo, había cometido un error al pensar que la cocina sería fácil de encontrar. Se perdió en un laberinto de pasillos y corredores que daban a salas gigantescas y empezó a pensar que caminaba en círculos o que la mansión también era más grande de lo que había pensado.

Y entonces, al llegar a una escalera, lo vio.

Era un retrato enorme, de una mujer de cabello largo y oscuro, con rasgos tan perfectos como su cuerpo, unos labios rojos que invitaban a besarlos y un vestido de color amatista.

Eran la cara y el cuerpo de una seductora.

Angie empezó a subir por la escalera, sin apartar la vista del retrato.

Aquella mujer era increíblemente bella.

Y sólo podía ser una persona. Carla. La madre del hijo que estaba esperando.

Segundos más tarde, oyó el clic de una puerta y Dominic apareció en el rellano.

–¿Angelina?

Angie no se movió. La taza de té empezó a temblar en su mano.

–Lo siento, estaba buscando la cocina y me he perdido.

Dominic la miró con intensidad. Se había cambiado de ropa y ahora llevaba unos pantalones oscuros y una camiseta que se le pegaba al cuerpo y enfatizaba su musculatura.

Bajó hasta llegar a la altura de Angie, que se cerró el albornoz un poco más.

–La cocina no está en el piso de arriba –comentó él.

Ella se estremeció.

–Lo sé, es que he visto el retrato y... ¿Es su esposa?

–Sí. Carla.

–Era muy bella.

Dominic contempló el cuadro.

–Lo era.

Después, él suspiró y siguió bajando.

–Sígame. Le enseñaré el camino de la cocina.

Cuando por fin llegaron, Dominic se marchó después de decirle a Rosa que no cenaría en casa y que volvería tarde. Angie notó que llevaba las llaves del coche en la mano.

–¿Te gustan los *tortellini*?

La voz de Rosa la sobresaltó.

–¿Cómo?

–Que si te gustan los *tortellini*?

–Ah... no lo sé, la verdad. No los he probado nunca.

Rosa sonrió y le sirvió un plato, que dejó en la mesa. Cuando lo probó, Angie descubrió que los *tortellini* le encantaban.

–¿Esto es cosa del señor Pirelli? ¿Le ha dicho que necesito comer? Parece creer que estoy demasiado delgada.

Rosa rió.

–En primer lugar, no me hables de usted. Y en segundo, yo también soy italiana... para mí, todo el mundo necesita comer un poco más. Además, es lógico que Dominic se preocupe por tu estado. Tienes que cuidarte. No sé si lo has pensado, pero has asumido un trabajo muy importante; quizás, el más importante del mundo. El de ser madre.

Angie dejó el tenedor en el plato.

–Gracias, Rosa...

–No hay de qué. Me limito a decir la verdad.

–Por cierto, acabo de ver el retrato de la señora Pirelli. Era muy bella.

La anciana mujer sonrió con tristeza.

–Pintaron el cuadro poco después de que se casaran. Carla era una chica realmente preciosa, que estaba obsesionada con dar un hijo a Dominic. Pero al final... bueno, al final no lo consiguió.

Angie se llevó una mano al estómago.

–Es injusto que ya no esté aquí. Es injusto que yo lleve su bebé.

Rosa le dio una palmadita en el hombro.

–Es un milagro, eso es lo que es. Un verdadero milagro.

Rosa suspiró y regresó a la pila.

–Bueno, ¿qué quieres hacer ahora? ¿Te puedo ayudar en algo?

Angie sacudió la cabeza.

–Ha sido un día muy largo; supongo que me acostaré pronto. Pero ahora que lo pienso, ¿tienes unas tijeras por ahí? Mi pelo me está volviendo loca –le confesó.

Rosa asintió.

–Sí, claro que tengo tijeras; pero algo mucho mejor que eso... una sobrina peluquera. Si quieres, la llamaré por teléfono y le pediré que venga mañana por la mañana.

–No hay necesidad de...

Rosa alzó una mano para silenciarla y alcanzó el teléfono.

Aquella noche, Angie durmió en una habitación desconocida y rodeada de sonidos desconocidos, desde el canto de los pájaros hasta la brisa en la copa de los árboles.

Todo era completamente distinto. Todo era extraño. Y se preguntó si sería capaz de conciliar el sueño.

Pero durmió como un tronco, hasta que el rumor del mar y el aroma al café y a las tostadas que Rosa le había llevado a la habitación, la despertaron. Ni siquiera había oído al ama de llaves.

Se desperezó, tomó un poco de café y se llevó un pedazo de tostada a la boca. Hacía mucho tiempo que no dormía tan bien.

Una hora después, aparecieron Rosa y su sobrina, que se llamaba Antonia. Le explicó que trabajaba en una peluquería, pero que había tenido un hijo y ahora estaba de baja por maternidad.

–Tienes un pelo precioso, ¿lo sabías? –dijo Antonia–. Pero es tan espeso que pesa mucho y cae demasiado... Tengo una idea para corregir el problema. Si me dejas hacer, por supuesto.

–Adelante, haz lo que quieras...

Cuando Antonia terminó con ella y Angie se miró en el espejo, no podía creer la transformación que había experimentado. Parecía una persona completamente distinta. Su pelo, que siempre le caía sobre la cara sin gracia alguna, había cobrado vida de repente.

–¡Me encanta! –dijo, entusiasmada–. No sé ni cómo podré pagarte.

Rosa abrazó a su sobrina y dijo con una sonrisa:

–No te preocupes por eso. Ya nos has pagado a todos.

Aquella noche, cuando se sentaron a cenar, Angie se sentía realmente distinta. Llevaba una camiseta y los mismos vaqueros del día anterior, pero sus ojos y su boca parecían más grandes.

Dominic estaba asombrado. Incluso su aroma era diferente. Tenía un fondo fresco y afrutado, absolutamente fascinante, que no podía identificar.

No podía dejar de mirarla.

–¿Ya se ha acostumbrado a su nuevo domicilio? ¿Qué tal se encuentra?

Dominic sólo intentaba ser amable. Se había acostumbrado a vivir solo y su presencia le resultaba extraña.

–Bien, gracias.

Él llevó una mano a la cesta del pan y rozó a Angie sin pretenderlo cuando ella quiso alcanzar la misma rebanada.

–Cuando terminemos de cenar, tengo unos documentos de los abogados que necesito que firme.

Angie lo miró con interés.

–¿Es algo de mi casa?

Dominic sacudió la cabeza.

–No, me temo que las noticias que tengo al respecto no son buenas. Los abogados dicen que su marido tiene derecho a reclamar parte de la propiedad aunque fuera originalmente tuya. Sin embargo, no se preocupe ahora por eso; si existe una forma de parar los pies a su marido, la encontrarán.

–Entonces, ¿de qué se trata?

–De nuestro acuerdo.

–De nuestro acuerdo... –repitió ella.

–Si no quiere firmarlo esta noche o prefiere consultar con otro abogado, lo entenderé. No hay prisa.

–No, no pasa nada. Es mejor que aclaremos las cosas desde el principio.

Ella asintió entonces y él se quedó extrañamente hechizado con el movimiento de su pelo.

Cuando la volvió a mirar a los ojos, ella lo observaba con inseguridad.

–Creo que me saltaré el postre y me acostaré pronto. Si es posible, me gustaría firmar esos documentos.

Diez minutos más tarde, en el despacho de Dominic, Angie protestó.

–¡Es demasiado! ¡Nadie necesita veinte mil dólares al mes para gastos!

–¿Cómo puede estar tan segura? –preguntó él, que ardía en deseos de acariciarle el cabello–. Necesitará ropa nueva cuando el niño crezca. Y a usted no le vendría mal cambiar de vestuario.

Angie se ruborizó.

–Ya, bueno, pero veinte mil dólares... Es obvio que no conoce las tiendas donde compro.

–Pues compre en otra parte. Aunque también puede ahorrar el dinero, irse de vacaciones o donárselo a una ONG. Eso es cosa suya. Yo sólo quiero que firme el documento.

Dominic lo dijo con voz seca. Necesitaba que saliera del despacho. Estaba demasiado cerca de él y le volvía loco con aquel cabello que no dejaba de oscilar y aquellos ojos grandes, de un azul intenso.

Cuando se apartó de ella, se dijo que lo hacía para dejarle más espacio; pero se apartaba porque tenía miedo de que la tentación de tocarla fuera más fuerte que él.

No sabía lo que le estaba pasando. Aquello no tenía sentido. Sus hormonas le estaban jugando una mala pasada.

–Está bien. A fin de cuentas, es su dinero.

Angie soltó un suspiro y firmó todas las copias. Después, preguntó:

–¿Dónde más tengo que firmar?

Dominic no tuvo más remedio que volver a acercarse a ella para presentarle el documento siguiente. Entonces, ella giró la cabeza y lo miró. Estaban tan cerca que él se quedó sin aliento.

Y tuvo que hacer un esfuerzo para no besarla.

–Señor Pirelli...

–Dominic. Llámame Dominic –susurró, tuteándola por primera vez.

–Dominic...

Él pensó que adoraba la forma en que pronunciaba su nombre; pero justo entonces, sonó su teléfono móvil y tuvo que alejarse para poder hablar.

Angie firmó el documento a toda prisa y se levantó. Al igual que Dominic, se sentía profundamente alterada por su cercanía física. Necesitaba salir de allí y respirar un poco.

Se marchó sin despedirse y se dirigió a la cocina. Caminaba tan deprisa que estuvo a punto de llevarse a Rosa por delante.

–Ah, precisamente iba al despacho para preguntar si queríais el postre ahora u os apetecía algo de beber.

Angie se ruborizó de nuevo.

–No, gracias, yo no quiero nada. Me voy a acostar. Buenas noches.

–Tendrías que haberle buscado un apartamento –protestó Simone al otro lado de la línea telefónica–. ¿Estás seguro de que llevarla a casa es una buena idea?

–No sé si será una buena idea, pero no podía permitir que siguiera viviendo en aquel agujero.

–No, claro que no, pero llevarla a tu casa... –insistió–. Dom, debes tener mucho cuidado con las mujeres como ella. Corres el peligro de que se acostumbre al lujo y no se quiera marchar.

–Tenemos un acuerdo. Lo firmó anoche. Se marchará en cuanto dé a luz.

–¿Y crees de verdad que podrá volver a ese barrio después de haber vivido en tu mansión?

–¿Por qué te preocupa tanto? –preguntó él, extrañado por su vehemencia–. Cualquiera diría que tienes un interés personal en el asunto.

Simone dudó antes de responder.

–No me preocupa tanto. Es que no quiero que se aprovechen de ti.

Dominic se acordó de la reunión con Angie en el despacho, cuando estuvo a punto de besarla. Se preguntó si ella habría provocado la situación con ánimo de seducirlo, pero desestimó la idea; ni le parecía posible ni, por otra parte, había pasado nada.

–Olvídalo, Simone. Ya me conoces. ¿De verdad crees que, después de tantos años de hacer negocios, voy a permitir que una mujer como Angie Cameron me engañe?

Simone suspiró.

–Dominic, es una mujer. Una mujer a la que su esposo ha abandonado y que, por si no te has dado cuenta, lleva un hijo tuyo. Por supuesto que intentará manipularte. Con acuerdo o sin acuerdo, lo intentará. Además, no tiene nada que perder.

–Gracias por la advertencia. Aunque dudo que exista alguna posibilidad de que me enamore de una mujer como ella.

Simone reaccionó de la forma que Dominic pretendía. Soltó una carcajada y olvidó el asunto.

Unos minutos después, cuando terminó de hablar con ella, Dominic intentó convencerse de que le había dicho la verdad. No existía ni la más remota posibilidad de que se enamorara de Angie Cameron.

Se sentía atraído por ella, pero no había pasado nada y no iba a pasar nada.

Sólo tenía que mantener las distancias y cenar en el despacho como antes de que la llevara a la mansión. Por otra parte, su contrato no decía que estuviera obligado a entretenerla durante su estancia; sólo se comprometía a ofrecerle alojamiento hasta entonces. Y cuando diera a luz, se marcharía.

Definitivamente, Angie no era un problema para él.

A fin de cuentas, no había dado tantas vueltas por el mundo para acabar sucumbiendo ante sus encantos.

Capítulo 7

A PESAR de la suavidad de las sábanas, de la comodidad del colchón y del sonido de las olas, Angie no podía dormir.

Había estado a punto de cometer un error imperdonable en el despacho de Dominic Pirelli, quien parecía más tenso que de costumbre, como si su presencia lo pusiera nervioso.

Decidió firmar los documentos tan deprisa como fuera posible y marcharse de allí; pero cuando giró la cabeza y lo encontró a escasos milímetros a distancia, mirándola con aquellos ojos oscuros e intensos, volvió a sentir un acceso de deseo.

Tendría que haberse levantado entonces.

Tendría que haberle dicho que necesitaba tiempo para leer el contrato antes de firmar, pero permaneció donde estaba y esperó.

Ni siquiera sabía a qué.

Quizás, a que la besara.

Se dio la vuelta en la cama y se tapó la cabeza con el almohadón, pensando que sus hormonas se habían vuelto locas y que la estaban volviendo loca a ella.

Además, el multimillonario Dominic Pirelli no podía tener ningún motivo para besarla. Si necesitaba una mujer, podía elegir entre la flor y nata de Sidney.

Y por si eso fuera poco, ni ella significaba nada para él ni él significaba nada para ella, más allá del hecho de que llevara un hijo suyo.

Era una locura. Indudablemente.

Pero no iba a correr el riesgo otra vez.

A partir de entonces, se quedaría en la suite y cenaría sola con la excusa de que estar cansada. De paso, se ahorraría parte de su vergüenza y de su angustia.

Intentó concentrarse en el sonido de las olas. Rompían en la playa con un pequeño estruendo, dejaban varios segundos de silencio absoluto y volvían a romper.

Le encantaba el sonido del mar. Y el de las gaviotas, que de vez en cuando surcaban el cielo nocturno.

Los sonidos de aquella casa no se parecían nada a los que oía en su barrio. Pero sería mejor que no se acostumbrara.

No era su casa.

La luz del garaje se encendió.

Normalmente, el despacho de Dominic era su refugio, un lugar donde se podía encerrar durante horas.

Pero aquella noche no era un santuario.

No podía serlo, porque tenía el aroma ligeramente afrutado y el recuerdo de los ojos azules y de los labios de la mujer a quien había estado cerca de besar.

Dominic echó un vistazo al garaje, tan grande que casi parecía un aparcamiento de la ciudad. Sus coches preferidos brillaban bajo la luz, dispuestos para la acción, y su mirada se clavó en el Ferrari rojo.

Hacía tiempo que no salía con él. Y aquella noche parecía un momento más que oportuno.

Sin embargo, apartó la mirada de los coches. No estaba en el garaje con intención de conducir un rato, sino para buscar un objeto que debía de estar allí, en alguna parte, aunque no recordaba dónde.

Tardó una hora entera, pero al final lo encontró. Estaba detrás de la estantería de la zona que utilizaba como taller.

A simple vista, sólo parecía un fardo viejo. Y lo era. Un fardo viejo, pero lleno con las herramientas que su padre utilizaba para tallar los animales de madera que habían decorado su antigua casa y las vírgenes y crucifijos que vendía para sacarse un dinero extra.

Los mangos de las herramientas le parecieron más oscuros que la última vez, quizás porque el tiempo le había dejado su huella; pero las hojas seguían igual de afiladas.

El simple hecho de mirarlas bastó para que Dominic se sintiera en otro sitio y en otra época.

Alzó la gubia y casi le sorprendió que su peso fuera el exacto; de niño, las herramientas de su padre le parecían gigantescas porque, evidentemente, no le cabían en la mano. Pero ya no era un niño.

Bajó la cabeza y cerró los ojos con todas sus fuerzas, intentando bloquear los recuerdos del pasado.

No lo consiguió. Se vio a sí mismo sentado en las rodillas de su padre mientras éste trabajaba la madera con sus manos enormes y le enseñaba a manejar las herramientas para obtener el resultado deseado. Él le enseñó a crear los contornos básicos con la gubia y a dar los detalles con el cincel. Le enseñó a alisar la superficie y a pulirla de tal forma que estuviera absolutamente suave al contacto.

Aquel día, su padre hizo una pieza a la que después hizo una cinta roja para que se pudiera colgar del cuello. Fue un regalo para la madre de Dominic. El mejor regalo que, según le confesaría más tarde, le habían hecho en toda su vida.

Al recordarlo, se emocionó y se preguntó cuándo había olvidado a hacer las cosas que su padre le enseñó.

La respuesta era obvia.

Las había olvidado cuando aprendió que ganar dinero era importante.

Las había olvidado cuando aprendió que sin dinero no se podía ayudar a los seres queridos.

Pero el dinero no había salvado la vida de Carla.

Enfadado, salió del garaje y se dirigió al cubo donde habían terminado los restos de madera del cenador después de que la cuadrilla terminara la obra.

Escarbó entre ellos y sacó un pedazo de unos quince centímetros.

No era madera buena para tallar. Sabía que su padre no la habría aprobado. Pero tendría que servir.

Volvió al garaje, se sentó en el banco del taller y observó la pieza. A continuación, la fijó al banco de trabajo, alcanzó la gubia y golpeó. Como había perdido la práctica, la gubia resbaló en la superficie de la madera y faltó poco para que se cortara un dedo con ella.

Maldijo en voz alta y casi pudo oír la voz de su padre al oído, aconsejándole sobre lo que debía hacer.

Respiró hondo, puso la gubia en el ángulo correcto y lo intentó otra vez.

Sudaba como si hubiera estado corriendo toda la noche; pero cuando miró el reloj, descubrió que apenas habían transcurrido dos horas desde que empezó a trabajar la pieza de madera que se encontraba ante él.

Se sentía mejor que nunca. No se había dado cuenta de que echaba de menos las herramientas y el trabajo físico.

Pero el resultado no era precisamente satisfactorio.

Observó la pieza con detenimiento y la miró por todas partes antes de lanzarla al cubo, donde cayó con un golpe seco.

Era basura.

Angie estaba aburrida. Mortalmente aburrida.

Cerró el libro que intentaba leer y pensó en el mes transcurrido desde que llegó a la mansión de Dominic Pirelli. Todo un mes dedicado a dormir, comer y nadar en la piscina.

Todo un mes sin hacer nada más.

Afortunadamente, habría recuperado las fuerzas y ya no sufría náuseas matinales; pero eso no era un consuelo.

En cambio, se sentía algo mejor por haber seguido la sugerencia de Dominic sobre lo de renovar su vestuario.

Como no quería ir sola de compras, le pidió a Rosa que hablara con su sobrina, por si podía o le apetecía acompañarla. Y resultó que Antonia era la persona más indicada para la labor.

Con su ayuda, logró volver a la mansión con un montón de ropa y de zapatos nuevos. Incluso aprendió dos cosas: que las embarazadas no debían comprar vestidos ajustados, que naturalmente se les quedarían estrechos más tarde, y que veinte mil dólares no eran una fortuna en los barrios ricos de la ciudad.

Pero estaba muy contenta con sus compras; habían servido para que se sintiera tan femenina como bonita. Y adoraba su nueva imagen, a pesar de que su estómago crecía poco a poco.

Sin embargo, su aumento de peso no le preocupaba; de hecho, le gustaba y hasta sentía cierta satisfacción al pensar que Dominic ya no la consideraría un ratón escuálido. Aunque, para considerarla algo, habría tenido que verla. Y siempre estaba ocupado en su despacho o en el garaje.

Angie se empezaba a sentir sola. El ama de llaves era la única persona adulta con la que hablaba.

Suspiró y se dijo que necesitaba hacer algo. Ya ni siquiera disfrutaba de sus momentos de lectura en el salón de baile, con el mar al otro lado de los balcones.

Se dirigió a la cocina y Rosa se apiadó de ella. No era necesario, pero le envió a buscar leche. Al cabo de unos minutos, cuando Angie volvió, llevaba la leche, una sonrisa de oreja a oreja y un formulario.

Se sentó en uno de los taburetes y preguntó:

–¿Qué haces?

Rosa estaba cortando masa que después convertía en círculos pequeños y retorcía.

–*Tortellini*. La última vez los hice con champiñones y pollo, ¿te acuerdas? Esta vez los voy a hacer con espinacas.

–Claro que me acuerdo. Me gustaron mucho –afirmó–. Nunca había visto a nadie haciendo la pasta...

Rosa rió.

–Porque la mayoría de la gente no se molesta. Pero a mí me gusta cocinar y a Dominic le encanta mi comida... además, ahora también te tengo a ti.

–Pues me alimentas tan bien que estoy ganando peso.

Rosa asintió con gesto de aprobación.

–Entonces, estás haciendo lo que tienes que hacer.

Angie la observó en silencio durante un rato.

–Me gustaría aprender a cocinar.

Rosa dejó de preparar los *tortellini* y dijo:

–¿Quién te lo impide?

–Nadie, pero no tengo talento para esas cosas. Nunca se me dio bien; y como Shayne, mi exmarido, era de gustos básicos... no me molesté en aprender.

El ama de llaves se encogió de hombros.

—Si quieres, te puedo enseñar.

—¿En serio?

—Por supuesto que sí. Si te acercas, puedes empezar ahora mismo. Te enseñaré lo que tienes que hacer.

Minutos más tarde, cuando Dominic se acercaba a la cocina, oyó unas carcajadas. Durante un momento, estuvo tentado de dar media vuelta y marcharse al despacho o al taller, donde últimamente pasaba casi todas las tardes. Pero el sonido le resultó demasiado atrayente.

Hacía mucho tiempo que no oía carcajadas en la casa.

Y era la primera vez que oía las carcajadas de Angie.

Dominado por la curiosidad, entró en la cocina. Las dos mujeres estaban tan concentradas con sus cosas que ni siquiera notaron su presencia.

Por lo visto, Rosa le estaba enseñando algo a Angie, que se había puesto uno de sus delantales y tenía las manos llenas de harina. En cuanto vio la encimera, Dominic adivinó que la estaba ayudando a preparar los *tortellini* y que se le daba tan mal que todavía no había conseguido hacer ni uno.

Pero justo entonces, se oyó una voz triunfante.

—¡Por fin! ¡Lo he logrado!

Angie se giró con el tortellini en la mano para enseñárselo a Rosa. Y, al hacerlo, se encontró cara a cara con Dominic.

–Vaya, hoy apareces pronto –dijo Rosa.

–Porque esta noche tengo que volar a Singapur. He vuelto antes a casa para recoger unas cosas.

Dominic miró a las dos mujeres con interés y preguntó, aunque ya lo sabía:

–¿Qué está pasando aquí?

–Angelina me está ayudando a preparar la pasta. ¿Tienes tiempo de comer antes de marcharte? Si te apetece, tengo algunos preparados.

Él asintió.

–Claro que me apetecen. Gracias, Rosa.

Dominic las volvió a mirar y salió de la cocina. No había visto a Angie desde el encuentro en su despacho. Los dos se habían dedicado a mantener las distancias, lo cual resultaba sorprendentemente fácil en una mansión tan grande como la suya.

–Señor Pirelli...

Al oír su voz, se detuvo.

–¿No habíamos quedado en que nos tutearíamos?

–¿Seguro de que es lo más conveniente?

–Por supuesto que lo estoy, Angelina. Pero ahora que lo dices, siento curiosidad... ¿Cameron es tu apellido? ¿O es el de Shayne?

–De Shayne.

–Entonces, ya no lo necesitas. Y ahora, si no te importa, me tengo que ir.

–Espera, Dominic...

–¿Qué quieres?

–Me preguntaba si podrías hacerme un favor.

Él la miró con desconfianza y cierta admiración. Hasta entonces, siempre la había visto con pantalones vaqueros. Pero por debajo del mandil se adivinaba una falda. Y unas piernas preciosas.

–¿Qué tipo de favor?

–Servirme de referencia.

Dominic arqueó una ceja.

–¿Cómo?

–Es para conseguir un empleo en el supermercado. Podría acudir a mis contactos antiguos, pero sería más fácil si la recomendación fuera tuya.

Él sacudió la cabeza e hizo ademán de seguir su camino.

–No, no, nada de eso.

Angie le agarró por la muñeca.

–¿Por qué no?

Él miró sus dedos pálidos y se preguntó cómo era posible que algo de aspecto tan frío estuviera tan caliente.

–Porque no necesitas un empleo.

–Claro que lo necesito.

–¿Es que no te doy dinero suficiente?

–Sí, pero...

–Entonces, no hay más que hablar. No necesitas un empleo –insistió.

Ella no se dejó convencer.

–Por supuesto que lo necesito. Necesito tener algo que hacer. Me aburro, Dominic. Aquí no hago otra cosa que leer libros y nadar en la piscina.

Dominic no estuvo seguro de haberla entendido bien. Nunca había conocido a una mujer que se quejara por no tener nada que hacer salvo leer libros y nadar en una piscina.

Desde luego, Carla jamás se había quejado por

no tener un empleo ni había dicho que se aburriera por ello.

Pero no quería pensar en Carla.

–No parecías tan aburrida cuando he entrado en la cocina.

–Porque Rosa se ha apiadado de mí y se ha ofrecido a enseñarme a cocinar.

–Pues acepta su ofrecimiento.

–No, Rosa se cansará pronto y sólo seré una molestia para ella –observó–. Pero si tuviera un trabajo en el supermercado...

–No.

–Está aquí mismo, prácticamente en la esquina.

–Eso es imposible.

–Sólo serían unas cuantas horas a la semana...

–¿Es que no me has oído? No, Angie.

Ella pegó un pisotón en el suelo.

–¿Y qué se supone que debo hacer con mi tiempo? ¿Qué ordena el gran señor, el amo de la casa?

Él se encogió de hombros y tuvo que hacer un esfuerzo para no sonreír. Estaba realmente guapa cuando se enfadaba.

–Si te aburres tanto, decora la habitación de los niños.

–¿La habitación de los niños?

–Claro. El bebé necesitará una habitación cuando nazca.

–Pero yo no... yo...

–¿Sí?

–Dominic, no puedo decorar tu casa. No es mi casa. De hecho, el niño que estoy esperando tampoco es mío.

Él la miró a los ojos, enfadado. Le parecía increíble que se mostrara tan distante con una criatura que llevaba en su interior. Aunque no fuera hijo suyo, era una mujer y lo sentía crecer día tras día.

–Quieres un trabajo, ¿no? Pues te he dado uno.

El calor de Singapur era insoportable. Además, las negociaciones sobre la venta del centro comercial se complicaron y llegaron a ser aún más insoportables que el calor. Pero al final se salió con la suya e incluso pudo volver a Sidney antes de lo que había imaginado.

Cuando aterrizó, sólo quería darse una ducha, tomarse una cerveza fría y leer la prensa, aunque no necesariamente por ese orden.

Al llegar a la mansión, aparcó fuera del garaje. No tenía prisa. Ya metería el coche después de cenar, cuando bajara al taller.

Cada vez se sentía más frustrado con las tallas de madera, porque no conseguía los resultados que quería. Pero a pesar de ello, sabía que estaba mejorando. Aunque también cabía la posibilidad de que se engañara a sí mismo porque necesitaba tener las manos ocupadas.

Acababa de salir del vehículo cuando oyó un ruido procedente de la piscina y decidió acercarse a investigar. Le extrañaba que alguien estuviera nadando.

Era Angelina.

Tardó un poco en darse cuenta, porque se había sumergido como un delfín y en ese momento estaba buceando. Pero tras dar unas cuantas brazadas, salió a la superficie y respiró hondo.

Dominic pensó que nadaba bastante bien. Era una piscina relativamente grande y la había cruzado de un lado a otro en muy poco tiempo.

Entonces, ella se agarró a la escalerilla y empezó a subir.

Esta vez fue él quien tuvo que tomar aire.

Tenía un cuerpo tan bello como esbelto, a pesar del embarazo. Y la parte superior de su bikini le quedaba tan ajustada que apenas contenía sus senos.

Pensó que había ganado peso y asintió con aprobación. Luego, la mirada bajó hasta su redondeado estómago y sintió una especie de orgullo masculino.

Allí estaba su hijo, creciendo en el cuerpo de Angie.

Mientras la observaba, ella alzó la cara contra el sol y se escurrió la melena para quitarse el agua. El movimiento de sus brazos causó que sus senos ascendieran levemente y enfatizaran las líneas curvas de su cuerpo.

Dominic sintió vergüenza de sus propias emociones. Estaba embarazada, pero la deseaba con toda su alma. Tuvo que refrenar el impulso de cruzar la distancia que los separaba, tomarla en brazos y hundirse en ella.

La situación le resultó tan inquietante que, un momento después, se dio la vuelta y entró en la casa.

No sabía lo que le pasaba.

Quizás llevaba demasiado tiempo sin hacer el amor. Tanto tiempo, que empezaba a tener fantasías sexuales con la señora Cameron.

–Bienvenido, Dominic –lo saludó Rosa–. Espero que el viaje haya ido bien. ¿Necesitas algo?

Dominic pensó que necesitaba a Angie, pero naturalmente, se lo calló.

–Una ducha –respondió, sin mirarla a los ojos–. Para empezar.

Capítulo 8

LO ESTABA haciendo mal.

Dominic se había duchado, se había servido una cerveza fría y había empezado a leer un artículo sobre paternidad en el despacho.

Según los expertos, los padres debían empezar a establecer un lazo con sus hijos antes de que nacieran. Además, en el artículo se afirmaba que las mujeres lo tenían más fácil por motivos físicos evidentes, y se hacía hincapié en que los padres debían hacer un esfuerzo extraordinario.

Se frotó la mandíbula y se repitió que lo estaba haciendo mal.

No estaba haciendo ningún esfuerzo.

Bien al contrario, no había hecho otra cosa durante el mes anterior que evitar a la mujer que iba a dar a luz a su hijo. Un detalle que era especialmente grave porque Angelina no se iba a quedar con él; no iba a estar con el pequeño cuando naciera.

Ella ni siquiera quería un bebé. Incluso se había negado a arreglar el cuarto de los niños porque consideraba que el pequeño no era suyo.

Pensó que no tenía elección. Tenía que comprometerse más.

Y, por otra parte, se dijo que era un hombre hecho y derecho y que sabría sobrevivir a otro encuentro con aquella mujer.

Su hijo merecía que hiciera un esfuerzo por él.

Empezando por organizar el cuarto de los niños.

–¿Tienes una lista? –preguntó Dominic cuando giró el volante y salieron a la carretera.

–Una muy larga. Pero no lo necesitas todo ahora. Hay cosas que pueden esperar –respondió Angie.

–Será mejor que lo compre todo ahora. Supongo que Rosa estará muy ocupada cuando el niño nazca.

–¿Rosa va a cuidar del bebé?

–Por supuesto.

–¿Y lo sabe ella?

–Fue idea suya. ¿Por qué lo preguntas? ¿Es que te parece mal?

Angie intentó contenerse y no decir lo que pensaba. A fin de cuentas, el cuidado del niño no sería asunto niño.

Pero no se pudo contener.

–Sabes perfectamente que Rosa haría cualquier cosa por ti. Pero ya tiene demasiado trabajo, Dominic... ¿cómo se las va arreglar si tiene que cuidar del niño y hacerse cargo de la casa?

Él le lanzó una mirada rápida.

–¿Por qué te preocupa lo que pase cuando te hayas marchado?

Angie reaccionó a la defensiva.

–No me preocupa –mintió–. Por mí, puedes hacer lo que quieras.

Dominic se quedó pensativo durante unos segundos, al cabo de los cuales preguntó:

—¿Quién querrías que cuidara del niño si fuera tuyo?

Ella se encogió de hombros.

—Yo, naturalmente.

—Pero si no quieres tener hijos... me lo dijiste en cierta ocasión.

—Yo no dije exactamente que no quisiera tener hijos, pero ¿a qué viene esto?

Esta vez fue él quien se encogió de hombros.

—Dime una cosa, Angelina. ¿Por qué te casaste con ese hombre?

Angie suspiró.

—Empiezo a pensar que hay una cláusula de nuestro contrato que no leí.

—¿Cómo?

—No recuerdo que nuestro contrato te diera derecho a interesarte por mis secretos más profundos y oscuros, ni para recordarme mis errores más idiotas.

Él le dedicó una sonrisa tan encantadora que ella se estremeció. Dominic nunca le sonreía. La evitaba. Y cuando no podía evitarla, se limitaba a tolerarla como si fuera un problema molesto pero inevitable.

—Te equivocas. Es la cláusula número veinticuatro, subapartado C. La habrás pasado por alto sin darte cuenta.

Angie bufó.

—Venga, no seas así; responde a mi pregunta —insistió él.

–Está bien... La culpa fue de mi madre.

–¿Culpas a tu madre de haberte casado con Shayne?

–Sí. Bueno, no... en parte. Sólo habíamos salido unas cuantas veces cuando ella se puso enferma. En aquella época, Shayne era muy bueno con las dos, y mi madre se empeñó en verme casada. Quería verme de blanco antes de morir.

–Comprendo.

–Era lo menos que podía hacer. Y salió bien... durante una temporada –puntualizó–. En cuanto al resto, ya lo conoces.

Ella cerró los ojos, preparada para sentir las lágrimas y la angustia del pasado; pero sorprendentemente, no se presentaron ni las lágrimas ni la angustia.

Suspiró, aliviada, y pensó que tal vez había dejado de sentir lástima de sí misma.

–Y básicamente, ésa es toda la historia –continuó Angie–. Me extraña que no te haya dejado dormido...

–¿Cómo murió tu madre?

Ella miró a su alrededor, buscando algo donde poder fijar la mirada para escapar. Se preguntó dónde estaría la tienda a la que iban y por qué se habría empeñado en que le ayudara.

No quería comprar cosas para un bebé que no sería suyo. No quería estar tumbada en la cama, de noche, y empezar a pensar en los juguetes o en la ropita que le habían comprado.

Además, la actitud de Dominic le parecía desconcertante. Había evitado su compañía durante un mes y de repente quería que fueran juntos de compras.

No tenía sentido.

—Pero si no quieres hablar de ello...

—No, no me importa hablar.

Dominic esperó sus palabras.

—Murió de cáncer de mama. Cuando lo descubrieron, ya era demasiado tarde para tratarlo.

La memoria de Angie la llevó de vuelta a la comida de Navidad del día en que supo que su madre iba a morir.

—Un día de Navidad, mamá nos invitó a todos a un restaurante. Dijo que le había tocado una suma pequeña en la lotería y que quería celebrarlo. Nos lo dijo a todos... a Shayne, a sus padres, a sus hermanas y a mí, por supuesto. Creo que necesitaba sentir que formaba parte de una gran familia, aunque sólo fuera una vez.

Él asintió.

—Nunca habíamos ido a un restaurante el día de Navidad. Fue tan especial para todos que todavía lo recuerdo. Pero más tarde, cuando volvíamos a casa, mi madre nos confesó la verdad a Shayne y a mí.

—Que estaba enferma...

—No, que se iba a morir. Los médicos le habían dicho que sólo le quedaban unas semanas de vida y que no se podía hacer nada por evitarlo —comentó—. Sin embargo, sólo le preocupaba una cosa. Que su hija estuviera bien cuidada.

Angie respiró hondo y siguió hablando.

—Shayne y yo habíamos empezado a salir tres meses antes. Nos conocíamos muy poco. Pero en ese momento, se puso de rodillas y me pidió, delante de mi madre, que me casara con él.

–Menuda situación...

–Sí, desde luego. ¿Qué podía hacer? ¿Qué podía decir? Ahora sé que debería haberlo rechazado, pero entonces era una inconsciente y no tuve corazón para negarle su último deseo a una mujer que estaba a punto de morir. Nos casamos un mes más tarde, en la habitación del hospital donde habían ingresado a mi madre. De hecho, ella fue mi madrina.

Angie bajó la cabeza y añadió:

–Murió al día siguiente.

–Lo siento mucho, Angelina.

–No podía hacer otra cosa –insistió ella, entre lágrimas–. Era la mujer que me había dado a luz, la mujer que se encargó de criarme sola cuando el canalla de mi padre decidió que no se quería responsabilizar de mí.

Él apartó una mano del volante, se la pasó alrededor del cuerpo y la abrazó con fuerza, intentando consolarla.

Ella intentó apartarse, pero Dominic no se lo permitió.

–Te pondré perdido de lágrimas...

–No importa.

Angie sacudió la cabeza e intentó controlar sus emociones.

–Lo siento, Dominic. No necesitabas oír todo eso.

Dominic se inclinó y aspiró el aroma de su cabello.

–Yo creo que sí. Ha servido para que te entienda

mejor. Ahora sé por qué eres una mujer tan especial.

Angie lo miró, con los ojos aún humedecidos, y contempló su perfil.

–No, yo no soy especial, Dominic.

–Te equivocas. Eres una mujer fuerte, bella y, si me permites que te lo diga, extraordinariamente deseable.

Dominic aparcó unos segundos después. Ni siquiera sabía por qué le había dicho que la encontraba deseable. Quizás, porque se sentía en la necesidad de animarla. O quizás, porque deseaba decírselo.

En cualquier caso, ella soltó un grito ahogado de lo más elocuente. Significaba que no le creía.

–Créeme –insistió él–. Lo digo muy en serio.

Angie lo miró con intensidad y él sonrió al reconocer su expresión. Lo deseaba. Tanto como él a ella.

Y en aquel momento, sentados los dos en el coche, delante de un centro comercial especializado en productos para niños, Dominic Pirelli supo que lo que sentían no era una aberración sino lo más natural del mundo.

Descendió sobre ella, todavía inseguro, y la besó.

La besó apasionadamente, como un hombre sediento.

Angie estaba jadeando cuando rompieron el contacto y se volvieron a mirar. Sus ojos azules brillaban con temor, pero también con esperanza y asombro.

Él le acarició la mejilla.

–Discúlpame. No debería haberte besado.

–No preocupes. Además, sé que no significa nada.

Dominic salió del coche y le abrió la portezuela. Sólo entonces, cuando ya estaban en la acera, dijo:

–Significa mucho, Angelina. Significa que siento lo que te pasó; significa que quiero darte las gracias por habérmelo dicho y significa que te agradezco lo que estás haciendo por mí.

Ella intentó recobrar la compostura.

–Bueno, está bien... pero supongo que deberíamos olvidarlo. Actuar como si no hubiera ocurrido.

Dominic pensó que se había vuelto loca.

Él sabía que no podría olvidar el sabor de sus labios ni el calor de su cuerpo.

No podría por mucho que lo intentara.

Pero la visita al centro comercial sirvió para enfriar un poco sus ánimos. Aunque más que un centro comercial, a Dominic le pareció una pesadilla. Era un lugar tan grande que pensó que nunca encontrarían lo que buscaban.

–¿Por dónde empezamos? –preguntó, atónito.

Ella parecía tan perdida como él.

–No sé, tal vez deberíamos preguntar a algún dependiente.

Él asintió.

–Sí, será lo mejor.

Avanzaron entre los clientes que abarrotaban el establecimiento y se dirigieron al mostrador. Sólo había una empleada, que en ese momento estaba atendiendo a otra persona. Pero alzó la cabeza como si un sexto sentido la hubiera avisado del hombre impresionante que caminaba hacia ella.

Inmediatamente, sus ojos se iluminaron. Terminó de atender al otro cliente y preguntó con ojos brillantes y una sonrisa seductora:

–¿Le puedo ayudar?

–Sí, creo que sí –respondió Dominic con su voz ronca y profunda–. Verá, voy a tener un niño y no tengo ni idea de lo que necesita. Además, tengo prisa y este lugar es tan grande que, sinceramente, no sabría ni por dónde empezar... ¿Tienen algún tipo de servicio de asesoría que nos pueda echar una mano?

Angie casi sintió lástima de la dependienta. A la mujer le faltó poco para hiperventilar mientras respondía a Dominic.

Y no era para menos.

Había hombres guapos, hombres atractivos y hombres carismáticos. Pero Dominic era todo eso y más a la vez.

Dominic era caso aparte.

No era de extrañar que aquella mujer estuviera loca con él.

–Los acompañaré yo misma –sentenció.

La dependienta llamó a otro de los empleados del centro para que la sustituyera en el mostrador y sonrió a modo de disculpa al resto de los clientes que esperaban su turno, haciendo cola.

La gente los miró como si sintieran envidia de ellos. Y Angie pensó que su envidia habría sido mucho mayor si hubieran visto lo que habían estado haciendo unos minutos antes en el coche.

Al recordarlo, se estremeció por dentro. Los labios de Dominic eran dulces y firmes. Y su forma de besar, completamente adictiva.

Pero se recordó que no la había besado porque la deseara, sino porque sentía lástima de ella.

Y se maldijo.

Angie estaba convencida de que Dominic la tenía en poca consideración; creía que sólo le parecía una chica de los barrios bajos, obviamente inadecuada para un millonario que vivía en una mansión junto al mar.

Se acordó de su primera reunión y de la cara que tenía cuando la llevó a la casa. Se recordó que ella no pertenecía a su mundo y que dejarse llevar por el deseo era un error tan grave como peligroso. Estaban en el mundo real, no en un cuento de hadas con final feliz.

Definitivamente, había sido una estúpida.

Sin embargo, dejó de pensar en ello y siguió a Dominic y a la dependienta por los pasillos del centro.

–¿Es su primer hijo? –preguntó la mujer.

Él asintió.

–Sí –respondió, sin dar más explicaciones.

La dependienta miró un momento a Angie y suspiró.

–Pues viéndolos a ustedes, sospecho que va a ser un niño precioso.

Dominic y Angie se miraron. La dependienta había acertado, pero se había equivocado de pareja.

Por suerte, en ese momento llegaron a la zona de bebés y la conversación derivó hacia sus intereses más inmediatos.

Durante la hora siguiente, estuvieron perdidos en un mar de productos de todos los colores. Angie intentó tomárselo como un trabajo y se volvió a repetir que no tenía nada que ver con ella, que no era personal, que sólo era una especie de espectadora externa de un espectáculo ajeno.

Debía pensar en las necesidades del niño, no en que el niño estuviera creciendo en su interior.

Además, no se podía permitir el lujo de arrepentirse.

Iba a hacer lo correcto.

Iba a entregar al niño a su padre legítimo.

Pero nunca habría imaginado que le resultaría tan duro.

Miró a los padres que llenaban el centro comercial y sintió envidia. Había supuesto que entregar el niño sería fácil, que no lo sentiría parte de ella, que no lo encontraría tan atrayente ni que exigiría tanto su atención.

Pero estaba allí, dentro.

Durante unos momentos, se permitió el lujo de imaginar que las cosas eran diferentes, que el bebé era realmente suyo y que estaba de compras con el hombre más atractivo del lugar y, quizás, también de Sidney.

Sin embargo, sacudió la cabeza y lo dejó estar.

No tenía sentido que se dejara llevar por ese tipo de pensamientos. La realidad era fría y dura y la miraba a los ojos para recordarle que la había tratado tan mal porque ella era lo que era y había nacido donde había nacido.

No debía hacerse ilusiones.

Su papel se limitaba al de incubadora del bebé, al de un medio para conseguir un fin. Una inconveniencia temporal.

De repente, Dominic le enseñó un coche de juguete.

–¿Qué te parece? ¿Te gusta?

Ella parpadeó.

–Sólo será un bebé, Dominic; será demasiado pequeño para jugar con coches. Y si es niña, puede que los coches no le gusten...

Él la miró como si la tomara por loca.

–Será niño –sentenció.

Dominic lo dijo con tanta vehemencia que ella rompió a reír.

Durante los minutos siguientes, se dedicaron a los accesorios y a los muebles para la habitación del pequeño. Se pusieron de acuerdo en el color de los primeros, que sería azul, y en el de los segundos, que sería blanco tanto si era niño como si era niña. Además, tampoco era tan importante; ya tendrían tiempo de cambiar los colores a medida que creciera.

Para Dominic fue una aventura y un placer. Por primera vez, se sintió íntimamente ligado al niño que iba a nacer. Fue tan hábil y tan rápido en sus elecciones que la dependienta dijo que era la quintaesencia de la eficacia.

Estaba mirando un carrito cuando giró la cabeza para enseñárselo a Angie y pedirle su parecer.

Pero Angie no estaba allí.

Se asustó y se preguntó dónde se habría metido, aunque no tardó en localizarla. Se encontraba a pocos metros de distancia, mirando unas prendas tan pequeñas que podrían haber sido para un muñeco.

Angie ni se dio cuenta de que Dominic se acercaba. Todo aquello le resultaba tan doloroso que derramó una lágrima.

Pensó que no debería haberlo acompañado. Su situación ya resultaba bastante dura sin necesidad de regodearse con lo que el niño se iba a poner o con lo que el niño iba a usar cuando naciera. Ni siquiera podría verlo en la gran mansión, jugando por sus habitaciones o explorando la costa.

–¿Has encontrado algo?

Ella apartó rápidamente la mirada para que Dominic no se diera cuenta de que había estado llorando.

–No. Sólo estaba echando un vistazo.

–Llevamos varias horas aquí... debes de estar agotada.

La dependienta notó que algo andaba mal y decidió intervenir.

–Ya tengo la lista con todo lo que necesitan. Si quieren, puede marcharse. Me encargaré de que se lo lleven la semana que viene.

–Gracias. Se lo agradeceríamos mucho.

A continuación, Dominic pagó la cuenta.

–Vuelvan cuando nazca el bebé –dijo la dependienta–. Nos gusta volver a ver a nuestras familias felices.

Dominic todavía estaba lamentando el comentario que había hecho la mujer cuando abrió la puerta del coche a Angie.

–Bueno, ¿qué esperabas que pensara? –dijo ella.

–No lo sé, pero...

–Dominic, es normal que nos haya tomado por una pareja. Este tipo de establecimientos sólo reciben visitas de mujeres embarazadas y de sus parejas.

Él no dijo nada. Se limitó a arrancar y a encender el aire acondicionado.

–Sí, supongo que sí.

– De todas formas, esa mujer ha acertado en una cosa.

–¿En cuál?

–En que el niño va a ser precioso.

Dominic la miró con interés.

–Tu difunta esposa era una mujer muy bella –continuó Angelina–. Es injusto que no llegara a ver a su hijo.

La expresión de Dominic se volvió tan sombría que Angie lamentó haber hecho el comentario.

Pero Angie no llegó a saber por qué lo había entristecido tanto.

No imaginaba que él se sentía culpable por haber besado a la mujer que llevaba el hijo de Carla; no imaginaba que se sentía como si la hubiera traicionado; no imaginaba que, tras preguntarse si habría preferido besar a Carla en lugar de besarla a ella, Dominic no encontró la respuesta.

Fuera como fuera, sólo iba a ser una situación temporal. Cuando diera a luz, él se quedaría con el niño y ella se liberaría de la tormenta hormonal y de las fantasías sexuales que tanto la desequilibraban.

O al menos, albergaba la esperanza.

Dominic no condujo directamente a la mansión, como Angie esperaba.

–¿Adónde vamos? –preguntó.

–¿Tienes prisa? –dijo de forma enigmática.

–No, no tengo ninguna prisa.

–He pensado que podríamos darnos una vuelta y relajarnos un poco. Ha sido una jornada muy larga.

Angie se encogió de hombros, sorprendida. Era verdad que no tenía nada que hacer, pero la perspectiva de quedarse a solas con él le daba miedo. Si las cosas se les iban de las manos, se volverían a besar.

–¿Te importa?

–No, no, en absoluto –mintió ella.

Dominic pulsó un botón y la capota del coche retrocedió poco a poco, hasta que lo que único que tuvieron sobre sus cabezas fue el cielo azul.

Pocos minutos después, cruzaron el puente del puerto. Dominic parecía tan seguro sobre el sitio al que se dirigían que Angie no quiso preguntar. Se limitó a disfrutar del paisaje de la ciudad y a sonreírse con las miradas que les lanzaban desde los otros vehículos. Los hombres miraban el coche de Dominic con evidente admiración, y las mujeres admiraban a Dominic del mismo modo.

Angie sabía que no mantenían una relación y que un beso no significaba nada. También sabía que sólo estaba allí porque tenían un acuerdo que expiraría tras el nacimiento del niño. Las cosas serían muy diferentes entonces. Completamente diferentes. Pero eso no significaba que no pudiera disfrutar del momento y de la envidia que provocaba en los demás.

Para entonces, se había acostumbrado de tal modo a él, a Rosa y a la vida en la mansión que su antiguo barrio le parecía un sueño extraño de un pasado remoto. Iba a echar de menos el olor del mar y los amaneceres en la propiedad de Dominic.

Pero más tarde o más temprano, tendría que volver.

Había firmado un acuerdo y tendría que volver.

Mientras el viento jugueteaba con su cabello, pensó en las ironías del destino. Se había sometido a la técnica de reproducción asistida porque Shayne estaba empeñado en tener descendencia. Durante unas semanas, pensó que todo iba a cambiar y soñó con un futuro mejor. No podía imaginar que su matrimonio ya estaba muerto.

Pero luego, cuando la llamaron de la clínica y le dijeron que habían cometido un error terrible, Angie se sintió inmensamente aliviada.

Porque no iba a ser el hijo de Shayne.

Porque, en realidad, no quería tener un hijo con Shayne.

Dominic siguió conduciendo hasta que dejaron atrás el campo de *cricket* de Sidney y el circuito de carreras de Randwick. Conducía deprisa, pero era un conductor excelente y Angie disfrutó cada segundo.

Él también se había dado cuenta de que la gente los miraba al pasar. Pero a diferencia de Angelina, que naturalmente se había fijado más en el interés de las mujeres, Dominic se había fijado en el interés de los hombres.

Le pareció normal que lo envidiaran. A fin de cuentas, viajaba con una mujer preciosa, que ya no se parecía nada a la que había conocido en el paseo marítimo. Había ganado peso en todos los sitios adecuados y había mejorado su forma física a base de nadar y nadar en la piscina de la mansión.

Ya no era aquella anoréxica pálida y ojerosa.

Y tampoco era la persona que le había parecido al principio, equivocadamente.

Angelina era una mujer mucho más fuerte, compleja e interesante de lo que había imaginado.

Por fin, llegaron a su destino y Dominic detuvo el coche.

—Bienvenida a la playa de Coogee —dijo él.

Angie contempló el paisaje, realmente bonito. A un lado, el parque con su extensión interminable de arboledas; al otro, el océano Pacífico.

—¿Te apetece pasear? —continuó.

Ella asintió y salieron del coche.

Caminaron por el parque, entre los bañistas de la playa y la gente que estaba de picnic en las praderas. Después, se detuvieron en un kiosco y se compraron un par de helados. Y finalmente, tomaron el sendero que llevaba a lo alto de los acantilados.

Una vez allí, se dedicaron a disfrutar de las vistas.

—Cuando era niño, mi madre me traía aquí muy a menudo —dijo él, con la mirada perdida en el horizonte.

—¿Tu padre no os acompañaba?

—Sí, por supuesto que sí... mi madre, mi padre y mis abuelos —se corrigió—. Al principio, cuando era pequeño, sólo me dejaban nadar en las piscinas; pero más tarde, permitieron que me bañara en el mar. Comíamos en la playa, veníamos al acantilado y soñábamos con tener una casa junto a la costa.

Angie pensó que él, al menos, había conseguido lo que quería. Y mientras contemplaba por primera vez aquella extensión interminable de acantilados y playas, también pensó que sus vidas no podían ser más diferentes.

–Lo pasé muy mal cuando mis abuelos murieron –continuó Dominic–. No teníamos mucho, pero nos teníamos los unos a los otros y éramos una familia unida. Hasta que aquel tren se llevó por delante el autobús donde viajaban... ¿Puedes creer que me sentí culpable? Pensé que si hubiera tenido dinero, los podría haber salvado; que si hubieran tenido un coche, no habrían estado en aquel autobús.

Angie escuchó en silencio, tan asombrada por la intensidad y el dolor de las palabras de Dominic como por su propio deseo de acariciar aquella cara llena de angustia y aquellas manos que se aferraban a la barandilla.

–Mi padre ya había muerto, de modo que nos quedamos mi madre y yo. Pero no duró mucho; sólo fue una temporada. Y por segunda vez, aprendí la lección de que el amor no bastaba para salvar vidas; de que lo único que las salvaba, en determinadas circunstancias, era el dinero.

–¿Qué quieres decir?

Dominic giró la cabeza y la miró.

–Dijiste que tu madre murió de cáncer. La mía también.

–Oh, Dios mío...

–Un tumor cerebral le robó la vida. Como no teníamos dinero para pagar los servicios de una clínica privada, tuvimos que esperar varios meses

hasta que le hicieron las pruebas en un hospital público y la derivaron a un especialista.

–Pero ya era demasiado tarde.

–Sí, ya era demasiado tarde. Ya no podían hacer
nada –sentenció–. ¿Comprendes ahora por qué quise
hacerme rico?

La voz de Dominic se apagó momentáneamente,
arrastrada por el viento y por el sonido de las olas.

–Sin embargo, el dinero tampoco me sirvió para
salvar a Carla. Ni todo el dinero del mundo ni todos
los médicos del mundo ni los mejores tratamientos
del mundo la habrían salvado.

Él se detuvo un momento y añadió:

–Cuando apareciste en mi vida, me sentía como
si el destino se estuviera burlando de mí, como si
quisiera recordarme que yo no puedo hacer nada,
que sólo soy un ser humano impotente.

–Todos lo somos, Dominic.

–Sí, pero... ¿Sabes cuánto te odié? Odiaba lo que
representabas, Angelina. Odiaba que aparecieras precisamente entonces, después de lo que había pasado,
y afirmaras llevar el hijo de Carla en tu vientre.

Las olas rompían en las rocas de la playa y los
chillidos de las gaviotas atronaban en el cielo, pero
Angie sólo tenía oídos para él.

–También me equivoqué entonces. Tú no te pareces nada a Carla... Sólo te lo he dicho porque quiero
que lo sepas y porque necesito decirte que lo siento.

Él bajó la cabeza y suspiró.

–Bueno, volvamos a casa –dijo.

Parecía tan derrotado, tan hundido, que Angie no

se atrevió a formular las preguntas que le pasaban por la cabeza. Por ejemplo, cómo había muerto Carla.

Pero al cabo de un rato, cuando descendían por el sendero del acantilado, pensó que la declaración de Dominic había servido para que lo entendiera mejor, para que comprendiera sus motivos.

Dominic Pirelli era un hombre que amaba a los suyos. Ni siquiera había dedicado su vida a hacer dinero porque el dinero le importase, sino porque lo necesitaba para proteger a los suyos.

En ese momento, se levantó una ráfaga de viento frío. Las nubes habían ocultado el sol y Angie cruzó los brazos con fuerza.

Sin embargo, la frialdad del ambiente no bastó para apagar la llama que las palabras de Dominic habían encendido en su corazón.

Le había confesado que, al principio, cuando se conocieron, la odiaba.

Pero también le había confesado que se había equivocado con ella. E incluso le había perdido perdón.

Recordó sus palabras, una a una, y se dio cuenta de que Dominic había dicho algo extraño. Había dicho que ella no se parecía nada a Carla.

Obviamente, Angie no sabía lo que había querido decir. Pero no se lo pudo tomar como un halago, porque sabía que había sido una mujer enormemente bella y poco menos que perfecta a ojos de Dominic.

Capítulo 9

DOMINIC quería estrechar los lazos con su hijo y había terminado por estrechar los lazos con Angelina.

Mientras conducía, se preguntó qué lo había empujado a revelar tantas cosas de su pasado y de sí mismo. No encontró respuesta, pero tenía la costumbre de confiar en su instinto hasta en los casos en que su instinto parecía opuesto a toda lógica.

Además, le debía algo por las cosas que había dicho y por las que había pensado cuando se conocieron.

Le debía algún tipo de explicación.

Al día siguiente, cuando volvió de la oficina, Dominic llevaba un paquete debajo del brazo.

Encontró a Angelina con Rosa, en la cocina, tal como esperaba. Estaban limpiando champiñones y habían puesto un par de cacerolas al fuego. Eran la viva imagen de un hogar. Una imagen que todavía le inquietaba, porque la cocina había sido uno de los lugares preferidos de Carla.

–Buenos días...

Angie apartó la mirada de los champiñones y sonrió.

–Buenos días, Dominic.

–¿Qué estáis haciendo?

–Rosa me está enseñando a preparar *risotto*. Creo que empiezo a ser una cocinera más o menos decente.

Rosa también sonrió.

–¿Decente? Yo diría que es excepcionalmente buena. Si sigue así, la pasaré a mi siguiente curso de cocina para *chefs* –ironizó.

Angelina dio un golpecito a Rosa con su cucharón de madera.

–Eh, se suponía que eso era un secreto...

Rosa soltó una carcajada y se marchó.

Él se alegró de la camaradería que se había establecido entre las dos mujeres. Además, aquel lugar había recobrado la alegría y la vida desde la llegada de Angelina. Era todo un contraste en comparación con la tensión y con el drama de los días de Carla en la mansión.

Y por otra parte, la propia Angelina había cambiado.

Aquel día parecía tan feliz que sus ojos brillaban y sus mejillas estaban más sonrosadas que nunca.

Cuando se apartó de la encimera para echar un vistazo a una de las cacerolas, Dominic vio que llevaba otro de los mandiles de Rosa y que se había puesto unos pantalones cortos y una sencilla camiseta.

Desgraciadamente, no pudo disfrutar mucho de la visión de sus piernas por detrás. Un segundo más tarde se giró hacia él y la tela blanca del mandil sustituyó las vistas de su piel.

Dominic abrió el frigorífico y sacó una cerveza. No tenía sed, pero necesitaba enfriar sus emociones.

—Si me necesitas, estaré en el taller —le informó.

—De acuerdo.

—Ah, Angelina...

—¿Sí?

—Quiero enseñarte algo después de cenar.

Dominic bajó al taller y se sentó en el taburete. Estuvo tanto tiempo trabajando, con las herramientas de su padre a su alcance, que la cerveza se le calentó.

La pieza de madera era especialmente dura y suponía todo un desafío.

Pero sabía lo que quería y sabía que lo iba a conseguir.

Estaba allí, esperando que él lo sacara con la gubia y el cincel.

Angie desapareció después de cenar, mientras Dominic se ausentaba un momento para comprobar las cotizaciones bursátiles. Pero la encontró en el salón de baile, sentada junto a uno de los balcones, leyendo un libro y con un montón de ejemplares en el suelo.

—¿Te molesto?

—No, en absoluto.

—¿Qué estás haciendo aquí? —preguntó con curiosidad.

–Leer –respondió ella sin más explicaciones.

–¿Y por qué lees precisamente en el salón de baile?

Ella cerró el libro, echó un vistazo a su alrededor y contestó:

–Porque este lugar me gusta. Puedo ver el mar sin quemarme con el sol ni distraerme con Sven, el chico de la piscina.

Él frunció el ceño.

–¿Sven? ¿Quién diablos es Sven?

Ella rió.

–Nadie. Sólo es una fantasía. Todo el mundo debería tener alguna fantasía.

Dominic pensó que la risa de Angelina era maravillosa.

Mientras alcanzaba una silla para sentarse a su lado, se fijó en los títulos de los libros que estaba leyendo.

–Son mis libros sobre partos naturales y recién nacidos...

–Qué raro, ¿no? ¿Por qué me interesarán tanto? –se burló ella.

–¿Los necesitas de verdad?

Ella parpadeó.

–Por si no lo habías notado, voy a tener un hijo.

–Sí, claro, ya lo sé, pero... bueno, pensaba que el niño no significaba nada para ti –afirmó con sinceridad.

Ella volvió a parpadear y sacudió la cabeza.

–No sé si te entiendo, Dominic. De todas formas, sólo quiero estar preparada para lo que va a pasar.

Dominic se sentó en la silla, dejó en el suelo el paquete que llevaba y se pasó una mano por el pelo.

–Por cierto, ¿qué haces aquí? ¿Has venido para hablar de partos conmigo? –continuó Angie.

–No, no he venido por eso.

–Entonces, ¿por qué?

Dominic alcanzó el paquete, lo abrió y sacó varios libros de fotografías.

–Hoy he pasado por una librería –explicó–. Quería algo que le pudiera leer al bebé, algo para que se acostumbre a mi voz antes de que nazca. Me han dicho que los bebés pueden oír a los pocos meses... además, teniendo en cuenta que tú te vas a marchar, necesito fortalecer el lazo con mi hijo.

Angie respiró hondo. No le gustaba que Dominic se lo recordara.

–Es una buena idea. ¿Qué has comprado?

–Libros de cuentos –respondió.

Ella echó un vistazo a los títulos y sonrió sin poder evitarlo. Entre los cuentos que había comprado había algunos de que habían sido sus preferidos durante su infancia.

Dominic alcanzó el primero y se puso a leer en voz alta.

–Érase una vez...

Fue una experiencia maravillosa. Dominic leyó varios cuentos cortos y ella se dedicó a escuchar en silencio, mientras pensaba que se había equivocado con él al pensar que sólo le interesaba el dinero.

Durante aquellos momentos, le demostró que sería un gran padre. Y que su hijo sería muy afortunado.

Súbitamente, sintió algo suave en la frente y se sobresaltó. Se preguntó dónde estaba y por qué se sentía tan cómoda y tan a salvo. Incluso tenía la sensación de que el suelo se había alejado de sus pies.

Y no andaba lejos de la verdad, como descubrió enseguida.

Dominic la había tomado en brazos.

—Te has quedado dormida... —explicó él, sonriendo—. Por lo visto, mis cuentos para dormir son muy eficaces.

Ella le devolvió la sonrisa e intentó no pensar demasiado en lo bien que se sentía pegada a él.

—Vas a ser un padre magnífico.

—Eso espero.

Dominic la llevó a la *suite*. Cuando ya estaban dentro, dijo:

—Te has perdido el último cuento.

—¿Ah, sí? ¿Cuál era?

Él la dejó en la cama y le dio un beso en la frente antes de responder.

—*Acostando a mamá*.

A partir de ese momento, establecieron una especie de rutina. Dominic se levantaba temprano para ir a la oficina y ella se dedicaba a pasear por los acantilados, nadar en la piscina, leer un poco o ayudar a Rosa.

Cuando caía la noche, Dominic se sentaba con ella en el salón de baile y leía cuentos al bebé.

Y casi siempre, Angie se quedaba dormida.

Empezaba a lamentar amargamente su destino.

Le habría gustado estar allí cuando el niño naciera y su padre le leyera cuentos y el niño se quedara dormido tan deprisa como ella misma.

Pero antes de que tuviera ocasión de ponerse sensiblera con lo que iba a echar de menos, llegó la furgoneta del centro comercial. Y estaba cargada de ropa y de accesorios de todo tipo para el bebé, incluido el papel pintado y la pintura que necesitaba para redecorar el cuarto de los niños.

Angie no perdió el tiempo. Se puso un mono y empezó a trabajar. Si no tenía un empleo, al menos se podía entretener con el cuarto.

Rosa ya se había encargado de que sacaran los muebles viejos, lo cual facilitó la labor. En cuanto la vio, pensó que sería una habitación perfecta; era muy grande y tenía espacio de sobra para dedicar toda una parte a zona de juegos.

Desgraciadamente, tenía un pequeño defecto; estaba tan lejos del dormitorio de Rosa que Angie tuvo miedo de que el pequeño llorara y nadie se llegara a enterar. Pero Rosa la tranquilizó enseguida con el argumento de que ya habían encargado monitores para instalarlos y tenerlo vigilado.

–No te preocupes por eso. Dedícate a lo tuyo, que es decorar la habitación –dijo con humor.

Y Angie se puso manos a la obra.

Dedicó varios días a arrancar el papel de las paredes y dejarlas completamente lisas y limpias para poder pintar.

Fue un trabajo muy satisfactorio. Cada vez que añadía una capa de color, pensaba que estaba haciendo algo verdaderamente especial. El hijo de

Dominic iba a tener la mejor habitación para niños del mundo.

De noche, cuando Dominic volvía a casa, la solía encontrar en la cocina, ayudando a Rosa a preparar pasta o pan fresco. A veces le tomaba el pelo sobre el tiempo que estaba tardando en decorar la habitación, pero a Angie no le importaba en absoluto. En cambio, sentía una curiosidad creciente por su costumbre de desaparecer todos los días en el taller, justo antes de cenar.

—¿Sabes qué hace abajo? —le preguntó una noche a Rosa—. ¿Se dedica a jugar con los coches del garaje?

El ama de llaves se encogió de hombros.

—Qué sé yo... antes de que llegaras, se encerraba en el despacho. Y desde que llegaste, se encierra en el taller.

Angie se estremeció. Le pareció extraño que Dominic Pirelli hubiera cambiado de costumbres precisamente desde su llegada.

—¿En serio? Qué raro.

Rosa asintió.

—Sí que es raro. ¿Y sabes otra cosa? Dominic nunca se acercaba antes a la cocina, salvo para avisarme de que había vuelto a casa.

Angie lo miró con asombro.

—Es verdad —continuó—. Jamás se interesaba por lo que estaba preparando ni metía las manos en mis guisos. ¿Qué le ocurrirá?

Angie no lo sabía. Y no lo quería saber.

De hecho, ni siquiera quería pensar en ello.

Pero unos momentos después, mientras aliñaba

la ensalada, se puso a pensar en los motivos de Dominic.

Quizás bajaba al taller para hacer algo de ejercicio y potenciar su apetito.

Quizás entraba en la cocina y se fingía interesado en la cena porque quería vigilarla y asegurarse de que todo iba bien.

Pero había otra posibilidad.

Una posibilidad inquietante.

Una posibilidad que no quería tomar en consideración porque, si se equivocaba, se sentiría más humillada que nunca.

Además, era imposible que Dominic se sintiera atraído por ella. Era imposible que entrara en la cocina por el placer de gozar de su compañía.

Incluso el beso que se habían dado había sido un error. Él mismo lo había dicho y ella había estado de acuerdo. Un error que no se volvería a repetir.

Justo entonces, notó que el bebé se movía y soltó un grito ahogado.

–¿Qué ocurre? –preguntó Rosa–. ¿Te encuentras bien?

Angie sonrió y se llevó una mano al estómago.

–Lo he sentido, Rosa... Lo he sentido moverse. Todavía es muy pequeño, pero lo he sentido –repitió, asombrada.

Rosa le dio un abrazo.

–Ah, es una sensación incomparable. Tu bebé está jugando. Y espera a que empiece con el fútbol... Entonces, te sentirás más viva que nunca –ironizó.

–Nunca habría imaginado que sería así.

Todavía estaba sorprendida con el concepto de tener a otro ser vivo en su interior. Hasta ese momento no había sido consciente de las emociones que despertaría en ella, de la sensación de formar parte de algo maravilloso.

Aunque algo tarde, se había dado cuenta de que tenía un lazo increíblemente fuerte con un niño que ni siquiera era suyo.

Y le asustó.

Dos noches después, mientras Rosa les servía la cena, Dominic declaró.

–Mañana me voy a Auckland. Estaré una semana entera.

Dominic se explayó un poco más y Angie lo escuchó con atención, aunque sabía que sus explicaciones se dirigían fundamentalmente a Rosa, para que pudiera hacer planes en consecuencia.

Una semana.

Una semana entera era mucho tiempo. Lo podía aprovechar para colocar los muebles del cuarto de los niños y terminar la decoración. Así se lo podría enseñar cuando volviera.

Pero lo iba a echar de menos.

–Simone vendrá conmigo esta vez, porque hay un par de actos a los que debo asistir. Pero no estará localizable si me intentáis llamar por algo urgente... si necesitáis hablar conmigo, llamadme directamente a mí.

Rosa le lanzó una mirada a Angie, que se limitó

a sonreír y a fingir que no le preocupaba, aunque se sintió súbitamente celosa.

Al fin y al cabo, Simone era una mujer elegante y muy atractiva; y ella, en cambio, poco más que una incubadora del niño de Dominic. Pero no tenía derecho a exigirle nada. Ni siquiera tenía derecho a sentirse celosa porque una mujer fuera a compartir sus días y sus noches con él. Era su secretaria. Nada más que su secretaria.

Se intentó convencer de que lo iba a echar de menos por el esfuerzo que Dominic estaba haciendo con el bebé.

No porque se hubiera enamorado.

Porque no podía estar enamorada de él.

Pero una voz interior le dijo que se estaba mintiendo, que sólo podía haber un motivo para que se sintiera celosa.

Y odió su voz interior.

Aún le estaba dando vueltas al asunto, pensando que no tenía ninguna posibilidad contra la esbelta, morena e impresionante Simone, cuando oyó que pronunciaban su nombre y parpadeó, desconcertada.

Era Dominic. Estaba tan perdida en sus pensamientos que se había dedicado a jugar con los espagueti sin llegar a tocarlos.

—No estás comiendo —dijo él, mirándola con intensidad.

—Es que no tengo hambre.

Él frunció el ceño.

—¿Estás enferma?

Angie sacudió la cabeza.

–No, estoy bien.

Dominic no la creyó, pero cambió de conversación.

–¿Cuándo te van a hacer la próxima ecografía? Me gustaría acompañarte.

Angie buscó entre sus desordenados pensamientos hasta encontrar el recuerdo adecuado. Dominic tenía razón; había pedido cita con el especialista para que le hicieran la ecografía de las veinte semanas de embarazo.

Ya habían pasado veinte semanas. No se lo podía creer. Lo que significaba que sólo faltaban veinte más para el parto.

Sacudió la cabeza y dijo:

–Tengo cita el día veintiuno. Pero no esperaba que me acompañaras.

Él le lanzó una mirada llena de firmeza, como queriendo decir que el niño era suyo y que no se lo perdería por nada del mundo. Una mirada que Angelina iba a echar de menos.

–Allí estaré.

Auckland fue una pesadez para él.

Normalmente disfrutaba de hacer negocios cara a cara y de todo el proceso de la negociación, pero esta vez resultó más duro que de costumbre y terminó harto de comidas de negocios y reuniones de negocios, sin más rostro amigo que el de su secretaria.

Simone era la única persona que lo entendía en esas circunstancias. Y hacía un trabajo excelente.

Se mantenía a su lado, decía las cosas correctas, sonreía a las personas adecuadas e incluso les reía sus chistes aunque no tuvieran ninguna gracia.

Por suerte, era la última noche. Tenía una última fiesta y luego volvería a Sidney.

Comprobó los gemelos de la camisa y se preguntó cómo iría todo por casa.

Seguro que Angelina había ganado peso.

Angelina.

El nombre le quedaba muy bien. Al principio no le había gustado porque se había presentado como Angie y no le parecía un buen nombre para ella.

Pero Angelina era perfecto. Más que apropiado para aquella mujer de piernas largas, cabello como bañado por el sol, labios suntuosos y unos ojos tan azules que siempre se sentía tentado de zambullirse en sus profundidades.

Una imagen asaltó sus pensamientos. Angelina en la piscina de la casa, quitándose el agua del pelo, con sus senos convertidos en una invitación.

Dominic se excitó al instante y se maldijo. Era absurdo que se sintiera atraído por una mujer que sólo era una incubadora para él. Y también era absurdo que se excitara con ella ahora, cuando estaban tan lejos.

Pero por otra parte, le pareció normal que la deseara precisamente en ese momento. Se había tenido que alejar de Sidney toda una semana para echar de menos su casa. Una casa donde antes estaba Carla.

Se puso la chaqueta y borró el recuerdo de su difunta esposa. Carla se había ido. Y él no volvería a cometer el error de enamorarse de una mujer tan superficial.

Pero Angelina no era superficial. Y estaba en la mansión, en ese mismo momento, con su hijo.

Cuando lo pensó, comprendió que no necesitaba seguir en Auckland. Podía volver cuando quisiera.

La habitación era perfecta. O casi perfecta, porque Angie se dio cuenta de que había dejado los ositos de peluche en el suelo en lugar de colocarlos en su estante.

Los recogió, se subió a una silla y los puso uno a uno en el lugar que les correspondía. Le gustaban aquellos muñecos de peluche. Adoraba sus caras, algunas inocentes, otras pícaras, pero todas ellas encantadoras.

—¿Qué diablos estás haciendo?

Ella se giró tan deprisa al oír la voz que perdió el equilibrio y cayó al vacío con todos los ositos.

Por suerte, Dominic la alcanzó antes de que llegara al suelo.

—¿Cómo se te ha ocurrido una idea tan estúpida? —bramó él.

—¿Una idea estúpida? —preguntó ella, intentando recobrarse del susto—. La culpa la tienes tú por haberme asustado.

—¡Pero te habías subido en una silla!

—Lo sé. Y estaba perfectamente bien hasta que has entrado sin llamar y me has gritado —afirmó.

—¡Pero estabas en la silla! —insistió él.

—Y a salvo hasta que tú has llegado.

Él suspiró.

–¿Te encuentras bien? ¿El niño está bien?

–Por supuesto que está bien.

Angie pensó que la única que no estaba bien era ella. Dominic ya la había dejado en el suelo, pero sentía el contacto de sus manos en los hombros y se le habían endurecido los pezones.

Sin embargo, se alegró mucho de verlo. Admiró su cabello revuelto y sus ojos negros como la noche y tuvo la sensación de que las piernas se le derretían.

Apenas tuvo fuerzas para decir:

–Bienvenido.

Sólo fue una palabra. Bienvenido. Pero Dominic se sintió más vivo que nunca.

La atrajo hacia él, le acarició suavemente el pelo, contempló su delicado cuello y le dio un beso largo y apasionado.

El sabor de su boca era adictivo, irresistible. No se cansaba de él.

Y al sentir el contacto de sus senos contra el pecho, decidió que había llegado el momento de decir lo que tenía que decir.

–Te deseo. No sé por qué. Puede que sea un sentimiento inadecuado o poco ético, pero te deseo y sé que, si te vuelvo a besar, no podré detenerme; tendré que hacerte el amor, Angelina.

Ella soltó un gemido, pero no se apartó ni hizo ademán alguno de salir corriendo. Simplemente, lo miró con las pupilas dilatadas.

–Eres preciosa –continuó él–. Deja que te haga el amor.

Por fin, Angie reaccionó.

—Tengo miedo —le confesó en voz baja.

Él le besó las mejillas, los ojos y la nariz.

La besó con una delicadeza exquisita, como si quisiera decir al mismo tiempo que él también estaba asustado y que no había motivos para tener miedo.

La llevó a su dormitorio y la tumbó en la cama. Aquella cama grande y cómoda siempre había sido la segunda cosa que más le gustaba de la casa, después de las comidas de Rosa; pero cuando vio a Angelina tumbada en ella, decidió que había pasado a ser la primera.

Se arrodilló a su lado y le acarició la cintura, las caderas y la curva de su abultado estómago. Todo le parecía mágico. Todo le parecía felicidad pura. Y cuando le acarició uno de los senos y sintió que el pezón se endurecía bajo su contacto, sintió un acceso de orgullo.

Le gustaba el vestido que llevaba. Especialmente, porque pudo introducir las manos por debajo de la tela y ascender hasta su trasero sin nada que obstaculizara su camino.

Ella se estremeció y se arqueó.

Incapaz de contenerse, Dominic se quitó la camisa. Después, se desabrochó los pantalones y se los bajó ante la mirada intensa y llena de deseo de Angelina, que brilló con aprobación al contemplarlo unos segundos después, ya desnudo.

—Dominic...

Él se tumbó en la cama y la besó, pensando que no podía existir ninguna sensación más placentera.

Sin embargo, no era suficiente. Todavía no la había desnudado.

Le quitó el vestido, lo dejó a un lado y le desabrochó el sostén. Después, admiró sus pechos durante un momento y le succionó los pezones antes de bajar rápidamente a su estómago, que besó dulcemente.

Mientras lo hacía, le bajó las braguitas y la empezó a acariciar entre las piernas. Pero las caricias tampoco le parecieron suficiente. Necesitaba ir más lejos. Y la empezó a lamer, una y otra vez, sin descanso.

Ella gemía de placer, completamente entregada al contacto de su lengua, que había derribado todos sus muros.

Cuando se supo al borde del orgasmo, al borde del punto donde ya no había retorno, se puso más tensa. Dominic volvió a lamer y la catapultó al clímax, conteniendo a duras penas su propia necesidad.

Angie no podía respirar, no podía pensar. Pero se sentía mejor que nunca. Era como si todas las terminaciones nerviosas de su cuerpo hubieran cobrado vida de repente. Y debía de ser así, porque se volvió a excitar cuando Dominic subió hasta la altura de su boca y la besó.

–Quiero tenerte, Angelina, quiero estar dentro de ti –dijo, acariciándole el estómago–. Pero seré cuidadoso.

–No te preocupes. El niño está bien –susurró.

–Eres tan sexy...

Dominic bajó la cabeza lo necesario para succionarle un pezón. Angie sintió un placer tan puro que casi no se dio cuenta de que la penetraba.

Y luego lo notó. Allí, dentro de su cuerpo.

Y lo sintió tan grande que casi tuvo miedo. A fin de cuentas, habían pasado muchos meses desde la última vez que hizo el amor.

Él se empezó a mover y ella olvidó todo salvo las sensaciones. Arqueó la espalda y movió las caderas para acomodarse a su tamaño mientras hundía la cabeza en el almohadón.

El tiempo parecía haberse detenido.

Estaban juntos, fundidos, como un solo ser.

De repente, él se retiró un poco. Angie notó que estaba haciendo un esfuerzo por contenerse y que necesitaba salir de ella para recuperar el control, pero no se lo permitió. Tensó los músculos sobre su pene y abrazó con fuerza a Dominic para no pudiera escapar.

Él gimió con desesperación. Se hundió en ella hasta el fondo y se empezó a mover otra vez, más deprisa, con un ritmo creciente, aumentando la intensidad de sus besos y sin dejar de acariciarle los pechos y las caderas.

En algún lugar de la mente de Angelina se encendió una luz. No podía tener dos orgasmos el mismo día, tan juntos. Nunca los había tenido. Sencillamente, era imposible que los tuviera.

Pero se equivocaba por completo. Sintió la ola de tensión y de necesidad que iba creciendo en su interior. Una necesidad que iba más allá de su propio placer. Una necesidad que exigía el placer de Dominic.

Con su última acometida, él encendió las llamas de Angelina y ella se arrojó al fuego sin temor alguno.

Mientras se estremecía, se preguntó si conseguiría salir de aquella nube de placer donde se había perdido, si lograría encontrar el camino de vuelta.

Un buen rato después, aprovechó que Dominic se había quedado dormido para levantarse de la cama con sumo cuidado. Faltaba poco para la noche y Rosa se estaría preguntando por ella. A fin de cuentas, siempre bajaba a esas horas a la cocina para echarle una mano.

Le daba miedo que el ama de llaves entrara en la habitación y los encontrara desnudos. Le daba miedo que Dominic despertara y la mirara con recriminación, porque estaba convencida de que se arrepentiría de lo que habían hecho.

Había sido un error. A decir verdad, toda su vida había sido un error.

Se había equivocado al casarse con Shayne, se había equivocado al someterse al proceso de reproducción asistida y, por último, la clínica se había equivocado de embrión.

Acostarse con Dominic sólo era un error más.

Por lo visto, no había aprendido nada.

Alcanzó la ropa, se la puso a toda prisa y se giró hacia la cama para admirar la belleza de su cuerpo.

Después, se marchó.

Angelina se había marchado cuando Dominic despertó y la intentó tocar, deseándola de nuevo. Su aroma seguía en la cama, fresco y femenino, tentándolo en su ausencia.

A la luz del crepúsculo, que se filtraba por el balcón, Dominic pensó que sólo había sido sexo, nada más que sexo. Pero de ser así, también había sido la mejor experiencia sexual de su vida.

Se levantó y se dirigió al cuarto de baño, preguntándose si ella pensaría lo mismo que él. Sabía que no había fingido. Tenía la experiencia necesaria como para no dejarse engañar con esas cosas.

Y después de hacer el amor, Angelina se había ido.

Tal vez fuera lo mejor; a fin de cuentas, se iba marchar de todas formas.

Abrió el grifo de la ducha y entró en la bañera cuando el agua todavía salía fría.

Angelina se iría cuando diera a luz. Era lo que habían acordado. Pero faltaban varias semanas hasta entonces y él estaba dispuesto a disfrutar hasta el último segundo.

Capítulo 10

ANGIE y Dominic entraron en la clínica y se sentaron en la sala de espera. Ella supuso que tardarían un rato en recibirlos, pero la llamaron diez minutos después y le hicieron pasar a una de las consultas, donde se quitó la ropa y se puso una bata blanca.

Cuando ya se había tumbado en la camilla, Dominic entró, le dedicó una sonrisa y se quedó a su lado. El médico encendió un monitor y pasó el escáner por el estómago de Angie.

–¿Todo está bien? –preguntó Dominic, obviamente nervioso.

El médico asintió.

–Sí, todo parece perfecto. ¿Quieren saber si será niño o niña?

Angie no esperaba la pregunta y no supo qué decir, de modo que miró a Dominic.

–¿A ti qué te parece? Al fin y al cabo, es tu hijo.

Dominic la miró con intensidad antes de responder al doctor.

–No. No nos lo diga.

El médico asintió y siguió con la ecografía, mientras ellos miraban el monitor con fascinación. Angie estaba tan encantada con las imágenes del pequeño que se emocionó, pero recordó inmediatamente que no se podía permitir el lujo de quererlo.

Sólo había decorado la habitación de los niños porque Dominic se lo había pedido, y sólo se mostraba interesada por el bebé porque era lo menos que podía hacer en esas circunstancias.

Se dijo que no quería verlo. Se dijo que no quería desearlo. Se mintió.

–¿Ves bien? –preguntó Dominic–. ¡Se está chupando un dedo!

A pesar de su inseguridad y de sus temores, Angie volvió a mirar la pantalla y comprobó que Dominic tenía razón. El niño se estaba chupando el dedo.

–Es precioso –dijo él.

Ella suspiró, pero se mantuvo en silencio.

Creía ser un simple instrumento para Dominic, el instrumento que le iba a dar un hijo. Por otra parte, los hombres como él no se enamoraban de mujeres como ella; se enamoraban de mujeres impresionantes que les podían ser de utilidad en sus carreras profesionales, no de chicas de barrio sin educación.

Además, Dominic no había vuelto a ella desde el día en que hicieron el amor. Y desde su punto de vista, eso sólo podía significar que se había arrepentido.

Pensó que sólo le quedaba una opción. Debía mantener las distancias con él.

Ya no podía salvar su corazón, pero podía salvar su orgullo.

Angie se mostró tan fría y distante durante el camino de vuelta que Dominic no se atrevió a iniciar una conversación. Cuando llegaron a la mansión, se separaron y no se volvieron a ver hasta la hora de la cena, que habría resultado tan silenciosa como el viaje de no haber sido por el tintineo de los cubiertos y por las apariciones de Rosa cuando entraba a servir o a retirar platos.

Al final, Dominic se levantó y se alejó hacia la puerta. Pero en el último momento, se detuvo y dijo:

–Tengo algo para ti. Ven a verme al despacho dentro de diez minutos.

Diez minutos más tarde, Angie entró en el despacho y lo encontró de pie, detrás de la mesa.

–¿Qué me querías enseñar?

Dominic alcanzó unos documentos y se los extendió.

–Creo que esto es tuyo.

Confundida, ella alcanzó los papeles y les echó un vistazo rápido.

–¿Es lo que creo que es?

Él asintió.

–En efecto. Es el título de propiedad de tu casa de la avenida Spinifex. Ahora es tuya; completa y exclusivamente tuya.

–¡Mía! –exclamó, asombrada–. Pero Shayne... ¿Qué ha pasado? ¿Cómo has conseguido que renunciara a quedarse con una parte?

–Ha sido cosa de los abogados, no mía. Aunque ya sospechaba que se mostraría dispuesto a llegar a un acuerdo.

–Pero, ¿quién ha pagado el resto de la hipoteca? Aquí dice que está cancelada...

–Olvídalo, Angelina. Shayne ha salido muy barato; y la hipoteca, aún más barata que él. Pensé que era lo menos que podía hacer por ti.

Angie se había quedado sin habla. Ni siquiera sabía si Dominic había solucionado sus problemas porque efectivamente se sentía agradecido o porque se la quería quitar de encima tan pronto como diera a luz.

Cuando logró reaccionar, dijo lo único que podía decir.

–Gracias.

La noche era tan cálida que Angie no podía conciliar el sueño. Al cabo de un rato, cansada de dar vueltas, se levantó y salió al balcón para refrescarse un poco; pero no corría ni una brizna de viento.

Al ver la luna reflejada en el agua de la piscina, pensó que un chapuzón le iría bien. Serviría para refrescar su cuerpo y para refrescar su mente, porque no conseguía quitarse a Dominic de la cabeza. Además, estaba segura de que nadie la vería. Era muy tarde y tanto él como Rosa estarían dormidos.

Se puso el bikini que había comprado con Antonia y se miró al espejo. Le quedaba tan ajustado que apenas contenía sus senos y casi resultaba indecente, pero alcanzó una toalla de todas formas y bajó.

El agua estaba muy fría, pero no sirvió para acallar su deseo. Echaba de menos a Dominic. Extrañaba sus caricias hasta tal punto que el contacto del agua en sus pechos le hizo recordar sus manos y su boca.

Era terriblemente frustrante.

Mientras Angie nadaba, Dominic estaba trabajando en el taller. Quería terminar con la pieza que tenía entre manos, aunque sólo fuera para dejar de pensar en ella. Además, el cubo de la basura estaba llenos de proyectos anteriores, todos fracasados, y quería insistir hasta lograr lo que quería.

Sin embargo, un minuto después miró el reloj y se dio cuenta de que se había hecho muy tarde. Sería mejor que descansara un poco.

Dejó la estatuilla de madera sobre la mesa de trabajo y apagó la luz.

La noche estaba tranquila y silenciosa cuando salió al exterior. La luna brillaba en el cielo y no había ni rastro de brisa. Ya estaba a punto de entrar en la casa cuando oyó un ruido procedente de la piscina.

Se dijo que no era posible, que las fantasías sexuales nocturnas sólo eran eso, fantasías sexuales.

Pero en este caso, se hicieron realidad. Angelina estaba allí, nadando bajo la luz de la luna, con un bikini que era un pecado.

Ella oyó sus pasos un momento antes de oír su voz.

—Hace calor esta noche. ¿Te importa que nade contigo?

Angie tragó saliva.

—Es tu piscina, Dominic. Pero no vas precisamente vestido para nadar.

—Eso tiene fácil arreglo.

Él se quitó los zapatos y ella se dio la vuelta para no mirar. Después, oyó que se arrojaba al agua y se giró de nuevo. Dominic pegó unas cuantas brazadas poderosas y se sumergió de repente.

Angie no sabía dónde estaba. El agua estaba tan oscura que no lo podía ver. Y de repente, reapareció a su lado.

—¿No podías dormir? —preguntó él.

—No...

Dominic la miró fijamente, le apartó el cabello de la cara y le acarició la mejilla.

—Quería darte las gracias por lo que has hecho en el cuarto de los niños. Rosa me ha contado que lo has hecho tú sola, sin ayuda de nadie.

—No es para tanto —acertó a decir, casi sin aliento—. Ha servido para mantenerme ocupada.

—Porque te gusta mantenerte ocupada, claro.

—Sí, me gusta tener algo que hacer.

—¿Y qué vas a hacer ahora?

—No lo sé. No lo había pensado.

Dominic le puso una mano en el cuello y la acercó un poco.

—Yo tengo una idea. Si te parece bien.

—¿De qué se trata?

—Bueno... no sería exactamente un trabajo, sino más bien un pasatiempo.

Ella sonrió.

—¿Con qué condiciones?

—Oh, no te preocupes por eso; las condiciones serían muy favorables —respondió con malicia—. Pero debes saber que tendrías que hacer turnos de noche, y turnos muy largos.

Angie se preguntó qué le estaba ofreciendo. Quería que fueran amantes, eso era obvio; pero quizás quisiera algo más.

–¿Necesitaría referencias? –preguntó, siguiéndole el juego.

Él la besó en el cuello y le acarició los pechos.

–No, no necesitarías referencias. Sólo una entrevista personal. Con preguntas fáciles de responder.

–Adelante entonces. Pregunta.

–¿Me deseas?

Ella asintió y no se resistió cuando Dominic le quitó el sostén del bikini y la liberó de las braguitas. Bien al contrario, cerró las piernas alrededor de su cintura, ofreciéndose.

–¿Estás seguro de que soy la persona que estás buscando?

Él, que estaba completamente desnudo, la penetró con una acometida fuerte y rápida.

–Créeme, Angelina. Eres perfecta para mí.

Las palabras de Dominic la excitaron tanto que tardó muy poco en el alcanzar el clímax. Había dicho que era perfecta. Perfecta.

Nadie se lo había dicho antes; ni siquiera su madre. Además, Dominic parecía absolutamente sincero; tan sincero que hasta la propia Angelina se lo creyó.

Incluso cabía la posibilidad de que se hubiera enamorado de ella. Aunque sólo fuera un poco.

Dominic no llegó a decirle que se había ganado el puesto de amante; tampoco llegaron a mover las cosas de Angie a su dormitorio, pero ella pasó muchas noches en aquella habitación. Y el resto, en la suya.

El humor de Dominic había cambiado tanto que, cada vez que entraba en la cocina, le robaba comida a Rosa o le daba un beso en la mejilla. En cuanto a ella, estaba cada vez más enamorada; pero las hojas del calendario iban pasando y seguía sin saber si tendría un futuro con él después del parto.

Lo amaba con todas sus fuerzas. Lo amaba como nunca había amado a nadie. Y amaba al niño que crecía en su interior. Y se desesperaba cuando empezaba a pensar que podía perderlos a ambos.

Sin embargo, no tenía elección. Había firmado un contrato y se marcharía con la cabeza bien alta. No se atrevía a confesarle sus sentimientos; porque si Dominic la rechazaba, sería su fin.

Ya lo había terminado.

Dominic alzó la estatuilla en sus manos, asombrado con el poder de las herramientas de su padre y con la belleza de la obra que había creado.

No sabía si a Angelina le gustaría, pero se la regalaría cuando el niño naciera. Y faltaba muy poco.

No quería que se marchara; quería romper su acuerdo y mantenerla allí, en el lugar al que pertenecía. Lo habría deseado aunque no llevara a su hijo en su vientre. Lo deseaba tanto que estaba dispuesto a formular la petición que le había rondado la cabeza durante meses.

Se iba a arriesgar mucho. Pero merecía la pena.

Aquella noche, después de hacer el amor, Dominic dijo:

–Quédate. No te vayas.

El corazón de Angie estuvo a punto de pararse.

–¿Qué quieres decir?

–Que no hay razón para que te vayas.

–Pero tenemos un acuerdo... te prometí que no cambiaría de idea y que no te causaría problemas después del parto.

–¡No será ningún problema! –protestó–. Eres genial. A Rosa le encantará que te quedes... sé que no querías el niño, pero también sé que serás muy buena con él. Además, podrías ayudar a Rosa. Sería perfecto.

–¿Quieres que me quede para echarte una mano con el niño?

Él le acarició la cara.

–Supongo que ardes en deseos de recobrar tu libertad; pero no sería tan duro.

–¿Y cuánto tiempo sería? –se atrevió a preguntar–. ¿Cuánto tiempo quieres que me quede?

Él llevó una mano a sus muslos y le lanzó una mirada intensa.

–¿Tan difícil sería, Angelina? ¿He hecho mal al pedírtelo? ¿Prefieres marcharte y volver a esa casa?

Angelina sacudió la cabeza.

–No, claro que no. Me quedaré.

Estaba en la cocina, preparando una ensalada, cuando sintió un dolor tan fuerte que se quedó sin aliento y se tuvo que doblar. Rosa se dio cuenta y corrió hacia ella.

–¿Qué ocurre?

–No lo sé. Es demasiado pronto...

Rosa le acercó una silla y la ayudó a sentarse.

–Descansa un poco. Voy a llamar a Dominic.

El dolor se repitió otra vez, más fuerte que antes. Era tan insoportable que gritó. Un momento después, vio un hilo de sangre que le bajaba entre las piernas.

Rosa, que ya había llegado al teléfono, la miró y se quedó pálida.

Angie sintió pánico.

En ese mismo instante, fue consciente de que quería tener el niño, de que lo deseaba con toda su alma, de no que no podía perderlo.

Capítulo 11

DOMINIC estaba en la sala de espera, caminando de un lado a otro, preguntándose qué diablos estaría pasando. No sabía cuánto tiempo llevaba allí, pero tenía la sensación de que habían pasado horas.

Cuando Rosa lo llamó por teléfono y mencionó a Angelina con desesperación, supo lo que había pasado. Salió de la oficina a toda prisa y se dirigió directamente al hospital. Pero seguía sin saber nada. Sólo sabía lo que Rosa le había dicho, que Angelina se había desmayado y que había sufrido una hemorragia.

Asustado, se sentó junto al ama de llaves, le pasó un brazo por encima de los hombros y apretó con fuerza. Una enfermera apareció y los dos se levantaron al unísono.

—¿Señor Pirelli?

—Sí, soy yo...

—Ha tenido una niña preciosa. La podrá ver dentro de poco.

Dominic cerró los ojos un momento y suspiró.

—¿Y Angelina?

—Los cirujanos siguen con ella. Ha sido un parto complicado. Cuando sepamos algo más, se lo haremos saber.

Dominic y Rosa se volvieron a sentar.

–Una niña... –dijo ella, con los ojos inyectados en lágrimas–. Qué maravilla.

–Angelina se pondrá bien. Seguro que se pone bien. Es fuerte, es una luchadora. No le pasará nada.

Mientras pronunciaba esas palabras, Dominic se dio cuenta de que se había enamorado de ella. Había estado tan ciego que había necesitado un susto como aquel para ser consciente de que la amaba.

Los minutos pasaron poco a poco, con una lentitud desesperante. Hasta que la puerta se abrió y reapareció la misma enfermera de antes, que ahora empujaba un carrito con un bebé.

–Aquí tiene a su hija, señor Pirelli.

Él no pudo hacer otra cosa que mirarla con asombro.

–¿No la quiere tener en brazos?

Dominic no supo qué decir. Le parecía tan pequeña y tan frágil que le daba miedo. Además, seguía preocupado con el estado de Angelina.

–Ah, no se preocupe por la señora Cameron. Está bien. La han llevado a la sala de recuperación.

Toda la tensión que había acumulado durante la espera se esfumó de repente. Angelina estaba bien. La niña bien. Y las dos eran suyas.

Dominic no pudo ver a Angelina hasta la mañana siguiente, porque los médicos se lo impidieron. Cuando entró en la habitación, ella tenía los ojos cerrados como si estuviera durmiendo; pero los abrió enseguida.

–Dominic... –dijo con debilidad–. Lo siento tanto...

–¿Por qué lo sientes?

Dominic se acercó y la besó.

–Porque pensé que iba a perder a la niña.

–Pero no la has perdido, Angelina. ¿La has visto ya?

Ella sacudió la cabeza contra la almohada.

–No, aún no. Pero tendrás que ponerle un nombre... ¿Ya lo has decidido?

–Sí. Y Rosa está de acuerdo conmigo. He decidido que lleve el nombre de sus madres.

Angie estaba tan débil que no le entendió bien y dijo:

–Sí, Carla es un nombre bonito.

–Querrás decir Angela Carla Pirelli –puntualizó él–. Espero que te guste.

–¿Angela? –preguntó con asombro–. Pero si acabas de decir que...

–Que llevaría el nombre de sus madres; de las dos. Además, tú tienes más derechos que nadie sobre la niña. No fue Carla quien se quedó embarazada de ella, sino tú. Tú eres quien le ha dado la vida.

–Pero...

–¿Es que no lo entiendes? Es tu hija, Angelina, nuestra hija. Eres su madre.

Angie apretó los labios con fuerza e intentó refrenar las lágrimas, pero no lo consiguió.

–Estás llorando... –dijo él, preocupado–. ¿He dicho algo malo?

–No, todo lo que has dicho es bueno –contestó–. Entonces, ¿puedo ver a mi niña?

Él sonrió.

—Por supuesto que sí.

Minutos después, la enfermera se presentó con la pequeña, que dejó en sus brazos.

—Le he traído un biberón por si no le quiere dar el pecho.

—No sé, creo que me gustaría... ¿a ti qué te parece, Dominic?

—Lo que mejor te parezca a ti. Es tu decisión.

—En tal caso, lo intentaré.

Angelina se abrió la bata y le dio el pecho a la pequeña.

—Hola, Angela Carla Pirelli... eres una chica muy afortunada. Tienes dos madres; la que te ha dado la vida y la que te dio tu belleza.

Dominic las miró con emoción.

—Y tú eres la mujer que no quería tener ese hijo. Mírate ahora. Eres la madre perfecta —bromeó.

—Es cierto que no quería tenerlo; por lo menos con Shayne. Pero después cambié de opinión. Insistía en ello porque pensaba que tendría que separarme del bebé cuando diera a luz y no quería tomarle cariño. He intentado no quererlo —le confesó—. Pero no lo he conseguido.

—Cásate conmigo, Angelina.

Ella parpadeó, atónita.

—¿Qué?

—Que te cases conmigo. Que te conviertas en mi esposa.

Angelina sacudió la cabeza. Creía estar soñando.

—No te sientas obligado a casarte, Dominic. No me debes nada.

–No me siento obligado, Angelina. Te lo pido porque me quiero casar contigo.

–Pero eso no puede ser... sólo soy una chica de los barrios bajos. ¿Qué va a pensar la gente?

–No me importa lo que la gente piense. Lo sabes de sobra.

–Pero hablarán de todos modos.

–Y descubrirán que yo crecí a tres manzanas de tu casa, aunque con unos cuantos años de diferencia –le confesó–. Sí, Angelina. Pasé los primeros quince años de mi vida en tu barrio. Viví allí con mis padres y mis abuelos. Y cuando murieron, me marché, gané dinero y me compré la mansión que conoces; la casa que ellos siempre habían deseado, la que nunca pudieron tener.

–Sin embargo, sigo sin entender por qué te quieres casar conmigo...

Él la tomó de la mano.

–¿Por qué? Porque te amo. Aunque he sido tan estúpido que no me di cuenta hasta ayer, cuando pensé que podía perderte.

Angie no se atrevía a creerlo. Era demasiado bonito para ser verdad.

–Pero Carla... pensé que seguías enamorado de Carla.

–Carla siempre tendrá un lugar en mi corazón, pero ya no estoy enamorado de ella.

–Era una mujer muy hermosa...

Dominic asintió.

–Una mujer muy hermosa y también muy difícil. No se parecía a ti, Angelina. No era ni tan fuerte ni tan profunda. Siempre quería lo que no podía tener, siempre deseaba algo más, nunca estaba satisfecha. Nada le parecía suficientemente bueno para ella. Ni el dinero ni la casa... nada.

Dominic se detuvo un momento y siguió hablando.

–Un día, decidió que su felicidad dependía de tener un hijo. Desgraciadamente, ya había perdido mucho peso para entonces y no podía concebir; estaba tan obsesionada con su peso que se volvió anoréxica. Cuando te conocí, me recordaste a ella y me pareció tan injusto... no entendía cómo era posible que tú te hubieras quedado embarazada y que Carla no lo hubiera conseguido.

–Sí, más tarde me dijiste que me habías odiado.

–Lo sé y lo siento. No te conocía. No confiaba en ti. Además, estaba enfadado con todo y con todos porque ni todo mi dinero había servido para salvar la vida a mi esposa. Y cuando apareciste en el paseo marítimo, me hiciste revivir el infierno que había dejado atrás. Pero me has cambiado la vida. Quiero estar contigo. Quiero que seas mi esposa. Te amo y espero que algún día, con suerte, tú también me ames.

Ella lo miró con ojos empañados.

–Te amo, Dominic. Lo he pasado tan mal estos meses, sabiendo que te amaba y que al final te iba a perder...

Angie rompió a llorar. Pero eran lágrimas de alegría, de amor.

Él se sentó en el borde de la cama y le pasó un brazo alrededor del cuerpo mientras acariciaba la cabeza del bebé.

–Pues cásate conmigo –insistió–. Me temo que no tengo un anillo a mano; pero tengo esto.

Dominic alcanzó un paquete pequeño, envuelto en papel dorado y cerrado con un lazo rojo.

–¿Qué es? –preguntó con curiosidad.

–Ábrelo.

Ella soltó el lazo, quitó el papel con mucho cuidado y abrió la caja. En su interior había una estatuilla de madera en la que se reconoció al instante. Estaba desnuda y embarazada. Su cabello le caía sobre los pechos y tenía las manos en el estómago.

–Es realmente bonita, pero... ¿de dónde la has sacado?

–La he hecho yo. ¿Recuerdas que en cierta ocasión me dijiste que yo no hacía nada útil?

–Oh, no, no. Estaba equivocada, Dominic. En aquella época no te conocía bien.

Él sacudió la cabeza.

–Tenías razón. Estaba tan ocupado ganando dinero que me olvidé de hacer cosas importantes, cosas de verdad, cosas reales. Tal vez no lo sepas, pero mi padre me enseñó a tallar la madera. Tú me diste la inspiración para buscar sus herramientas y...

–¿Yo te inspiré?

–Por supuesto que sí. Aunque fue más difícil de lo que recordaba. Lo intentaba una y otra vez y fracasaba todo el tiempo. Hasta que un día te vi junto a la piscina, quitándote el agua del pelo, y supe que debía capturar esa imagen. Tú me has devuelto al hogar, Angelina. Me has devuelto a la realidad.

Ella derramó otra lágrima.

–Es preciosa, Dominic. Preciosa.

–Tú eres preciosa, Angelina; y siempre lo serás para mí –dijo–. ¿Te gusta?

–¿Que si me gusta? ¡La adoro! Casi tanto como te adoro a ti.

Dominic inclinó la cabeza y la besó.

Epílogo

ANGELA Carla Pirelli asistió a la boda de sus padres cuando ya tenía seis meses y medio. Para entonces, todos la llamaban AC-DC, como el grupo de *heavy* metal, porque era una niña de mucho carácter.

De hecho, la pequeña parecía creer que aquella ceremonia se había organizado en su honor. Y a juzgar por la atención que todo el mundo le dedicaba mientras iba pasando de mano en mano, cualquiera habría dicho que aquella criatura sonriente y llena de pecas estaba en lo cierto.

Pero a ojos de Dominic, la protagonista del día era evidentemente Angelina, que apareció en el cenador del jardín con un vestido inspirado en la Grecia clásica que le hacía parecer una diosa.

—Creo que esa hija tuya va a ser todo un personaje.

Dominic se giró hacia la mujer que se había convertido en su esposa unos minutos antes y protestó.

—Vaya, así que ahora es mi hija. Yo creía que también era tuya.

—Sí, bueno, casi todo el tiempo —ironizó.

En ese momento, Rosa dejó a AC-DC en los brazos de uno de los invitados, que la miró como si no supiera qué hacer con ella. Pero la niña le dedicó una sonrisa tan encantadora que el hombre rompió a reír y le empezó a hacer arrumacos.

—¿Lo ves? Justo lo que ha pasado entre nosotros —dijo Angie—. Una mujer inesperada conoce a un hombre muy serio, se enamora de él y conquista su corazón. Pensándolo bien, esa niña ha salido a mí.

Dominic sonrió.

—¿Y cómo crees que sería nuestro hijo si tuviéramos uno?

—Oh, sería un tipo de lo más peligroso —respondió rápidamente—. Un rompecorazones. Conduciría deportivos, saldría con mujeres muy atractivas y sabría qué hacer con los coches y con las mujeres.

—Sospecho que no intentas halagarme con eso...

—Te equivocas. Porque nuestro hijo también será un gran hombre. Un hombre que se ganará el corazón de una chica enormemente afortunada.

Dominic se limitó a abrazarla con fuerza, aunque deseaba quitarle el vestido y hacerle el amor allí mismo, a pesar de que estaban rodeados de gente.

—¿Te quedarás para siempre conmigo, señora Pirelli?

—Por supuesto que sí. Te amo, Dominic. Y estaré siempre a tu lado.

Mientras la besaba, Dominic pensó que *siempre* era una palabra demasiado corta.

BIANCA™

TRISH MOREY

PRISIONERA EN EL PARAÍSO

El implacable Daniel Caruana haría cualquier cosa para evitar que su hermana se casara con su rival. Daba la casualidad de que quien organizaba la boda era la hermana del novio. En persona, a pesar de que vestía de forma muy convencional, Sophie Turner era muy tentadora. Ojo por ojo, hermana por hermana...

Daniel lograría tener a Sophie exactamente donde quería que estuviera: ¡con él en su isla privada y voluntariamente en su cama! Pero cuando se dio cuenta de que el amor verdadero sí que existía, no iba a ser sólo su hermana quien iba a estar en apuros...

N.º 471

VIDAS ENTRELAZADAS

El mundo cuidadosamente ordenado de Dominic Pirelli se hundió cuando una desconocida lo llamó por teléfono y le dio una noticia pasmosa: por una confusión de la clínica de fertilización in vitro, ella estaba embarazada del bebé que Dominic y su difunta esposa soñaban con tener.

Aunque desconfiaba de sus motivos, Dominic decidió mantener cerca a Angelina Cameron. Tras llevarla a su lujosa mansión, empezó a sentir admiración por la fortaleza de Angie mientras su cuerpo iba cambiando con la nueva vida que llevaba en su interior. Pero cuando naciera el niño, ¿quién tendría la custodia del heredero de Pirelli?

DESEO

BARBARA DUNLOP

VIVIENDO AL LÍMITE

Después de perder aquel avión, Erin O'Connell, compradora de diamantes, creyó que había perdido para siempre sus posibilidades de ascenso… pero quizá no fuera así. Necesitaba tomar un vuelo a la idílica isla de Blue Hearth para hablar con el propietario de una mina, así que la incombustible Erin tendría que convencer a Striker Reeves de que pusiera en marcha su hidroavión y se preparase para la acción…, para todo tipo de acción.

N.º 536

LEGALMENTE CASADOS

El multimillonario Zach Harper no podía permitir que una extraña se llevara la mitad de su fortuna, aunque fuera su esposa. Jamás hubiera podido imaginar que una alocada boda en Las Vegas llegara a convertirse en una pesadilla. Sin embargo, el testamento de su abuela había sellado con fuego un lazo difícil de deshacer: su futuro estaba ligado al de Kaitlin Saville para siempre.

Zach creía que podía deshacerse de ella ofreciéndole unos cuantos millones. Sin embargo, Kaitlin no quería dinero, quería una cosa que solo Zach podía darle… y Zach le juró que se lo daría.

ANNIE BURROWS
No confíes en un libertino

Se rumoreaba que lord Deben, que necesitaba un heredero y era el libertino más afamado e impenitente de Londres, se había olvidado de su predilección por las amantes casadas y estaba dedicando toda su atención a seducir a jóvenes inocentes y virtuosas. Sin embargo, si lord Deben creía que Henrietta Gibson iba a acudir al chasquido de sus dedos, estaba muy equivocado. Ella sabía perfectamente por qué tenía que eludir a caballeros de su reputación y que nunca jamás podría confiar en un libertino.

MARGUERITE KAYE
Corazón de hielo

No. 79

Al despertar en una cama desconocida, Henrietta Markham se encontró ante el hombre más sensual y misterioso que había visto nunca. Lo último que recordaba era haber sido atacada por un ladrón…, sin embargo, le pareció mucho más peligroso que su salvador fuera el célebre conde de Pentland.

Desde el fracaso estrepitoso de su matrimonio, por las venas de Rafe Saint Alban fluía hielo. Pero, al conocer a la impetuosa y atractiva Henrietta, su sangre comenzó a calentarse hasta alcanzar el punto de ebullición.

¿Podría la inocencia de Henrietta doblegar a un consumado libertino como él?

¡YA EN TU PUNTO DE VENTA!

JULIA

MARIE FERRARELLA

EL DESTINO EN SUS MANOS

Para un hombre como Kullen Manetti las mujeres nunca habían significado nada. Sin embargo, eso iba a cambiar muy pronto. Un antiguo amor estaba a punto de irrumpir en su vida para ponerlo todo de cabeza.

Lilli McCall se había marchado por una razón, un secreto que nunca le había revelado... No obstante, ¿cómo hubiera podido imaginar entonces que necesitaría su ayuda para no perder lo que más quería en la vida, su pequeño hijo?

MEDICINA DE AMOR

La decoradora Kennon Cassidy tenía muy claro lo que quería de la vida y, tras otra terrible ruptura, el romance no entraba en sus planes. Aun así, cuando aceptó transformar la nueva casa de un médico viudo, no pudo evitar quedar cautivada por sus dos alegres niñas, y por el estoico hombre que se escondía tras ellas.

N.º 466

EL HOMBRE DE SUS SUEÑOS

Brandon Slade era un escritor famoso, el hijo de una leyenda de Broadway. ¿Cómo había podido Isabelle, con lo sensata que era, enamorarse de él? Era irrelevante lo bien que le hiciera sentir cuando estaban juntos, ella sabía que estaba fuera de su alcance.

Brandon había guardado su corazón bajo llave, pero Isabelle le hacía querer arriesgarse de nuevo...

BIANCA

DESEO

*Cuando un momento impulsivo
lleva a otro*

UN REENCUENTRO
INESPERADO

JOSS WOOD

N.° 222

Aunque han pasado nueve años desde que el matrimonio de
Finn Murphy terminó, su atracción por la marchante de arte
Beah Jenkinson nunca había disminuido. Cuando las obli-
gaciones laborales los juntaron en un hotel londinense, Finn
esperaba que una aventura casual satisficiese sus anhelos.
Sin embargo, lo que comenzó como una simple chispa en
Londres, pronto se convertiría en una llama incontrolable
cuando ambos fueron a Boston con el fin de organizar la
boda de sus mejores amigos.